로크미디어가
유혹하는
재미있는 세상

ROK
MEDIA
로크미디어

두개의
심장을
가진 자

두 개의 심장을 가진 자 3

2017년 8월 24일 초판 1쇄 인쇄
2017년 8월 29일 초판 1쇄 발행

지은이 덕민
발행인 이종주

기획 팀 이기헌 왕소현
책임 편집 김홍식

발행처 (주)로크미디어
출판등록 2003년 3월 24일
주소 서울시 마포구 성암로 330 DMC첨단산업센터 3층 314호
Tel (02)3273-5135 **Fax** (02)3273-5134
홈페이지 rokmedia.com **E-mail** rokmedia@empas.com

ⓒ 덕민, 2017

값 8,000원

ISBN 979-11-294-0695-8 (3권)
ISBN 979-11-294-0612-5 04810 (세트)

두 개의 심장을 가진 자

덕민 현대 판타지 장편소설

ROK MEDIA
로크미디어

CONTENTS

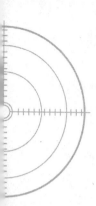

조직에 물들기

종로3가 뒷골목.

저녁의 종로3가 맛집 골목은 음식점을 찾는 손님들로 북적였다.

이 골목은 사람 네댓도 간신히 어깨를 나란히 할 넓이건만, 지금은 세 남자로 인해 가득 찼다.

단 세 명의 사내들이 활보 중이다. 그럼에도 골목이 가득 찬 이유는 그 면면이 화려했기 때문이다.

구레나룻에 한때 형님 패션의 정점을 찍은 더블 버튼 양복, 혼혈 특유의 뽀그리 머리에 힙합이 줄줄 새는 박스 티에 똥꼬 벨라 바지, 빡빡머리에 말 근육을 한 겹 착용한 쫄티와 엉덩이 툭 바지.

2000년대 초반을 풍미했던 쌩양아치 패션의 세 사내가 시공간을 건너뛰어 이곳 종로3가 골목에 나타났다.

행인들은 영화나 연극 홍보 행사로 알고 접근했다가, 고조할아버지에서부터 조카까지 5대를 싸잡아 멸족시키는 욕을 남발하는 이들에게 질겁하고 물러났다.

욕하는 모양새도 전라도 남쪽. 주먹 자랑, 욕 자랑 말라는 그 지방에서 올라온 딱 그 형님들이다.

"아따, 인간들이 디글디글하고마이. 찌—익."

빡빡머리의 사내가 짝다리를 짚으며 침을 뱉었다.

"통 형님, 가오 떨어지게 디글디글이 뭐쇼? 인삼인해 아니오, 인삼인해."

혼혈이 통이라는 사내에게 들이댔다.

"아야, 수시야, 통 형님한티 뭐란다냐? 너 시방 앞뒤도 없시 형님헌티 임신공격을 해 부리야 쓰것냐?"

그러자 촌스러운 양복을 입은 사내가 혼혈을 나무랐다.

"아따, 수시허고 주가리는 왜 그란디야? 쪽팔리게 여그서 사자성아로 그라야 쓰것냐. 좋은 연장 냅두고. 어찌께, 사시미 함 꺼내 봐?"

처음 침을 뱉은 빡빡머리에 근육을 한 겹 두른, 쫄티에 엉덩이 툭 바지의 사내 통이 한 소리를 했다.

그러자 혼혈이 나섰다.

"통 성님, 그란디 사자성아가 뭐단가?"

"워미, 사자성아를 여적 몰라 부리야? 사자四字, 즉 넉 자로 맹클러진 말은 성아들만 쓴다. 요란 뜻이 아니여."

"아따 우리 성님은 주먹도 주기지만, 대구빡은 더 쌈박하구마이."

수시가 통을 향해 엄지를 치켜세웠다.

"시방 여그서 칭찬질이나 혀야것소. 나가 술이 사정없이 급허요."

"맞구마이. 그건 주가리가 허잔대루 혀야지."

통은 주가리가 끼어들어 한 말에 동조하고 둘을 바라봤다.

"암디나 후딱 갑시다."

"그러자고 했잖여."

세 사내들이 의견을 모았다.

종로를 휘젓던 세 사내는 10분도 지나지 않아 발길이 잡혔다.

"형님들."

양복을 입은 젊은 사내가 전단지를 들고 막아섰다.

"아그야, 누구냐, 너는?"

통이 나서며 인상을 썼다.

"네. 제가 물 좋고, 때깔 나는 곳으로 모시겠습니다."

"물? 물이 뭐다냐?"

"여자 말입니다, 형님."

"아, 깔치, 근디 니가 왜 첨 보는 우릴 모신다는 겨?"

"형님들 풍채가 예사롭지 않고 화끈하실 것 같습니다."

"하하하, 우리가 그라긴 하제."

"어떻게, 풀코스로 모실까요?"

"푸울코스라고라고야?"

"네, 풀코스."

"동상들, 우리의 서울 입성을 요로코롬 방겨 줘 벌고만 어찌게 히야쓰까이."

"아따, 성의를 무시하믄 안 되지라."

통이 동생들에게 의향을 묻자 주가리가 말했다.

"그라제. 그럼 안내해 보드라고."

통이 웃으며 말했다.

세 사람이 삐끼를 따라간 주점은 상당히 화려했다.

별 무늬 천장을 따라 샹들리에가 룸 입구마다 설치되어 있고, 통로 양쪽으로 길게 늘어선 룸은 한쪽만 열 개가 넘었다.

"워미 징글징글하게 좋은 거. 분 냄시 보소."

삐끼를 따라 들어선 통이란 사내가 킁킁거리며 말하자, 다른 두 사람의 얼굴도 화색이 돌았다.

"어서 오십쇼."

웨이터가 웃는 낯으로 꾸벅 인사를 했다. 그 모습을 보며 삐끼가 웨이터에게 윙크를 두 번 날렸다.

두 개의
심장을
가진 자

'봉 들어간다.'

"사장님, 잘 오셨습니다."

웨이터 허리가 다시 폴더가 됐다.

"아야, 인사성도 밝구만이."

통이 웨이터 어깨를 두드리자 웨이터가 고개를 다시 숙이더니 안내를 했다.

"이쪽으로 가시죠, 사장님들."

"어 그랴. 근디 아까 그 동상은 안 들어오는겨? 안 보이네이."

"일하러 나갔습니다."

"허미, 첨 보는 동생이 싹싹혀서 술 한잔 같이 혀야는디. 이람 안 되는디……."

통이 안타까운 투로 말을 하다 두 눈이 번뜩였다.

"흐미, 이쁜 샥시는 누구디야?"

마담이 들어오자 통은 머리에서 삐끼를 지워 버렸다.

"안녕하세요. 김미령이라고 해요. 어떻게 해 드릴까요?"

"히히히, 임자 맘대로 햐."

세 사람 입이 반쯤 벌어져 있었다.

1시간 후.

쾅.

룸이 거칠게 닫히고 마담 김미령이 잔뜩 화가 난 얼굴로 룸을 나왔다.

"개새끼들, 꼬라지를 봤을 때 받지를 말았어야 했는데."

또각. 또각.

계산대까지 걸어간 김미령은 전화기를 들었다.

삑. 삑. 삑.

"여보세요. 응, 오빠, 여기 좀 와 봐야겠어. 병신 같은 새끼들 세 마리야…… 그래, 눈깔이라도 팔아."

탁.

김미령은 화가 단단히 났다. 전화기도 거칠게 끊었다.

18번 룸을 떠올리자 열이 훅 올라왔다. 하고 있는 꼬락서니가 양아치더니 하는 짓도 양아치들이다.

방에 들여보냈던 계집애들이 지저분하게 논다고 지랄지랄을 하고 나가며 팁으로 천 원을 받았다느니, 맥주에 물을 타 먹느니 하더니, 결국에 가서는 술값도 낼 이유가 없단다.

자기들은 길 가는데 처음 보는 동생(삐끼)이 다가와 술대접을 한다고 해서 따라 들어왔다나?

어디 개 콧구멍에 무를 처박는 소리를 하는지.

5분도 안 돼서 계단이 요란해졌다.

따따따.

구두 소리와 함께 문이 열리고 덩치들 일곱이 들어섰다.

"어떤 새끼들이야, 동생."

짧은 스포츠머리에 오른뺨에 긴 흉터가 난 사내가 김미령에게 다가와 물었다. 앞뒤를 묻지 않는 것이 성격이 보통 급해 보이지 않았다.

룸에 들어선 공구리(콘크리트의 비속어로, 조직에서는 단단하다라는 뜻으로 쓰이며 특히 머리가 나쁜 얼치기를 표현)는 인상을 잔뜩 썼다.

개판도 이런 개판도 없다.

테이블에 있어야 할 술병은 바닥에 널브러져 있고, 휴지며 담배꽁초는 시골 난장처럼 바닥을 덮고 있었다. 또 오줌까지 쌌는지 지린내가 룸 안에 진동했다.

그리고 이런 개판에서 두 놈은 퍼질러 누워 있고, 한 놈만 앉아 마이크를 잡고 목을 째고 있었다.

"안녕이라고 말하지 마~♬ 우린……."

툭.

공구리는 노래방 기계에 정지 버튼을 눌렀다.

"뭐시당가?"

노래를 부르던 주가리의 한쪽 눈이 처지고 다른 쪽 눈은 치켜 올랐다. 다른 두 사람도 소파에서 몸을 일으켜 앉았다.

"어이, 손님들, 술값은 계산하고 처놀아야죠, 앙? 야, 문 닫아 봐."

공구리는 목소리를 높여 협박에 들어갔다. 이쯤 되면 세 놈들은 긴장 상태로 돌입해야 하는데,

'저 졸린 눈들은 뭐지? 이것들이 상황 파악이 안 되나?'

그의 울화통에 가스가 찼다.

"애들아, 손님들 좀 깨워 드려라."

뒤를 향해 외치자 깍두기 둘이 나서서 맥주병을 흔들더니 거품이 가득 찬 맥주를 세 사람에게 뿌렸다.

"여런 씨버럴 넘덜이."

쾅.

맥주가 몸에 닿기 전에 수시가 테이블을 한 손으로 걷어 올렸다. 200킬로그램은 나갈 것 같은 대리석이 방패가 되어 뚝 섰다.

룸에 정적이 돌았다.

"막둥아, 술상을 엎어 벌먼 워찌게 허냐?"

통이 짜증을 냈다.

"아따, 요런 싸가지없는 잡여러 것들 땀시?"

수시가 머리를 긁적였다.

맞은편에 선 공구리는 좌우를 돌아봤다. 그가 본 것이 사실인지 확인하려 했다.

애들이 굳어 있었다. 확실히 저 무거운 대리석 탁자를 한 손으로 뒤집은 것이 틀림없었다.

"예, 그러니까."

그는 머릿속이 하얗게 탈색됐다.

"수시야— 여그서 최고 약헌 니가 나스야 긋다."

통이 수시를 지목했다.

"휴우, 알것소이."

잠시 멈칫한 수시, 이영철이 앞으로 나섰다.

일명 통으로 불린 상욱은 빙그레 웃었다. 이영철이 일류 내공을 갖춘 10문 10가 중 뇌한마루의 고수라 며칠 전 들었다.

이참에 그 실력을 확인하려는 것이다.

이영철은 그의 의도를 알고 인상을 썼다. 그럼에도 나설 수밖에 없는 상황.

분노의 끝은 공구리 등을 향했다.

팡.

가벼운 진각과 함께 수시가 날았다.

"억."

공구리가 놀라 얼굴을 향하는 발을 보며 손을 올렸다.

퍽. 퍼벅.

옥수시, 이영철의 발기술은 화려했다.

채찍처럼 공구리의 손을 넘어 발끝이 관자노리를 찍고 회전하며, 양발이 쩍 벌어졌다. 그 발이 공구리 양쪽에 선 사내들의 가슴을 찍었고, 내려서며 180도 턴, 이어진 공중 후려차기에 셋이 털썩 쓰러졌다.

그들 턱에 신발 자국이 고스란히 묻어났다.

'화려한 발기술.'

상욱은 새삼 이영철의 남다른 면을 봤다.

"뭐시여? 동네 누렁이만도 못헌 놈들 아녀? 누렁이도 다섯 번에 한 대는 피하는디."

통이 대리석 테이블을 원상 복구하며 말했다. 그러자 문을 닫고 안쪽을 보던 깍두기 혼자만 남았다.

"어─ 어, 어."

그가 당황해 어를 남발하는데 통이 오른손 검지를 까닥였다.

"네, 손님."

깍두기가 웨이터 모드로 돌변하더니 공손히 손을 모으고 테이블 앞으로 와 허리를 숙였다.

"아야, 술상을 다시 봐야 쓰것다."

"지당하신 말씀입니다."

깍두기가 다시 고개 숙이고 얼른 나가려는데 주가리가 멈춰 세웠다.

"야, 야, 퍼질러 자는 아그덜 점 깨워야 쓰것다."

주가리가 말을 하더니 맥주병을 흔들어 깍두기에게 건넸다. 아까 공구리가 맥주를 뿌려 잠을 깨우라고 했을 때와 상황이 비슷했다.

뻥! 찌이이이─.

맥주병이 따지는 소리와 동시에 맥주 거품이 공구리 얼굴을 샤워시켰다.

"으으푸푸."

"아그야, 우리가 말여, 심각허게 이 시츄에이, 뭐시냐 암튼 거시기에 대해서 농도 있게 말을 써꺼 부리야긋다."

눈을 뜬 공구리에 앞에 빡빡머리의 통 얼굴이 커다랗게 있
었다.

잠시 후.

공구리를 비롯한 일곱 사내가 무릎 꿇고 앞을 봤다.

"설라무네 여그 대빵 성님은 달라드는 넘들에 죽통만 때려
서 죽통 성님이시고."

이영철이 상욱을 가리켰다.

"그리고 남바 투 니주가리 성님, 이 성님한티 맞고 니주가
리가 안 된 놈이 없어징. 담은 나 옥수시여."

다시 이영철이 차동현과 그 자신을 소개했다.

"특별히 이 옥수시 님을 추가로 설명해 드리먼 말여, 나가
열 받으면 옥수시 털리는겨. 그란께 너그들은 이 이름을 잘
새겨야 헐거셔. 자, 따라 혀 봐라. 옥수시 성님."

"옥수시 성님."

공구리만 큰소리로 답했다.

"아따 이 잡넘들이 피죽만 쑤어 머것나? 고거빼끼 못허지."

"아닙니다."

이영철이 오른발을 들자 공구리가 급히 대답을 하고 좌우
를 향해 얼굴을 구겨 줬다.

한 대 맞은 후 기절하고 깨어나 보니 동생들이 떼로 기절
해 있고, 남은 놈은 고양이 앞에 쥐다.

무엇보다 뼈까지 아리는 발길질이 살 속 깊이 새겨져 있었다.

"옥수시."

이영철이 다시 말하자.

"옥수시 성님."

공구리를 비롯한 깍두기들이 복창을 했다.

"그랴, 잘 새겨야 할겨."

"네, 명심하겠습니다. 그런데 형님들 같으신 분들이 어디 계시다 이제 나타나셨는지?"

공구리는 묻지 않을 수 없었다. 지금 무릎 꿇고 있는 그나 동생들은 이렇게 허접한 사람들이 아니다. 작년까지만 해도 전국구로 조폭을 휘어잡던 춘식이파 정예였다. 이들이 중소도시에 내려가면 그쪽 조폭들은 일거에 흡수할 실력파라 나름 자부했다.

이런 그와 동생들이 매가리없이 떨어졌으니, 일전 얼핏 들었던 쟁천의 인물들이 아닌지 의심을 했다.

그리고 이들을 꼭 붙잡아야 할 이유도 있으니, 잠시 자존심을 접고 있는 중이었다.

"우리가 말이시 10년은 넘게 그 육시럴 늙은이 밑이서 개

고생을 허면서 무술을 배우고 도망…….”

“크흠, 수시야.”

통이 비밀을 털어놓는 수시의 말을 끊었다.

“아야, 이 말은 잊어버려야 쓰것다. 비밀여. 그보다 니는 이름이 뭐시냐?”

‘참으로 두서없는 인간들이네.’

공구리는 상식과는 상당히 먼 세 사람을 보며 일단 장단을 맞춰 갔다.

“제 이름은 왕일구입니다. 예전에 전쟁이 심했을 때, 제가 나서면 전쟁하던 상대편이 굳어 버린다고 해서, 형님들이 공구리라고 불러 줬습니다.”

“아따 별명이 주기는 고마이. 근디 동상, 우리가 말여. 절대 술값 안 낼라고 한 게 아니랑께.”

“걱정 마십시오. 여기는 제가 처리하겠습니다.”

“여런 니기미. 나가 허는 말을 믿으랑께.”

쾅-.

수시가 버럭 화를 내며 바닥을 오른발로 내리찍었다. 그러자 대리석이 푹 꺼지며 복사뼈까지 파고들었다.

“우리가 말여. 모양새 빠지는 개터럭이 아니란 말여. 끝까지 들어 보라고잉.”

“네, 형님, 듣고 있습니다.”

대답을 하며 바닥을 보는 공구리 눈이 커져 있었다.

"나가 성님들이랑 신작로를 가는디 맹캉없이 워떤 동상이 잡았당께. 근디 야가 거처 없이 술을 산다는겨. 난 서울 인심이 요로코롬 좋을 줄 몰라 브럿어. 암튼 기분 째지게 한잔혔는디 돈 내노라면 안 되제. 막말로 우라덜 주둥빼기로 술 빤다고 헌 것도 아니고. 나가 허는 말이 거짓뿌렁이 아니란께."

수시가 억울한 표정을 지었다.

그러자 공구리 얼굴이 묘하게 비틀렸다.

"형님, 제가 형님 말씀을 요약해 보겠습니다."

"아따, 요약이 뭐셔. 쉽게 싸게싸게 말혀."

"네, 쉽게 말해 길 가는데 술 사 준다고 해서 들어오셨다는 말씀이지요."

"그라제, 동상. 대구빡 좋그마이."

고개를 끄덕이는 수시를 보며 공구리는 삐끼가 어떤 놈인지 확인하면 수시 말대로 대구빡을 쪼개 버리려다가 급미소로 선회했다.

'이들이 하는 말로 보아 쟁천의 누구에게 잡혀 10년 이상 고련을 한 모양이다. 그런데 세상물정을 전혀 모르고 있어. 이들을 잘만 쓰면 요즘 어려운 난국을 충분히 헤쳐 나가기에 충분하다.'

짧은 순간 공구리 왕일구는 빠르게 계산기를 때렸다. 대박이다. 오히려 삐끼에게 상을 내리고 싶어졌다.

"형님들, 시장하시죠. 제가 오늘부터 형님들을 지극정성으로 모시겠습니다."

공구리가 벌떡 일어나서 허리를 숙였다.

"참말이여, 동상? 카-아."

목 넘김으로 맥주잔을 비운 통이 벌떡 일어났다.

"네. 그런데 형님들, 오늘 주무실 곳은 정해져 있습니까?"

"워미, 동상. 첨 보는 우리 걱정을 다 혀 블고, 서울은 허벌나게 좋은 곳이고만."

통이 공구리에게 가 손을 다정히 잡았다.

"별말씀을 다 하십니다. 형님들을 저희 회사 식객으로 모시고 싶습니다."

"모시고 싶다고라. 좋제, 근디 식객이 뭐당가?"

"평소 술 한 잔씩 즐기시다가 제가 말할 때 힘 한 번씩 쓰시면 됩니다."

"심? 아주 나가 그거 빼면 물에 담가진 송장이여."

"그럼 일어나시죠. 제가 숙소로 안내해 드리겠습니다."

"시방? 술도 쪼까 더허고, 아까 맹키 이쁜 샥시도……."

"아, 그러시죠. 객고에는 술과 여자가 최곱니다, 형님. 하하하하."

입으로만 웃던 공구리가 뒤돌아보며 동생들에게 눈짓을 했다. 밖으로 나가 대기하라고.

"객고? 먹는 건갑네. 동상, 술허고 여자랑 같이 취급혀 부리는 것이, 객고. 좋은 말이구만, 객고."

통이 객고란 말을 서너 번이나 되뇌었다. 그리고 이틀에 한 번씩 공구리는 객고란 소리를 듣게 될 줄은 오늘은 꿈에도 몰랐다.

그날 40대 초반 공구리는 30대 초중반 세 명의 형님을 모셨다.

춘식이파 부두목 조정상은 긴 담배 한 모금을 마셨다. 독사처럼 반들거리는 눈은 책상 맞은편 소파에 앉아 있는 공구리를 봤다.

"후—우, 일구야, 그러니까 어제 네가 식객을 들였다 이 말이냐?"

담배 연기를 내뿜은 조정상은 이것이 한숨인지 공구리는 절대 모를 거라는데 손목을 걸 자신이 있었다.

"네, 형님, 그놈들 모양새가 이상해도 실력만큼은 확실합니다."

왕일구 목소리에 모처럼 힘이 실렸다.

"아— 너 말이다. 널 왜 공구리라고 부르는지 알고는 있냐?"

"당연히 그거야 예전에 전쟁할 때 내가 나서면 적이 굳는다고…… 형님, 그런 눈으로 보지 마십시오. 이런 허세라도 없으면, 어린놈들이 머리 나쁜 나를, 그런 의미의 공구리라고 부를 것 아닙니까? 저 자존심 상해 죽습니다, 형님."

"새끼, 막 산 인생이라고 헛산 것은 아니구나."

조정상이 왕일구를 한심한 눈으로 보다 잠시 놀랐다.

"형님, 저를 한번 믿을 때도 됐지 않습니까?"

"믿을 사람이 없어 공구리를 믿어?"

"진짜 예사로운 사람들이 아닙니다. 저뿐만 아니라 애들 여섯이 한 놈에게 한 방에 다 나가 떨어졌습니다."

"뭐야? 이 새끼가 어디서 처맞구 와서는."

조장상은 울화가 뻗쳐 탁자 위에 놓인 재떨이를 집어 왕일구에게 던졌다.

퍽-.

"일, 일구야."

왕일구 머리가 깨져 피가 주르륵 흘렀다.

재떨이를 피할 줄 알았던 조정상이라 당황했다.

"형님, 제가 이게 잘 돌아가지 않을 뿐이지 신용이 없는 것은 아니지 않습니까? 피 좀 닦고 오겠습니다."

공구리는 그의 머리를 가리키더니 자리에서 일어나 밖으로 나갔다.

"저 새끼 공구리 맞아?"

'그런데 저 정도까지 하는데 한번 믿어 줘야 하나?'

머리가 아파 오는 조정상이다.

작년에 조직은 반파됐다. 큰형님과 믿을 동생들은 학교로 딸려 가 버려 전국구는 진즉에 무너졌고, 조직의 존립마저 위태로운 상황이다. 이 모든 결과가 홍두영이라는 괴물에서 비롯됐지만, 그 한계를 넘어설 방법이 없었다.

애초에 쟁천은 딴 세상이었다.

그나마 극단의 결정까지 내리며 외부 인사를 끌어들이려는 시도를 하는 현실에서 식객이라니, 공구리를 갈아 마셔도 시원치 않았다.

그래도 조직에 대한 충성도만큼은 누구도 따를 수 없어 내치지 못하고 있다. 긴 고민을 공구리가 안겨 줄 줄이야.

탁자 위에 오른손을 얹고 그 위에 턱을 괴었다.

탁. 탁. 탁.

체육관 매트 위에서 머리를 짧게 깎은 사내들 십여 명이 뜀을 뛰거나 다리를 펴고 주먹을 쭉쭉 뻗었다.

"모여 봐라."

조정상은 모여든 사내들을 돌아봤다.

든든했다. 그가 5년 전부터 키우고 있는 행동대로, 그나마 춘식이파를 이만큼 이끌어 오고 있는 원동력이 이들이다.

"응삼아."

"네, 사장님."

행동대를 책임지고 있는 강응삼이 앞으로 나섰다.

조폭 냄새를 쫙 빼고 간판만큼은 경호업체로 바꿔 키운 애들이다. 비계보다는 근육을 키워 탄탄하고 날렵해 보였다. 이들 중 단연 돋보이는 자가 강응삼이었다.

호남형 얼굴에 190센티미터의 키, 돌덩이 같은 근육은 평퍼짐한 옷 위로도 여실히 드러났다.

"아까도 말했지만, 어디서 어중이 몇 놈을 일구가 데려왔다. 제 놈 딴에는 괜찮아 보인다고 말한다만, 방금 주변 애들에게 알아보니 광기 들린 놈들이라더라. 사지 하나씩 부러트려 놔라."

"알겠습니다, 사장님."

강응삼이 대답을 했다. 그때.

띵- 동.

체육관 출입문이 열렸다. 그리고 열 명이 있어도 조용했던 체육관이 시끄러워졌다.

"워미, 허벌나게 쌈박지구마이."

입구에서부터 촌티를 풀풀 날리며 빡빡머리에 쫄티 사내가 들어왔다.

"성님, 여그가 거 머시기 M&A(MMA)를 허는 체육관인가 본디."

"M&A가 뭐시오, 주가리 성님?"

"아따 그것도 모른다? 국민핵교 알라덜 쌈 허드끼 자빠져 뒹구는 운동여."

"아니 깔치도 아닌디 뭣 땜시 뒹굴긴 뒹군다?"

떠들썩한 세 사내들 사이로 왕일구가 나왔다.

"형님들, 신발 벗고 들어가시죠."

왕일구가 세 사내들을 안내하는 모습이 거의 똘마니 수준이라 조정상의 얼굴이 붉어졌다.

양아치 셋이 그 앞에 서자 더욱 기가 막혔다.

'옷 꼬라지하고는.'

"형님, 이분들입니다. 큰형님, 죽통 형님부터 니주가리, 옥수시 형님입니다. 그리고 형님들, 이분은 저희 조직을 책임지고 있는 큰형님이십니다."

왕일구의 소개가 끝나자 붉어질 대로 붉어진 얼굴로 조정상이 말했다.

"조정상이다."

"아따, 쎄빠닥이 반 토막인디?"

주가리가 말을 하자 즉각 반응이 왔다.

"뭐야?"

강응삼이 나서려는데 조정상이 손을 들었다.

"어린놈이 말을 내부쳐 버리는구나. 그만한 실력이 있는가 보자. 놈."

"형님들, 애들도 있는데…… 나중에 따로 인사를 나누시죠."

왕일구가 급히 끼어들었다.

"끙."

이제는 얼굴이 검붉어진 조정상이 된소리를 냈다.

그러자 통을 비롯한 세 사람이 그를 지나쳐 체육관 안으로 갔다. 그 뒤를 왕일구가 쫄래쫄래 따라가자 결국 조정상이 폭발해 버렸다.

딱!

그는 왕일구의 뒤통수를 오른손으로 갈겼다.

왕일구가 놀라 조정상을 쳐다보자 고개를 돌려 천장을 보며 딴청을 피웠다.

"으으."

뒤통수를 만지면서도 왕일구는 조정상에게 어색한 미소를 잃지 않았다.

"병신 같은 놈."

툭 한마디를 뱉은 조정상도 체육관 한복판으로 갔다.

상욱은 체육관에 들어서며 조정상을 살폈다.

40대 후반으로 조폭답지 않게 인상이 깔끔했다. 덩치만 컸을 뿐이지 사업가 면모가 흘렀다.

만약 상욱이 조정상을 데리고 밖에 나가서 이 사람이 조직폭력배요 하고 말하면, 니가 조폭이다고 욕 얻어먹기 십상일 정도다.

그래서 본성을 살짝 건드려 봤더니 역시나 개 같은 심성이 튀어나왔다.

조정상을 지나치며 비릿한 미소를 날려 줬다.

그 모습을 옆에서 젊은 깍두기가 지켜보고는 이를 갈았다. 곁눈으로 보니 날카로운 면이 있었지만 그뿐이었다. 체육관 중앙에 서자 자연스럽게 편이 갈라졌다.

"일단 왔으니 반갑다."

조정상은 통을 향해 말했다.

당장 이 세 놈을 밟아 죽이더라도 시원치 않지만 상대해야 할 수 밖에 없는 상황. 얼추 나이라도 비슷하면 모르겠으나, 젊은 놈이랑 말을 섞어 봤자 그만 손해였다.

그래서 조정상은 짧게 말했다.

"아따 요 동네는 손님 받는 거시 솔찬히 까끄롭소이."

"그만한 실력이 된다면야 그만한 대접을 받을 것이다."

"긍께로 한 따까리 허자, 그 말이시?"

"말로 먹고 사나? 방송국에 취직하지."

"크크크."

상욱이 웃으며 앞으로 나왔다.

"동상들 쪼까 물러나 보랑께. 나가 화딱지가 나서 못 참아 벌 것고만이."

"사장님, 제가 힘을 써 보겠습니다."

상욱이 나오기 무섭게 강웅삼이 나서다.

그러자 이미 판이 벌어질 것을 예상하고 다들 뒤로 물러나 그만이 상욱과 대면했다.

"흐미, 같잖이 하늘을 찔러 부리네. 꼴랑 니 혼자 엉겨야? 다 듬벼, 새퀴들아."

말을 한 상욱이 거리 가늠 없이 강응삼에게 뚜벅뚜벅 걸어 갔다.

뿌드득ㅡ.

강응삼이 이를 갈며 주먹을 꽉 쥐었다.

그리고 상대가 공격을 예상치 못하게 어깨의 움직임 없이 주먹을 내질렀다. 하지만 그가 할 수 있는 전부가 여기까지였다.

상욱은 공간지각 인지능력을 이용해 상대의 혈류와 근육을 꿰뚫었다.

상대가 주먹을 쥐는 순간 심박이 빨라지고, 혈행이 급격이 늘어나는 것을 볼 뿐 아니라 심장박동 소리마저 들렸다. 싸움의 기본이자 운신법인 구변속보 신법을 펼칠 필요도 없었다.

주먹을 흘리고 최단거리로 다가가 오른손 검지로 허리를 타고 오르는 경락을 눌렀다.

푹.

비명도 없었다.

강응삼은 그 자리에서 뒹굴더니 사시나무가 되었다.

부르르.

1초도 안 되는 시간.

침묵과 함께 조정상의 행동대원들이 주춤했다.

그러나 침묵을 만든 상욱은 용서가 없었다.

구변속보 광궁돌파光弓突破가 펼쳐졌다. 사람과 사람 사이가 골목길처럼 열렸다. 물러서며 본능적으로 간격을 벌린 깍두기들의 실수였다.

그 사이로 파고든 상욱은 양손 검지로 찔러 댔다. 내기가 손끝을 타고 그들의 혈행을 막았다.

"커억."

"흑."

깍두기들이 신음을 토하며 픽픽 쓰러졌다. 상욱만이 자리에 서서 고개를 치켜들고 내려다봤다.

"흥, 개터럭들이 워디서."

"쟁, 쟁천?"

조정상은 흠칫 뒤로 물러났다.

작년 홍두영 때문에 얼마나 개피를 봤던지 그 후유증이 발동했다. 원망 가득한 눈으로 왕일구를 봤다.

왕일구도 턱이 반쯤 빠져 있었다.

선술집 구석.

조정상과 왕일구는 실로 오랜만에 같이 술자리를 했다. 술잔이 오간 지 한참이라 왕일구는 평소보다 말이 많았다.

"형님, 제가 말입니다. 어릴 때부터 이 바닥에서 굴렀다는 것 아닙니까? 아니지, 형님이랑 같이했으니 누구보다 잘 아실 겁니다. 처음 조직에 들어오니 춘식이 형님은 인쇄소 뒷 방 치기 한다며 상가 돌아다니면서 전단지 만들라고 얼마나 많이 쥐어 터졌습니까?"

"그랬지."

조정상도 옛일이 기억나 피식 웃었다.

"그래도 저는 좋았습니다. 돈 몇 푼이지만 친구 놈들 짜장면 사 주고 어른 흉내도 좀 냈으니까요. 그러다 춘식이 형님이 보험인가 뭐다 해서 다시 상가 돌면서 보험 넣으라고 협박하고 다닐 때 그때부터 힘들었습니다. 뒤에서 양아치라고 손가락질하는 것도 그때 알았고, 쓰레기라는 소리 듣기 싫어 공구리 짓도 많이 했죠. 사실 그쯤 건설 경기가 살아나서 셋째 상호 형님이 건설 회사 차렸을 당시 저 정말 그쪽으로 가고 싶었습니다."

"그러지 그랬냐?"

"저 공구립니다, 형님. 한번 굳은 자리는 깨지기 전에 붙박이입니다. 사내새끼가 의리가 있지. 안 그렇습니까?"

"네 말이 맞기는 하다."

조정상 역시 그 당시 발을 빼려 했던 기억이 새삼 떠올랐다. 그러다 그도 지난날을 말했다.

"그 후에 작전 주식이네 하우스 도박이네 여러 가지 끼어들었지만 짭짤하게 벌었지. 조직에서 거의 다 가져갔어도 나름 다들 챙겼지. 너도 좀 챙겼지?"

"형님, 이 생활하면서 억척같이 번 놈이 몇 놈이나 있겠습니까? 애새끼 생기고 정신 차리고 보니 통장에 백 원짜리 몇 개뿐이었습니다."

"크크크, 그놈의 체면이 죽여 주지."

"그나마 요즘 클럽 세 곳에 테이블 네 개 알박기 해 놔서 먹고살 만합니다."

"그랬냐?"

왕일구 말을 들으며 조정상은 많이 놀랐다.

아주 맹탕은 아닌 줄 알았지만 이놈 알고 보니 빠꾸미다. 그러고 보니 왕일구와 깊은 이야기를 나눈 게 얼마인지 기억도 나지 않는다. 어릴 때는 이런저런 말도 많았고, 생각도 공유했던 기억도 새록새록 났다.

그러다 공구리 짓을 하는 왕일구라 거리를 두던 것이 남같이 되어 버렸다.

그러고 보니 이놈 또래에서 남들 가는 학교 한 번 가지 않았다.

"공구리 짓이나 하더니 이제 와서 왜 나서는 것이냐?"

그의 눈이 가늘어졌다.

이유 없는 무덤은 없다. 왕일구가 이러는 데는 필시 다른 의도가 있을 것이라 생각했다.

"형님, 우리가 삥 뜯고 이권에 개입해 돈 좀 버는 거야 생활 아닙니까? 그래도 홍 사범 막자고 짱깨들 끌어들이는 과정에서 애들 약팔이로 만드는 것은 막고 싶었습니다."

탁.

조정상은 소주 한 잔 털고 안주를 집던 젓가락을 탁자 위에 내리쳤다. 어찌 보면 그의 치부와 같은 일이다.

"야, 공구리."

"형님, 죄송합니다."

왕일구가 일어나 고개를 숙이자 조정상도 눈에 힘을 뺐다.

"네 눈에는 내가 자리 보전하자고 이런 짓거리 한다고 생각할지 모르지만, 홍두영 그 개새끼가 지금은 조용해도 언제 뒤통수깔지 모른다."

"이제 그들 셋만 잘 구슬리면 홍두영은 충분히 막을 수 있습니다."

"확실히 그 자칭 죽통이라는 놈만으로도 홍두영을 막을 수 있겠더라. 하지만 그 세 놈이 어떤 놈들인지 아직 모르는 상황이다. 쟁천이 만만한 곳도 아니고, 어수룩하지만 어떤 속내를 감추고 접근한 것인지 모르니 네가 더 살펴보고 말해 줘라."

"알겠습니다."

"자, 이 잔 들고 이만 일어나자."

조정상은 남은 소주잔을 털어 넣었다.

그의 머릿속에는 중국 놈들과 거래하면서 무력에서 밀려 한 수 접고 들어갔던 순간들이 떠올랐다. 이제는 당당히 약을 가져올 생각을 하니 입에 미소가 그려졌다.

"아—함."

하품을 한 상욱은 무료한 표정으로 TV를 봤다. 그러다 어제 일이 떠올라 피식 웃었다.

공구리가 일을 하려면 핸드폰이 있어야 한다며 설레발을 쳤다.

그리고 내민 달랑 한 장짜리 서류 위쪽에는 이름과 주민등록번호 그리고 주소가 적혀 있었다.

뻔히 보이는 수작이지만 상욱을 비롯한 3팀원들도 그에 못지않은 준비를 해 놨다.

전남 벌교와 목포에 주민등록상 주거지만 등록되어 있는 신분 세 개를 빌려 왔었다. 나이스 크레딧을 통해 확인한 금융거래 실적이 국내에서는 전혀 없는 참으로 참신한(?) 신원들이었다.

즉 노숙자들의 인적 사항이었다.

거침없이 써 준 서류를 갖고 공구리가 나갔다. 그리고 오늘 아침에 숙소로 정한 오피스텔로 찾아와 밝은 얼굴로 카드 한 장과 휴대폰 세 개를 건네줬다.

그리고 사무실 분위기를 익혀야 한다며 데려온 곳이 여기 (유)정상실업이다.

5층 건물에 1층은 편의점, 2층에서 4층은 병원이 자리했다. 그리고 5층 전체가 정상실업이니 사무실 공간이 작지 않다.

그 넓은 사무실을 파티션으로 각 과를 정해 일반 사무실처럼 사용했다. 안쪽에 따로 대표이사실과 전무실 그리고 상무실 이렇게 세 개 사무실을 따로 만들어 놨다.

왕일구는 이 중 상무 사무실을 사용했다. 그는 낮에는 정상실업 상무 직함을 갖고 있다가, 저녁에는 업소 몇 개를 관리했다.

첫날이라 일상은 무료하기 그지없었다.

그 무료함을 상욱이 깼다.

"아야."

상욱은 컴퓨터를 보고 있는 맞은편 여자 경리를 불렀다. 하지만 모니터에 코를 박고 있는 경리는 대답이 없었다.

"아야, 나 좀 보랑께."

상욱의 목소리가 높아졌다. 그러자 사무실에 있던 사람들 시선이 그에게 쏠렸다.

"그랴, 너."

여자 경리를 지목한 상욱이 손짓을 했다.

"저, 저요?"

허미경은 두 눈을 크게 떴다.

정상실업에 입사하고 한동안 후회했지만 조폭들도 울안의
사람들은 건들지 않는다는 사실을 알고 제법 적응이 됐다고
여긴 그녀였다. 그런데 오늘 새로 세 사람이 오고, 사무실이
또 생소해졌다.

양아치 집합소로 변한 미묘한 분위기를 응접실 소파에 앉
아 TV를 보며 낄낄대는 저들이 만들었다.

그런데 그들 중 거인이 그녀를 부르고 있다.

"미스 허, 뭐 해?"

평소 간 쓸개까지 빼 줄 것처럼 굴던 김 과장이 눈치를 줬
다.

그녀는 떨리는 심장을 진정시키고 빡빡머리에 근육을 한
겹 두른 인간 앞으로 갔다.

"부, 부르셨어요?"

"불렀으니께 온 거 아녀? 앞에 좀 앙가 봐."

허미경이 앉자 상욱이 머리를 긁적였다.

"나가 말여. 요것 돈도 뽑고 밥 묵고 계산허는 카드랑 것을
왕 상무한티 받았는디, 어뜨게 쓰는지 도통 모르것당께. 거
머시기냐? 그러니께…… 그랴, 은행, 은행에서도 쓴 단가?"

"네?"

"아따, 요것을 어떻게 쓰냔 말이여?"

상욱이 주변을 돌아보며 목소리를 줄였다.

두개의
심장을
가진자

허미경은 카드를 모른다는 말에 반문을 했지만 그 뜻 자체를 모른 것이 아니었다. 그리고 이 세 사람이 문명과 완전 동떨어져 살았다는 것을 깨달았다.

그녀는 상욱을 봤다.

자신감이 떨어져 조심스럽게 말하는 이 양아치는 그녀가 생각하는 괴상한 사람이 아닐지도 몰랐다.

"당연히 은행에서도 쓰고, 물건도 사고 음식값도 낼 수 있어요."

급 당당해지는 허미경.

"그람 은행에서는 어뜨게 쓰는디?"

상욱의 목소리가 약간 올라갔다.

"은행에 가시게요?"

"왜, 그쪽이 나랑 가 줄랑가?"

"네."

허미경은 마침 은행 갈 일이 있는 터라 승낙을 했다.

"다들 들았제. 나가 은행 갔다 올란께."

상욱이 일행에게 말하며 일어나도 둘은 TV를 보거나 핸드폰을 만지며 딴청을 피웠다.

"뭐셔? 가치 안 갈 겨?"

"대구빡 아픈 일을 누가 헌다고 그라요? 마빡이 잘 돌아가는 성님이 갔다 오쇼잉."

주가리가 소파에 몸을 반쯤 걸친 채 말했다.

"아따, 징허구만~. 은행이 어딩가?"

수시는 아예 눈을 감아 버렸다.

통은 그 모습을 보며 고개를 흔들었다. 그리고 허미경을 봤다.

그러자 허미경은 급히 책상에서 통장과 사무실 도장을 챙겨 상욱 앞으로 나섰다.

30분 후.

기업은행을 나서는 허미경은 우쭐한 상태였다.

은행 일을 본 후 일명 죽통이라는 사내에게 신용카드 쓰는 법을 가르치며 우위를 점했다.

사내가 고분고분 말을 듣더니 존경스러운 눈으로 그녀를 봤다.

-어찌 어려운 일을 그리 잘하냐?

이런 칭찬을 남발하기까지 했다.

그 우쭐한 기분을 만끽하며, 상욱을 뒤에 둔 채 은행 문을 나서고 두 걸음이나 걸었을까?

옆에서 엔진 소리가 들렸다. 고개를 돌려 보니 눈앞으로 오토바이가 지나가고 있다.

"악-."

깜짝 놀라 비명이 절로 나오는데 핸드백이 낚아채였다.

눈앞에서 비명 소리와 함께 허미경이 가방에 쓸려 넘어지자, 상욱은 허미경의 허리를 안아 잡아 세웠다.

"가, 가방."

상욱의 품에 안겨 허미경은 오토바이를 지목했다.

하지만 벌써 5미터 밖에서 인도를 벗어나 차도로 접어드는 오토바이다.

허미경은 말을 하면서 가방을 반쯤 포기했다.

그때 상욱이 뛰었다.

보폭이 좁던 발은 채 세 걸음이 되지 않아 한 걸음이 2미터를 넘었다.

상욱은 구변속보 만궁직시로 거리를 좁히며, 공간지각 인지능력을 펼쳤다. 시신경을 싼 일곱 개의 근육은 벌새의 날개처럼 움직이며 수많은 정보를 뇌로 전달했다.

인도를 걷는 행인 일곱 명, 자전거 도로 위 자전거 세 대, 은행 갓길에서 주차된 트럭 네 대, 그중 잡화를 팔던 남자가 앉은 플라스틱 의자가 눈에 들어왔다.

다시 한 발을 뗄 때 그의 오른손은 의자를 잡아챘다. 그리고.

"찻."

기합과 함께 플라스틱 의자가 날았다.

퍽-.

의자는 오토바이 뒤에 탄 사내의 등을 직격했다.

쿵.

오토바이에서 떨어진 사내는 아스팔트 위를 뒹굴었다.

그사이 잡화를 팔던 남자는 의자가 없어지자 푹 주저앉았다.

그의 등을 상욱이 받쳐 일으켜 세웠다.

이 모든 것이 한순간에 일어났다.

"뭐, 뭐요?"

잡화를 파는 남자가 상욱을 보며 팔을 잡았다.

부르르릉. 우우우웅.

그사이 앞으로 몇 미터 나가던 오토바이가 돌아와 넘어진 사내를 태우고 사라져 버렸다.

"아이, 저 새끼들 잡았어야 하는데⋯⋯."

허미경이 상욱 옆에 와 잡화를 파는 남자를 보며 방방 떴다.

"아야, 으디 안 다쳤지야?"

상욱은 그런 허미경의 어깨와 허리를 만지며 물었다.

"안, 안 다쳤어요."

얼굴이 붉어진 허미경이 한 걸음 물러서더니 도로로 급히 달려갔다. 그곳에 그녀의 가방과 오토바이를 탔던 날치기가 짊어졌던 가방 두 개가 뒹굴고 있었다.

두 개의
심장을
가진 자

"아이코, 더럽게 아프네. 개스끼."

헬멧을 벗는 김창진은 팔로 어깨와 다리를 문질렀다.

"이거 미안해서."

옆에서 지켜보는 오영길이 외려 미안한 표정을 감추지 못했다.

"괜찮아요. 어디 부러진 데는 없으니까요."

김창진의 말과 달리 청바지를 걷어 낸 무릎 위가 붉게 까져 있었다.

"아, 이런 개새. 그냥 살짝 넘어트린다더니, 아예 작정을 하고 의자까지 던졌어."

등에 가방을 메고 있지 않았다면, 늑골이 나가도 대여섯 곳은 족히 넘지 않았을까 싶었다.

"그래도 가방을 떨어트리고 왔으니 찌라시 뜨는 것은 시간문젭니다."

"크크크, 제가 한 연기 하지요."

"그나저나 병원에 가 봐야 하지 않겠습니까?"

"아무래도 그래야 할 것 같습니다."

김창진이 땅바닥에 손을 짚고 일어나려 하자 오영길이 손을 내밀었다. 일어선 김창진은 절뚝절뚝 걸으며 결국 한마디 했다.

"박상욱, 3년 동안 똥꼬나 꽉 막혀 똥독이나 올라 버려라."

사무실에 도착한 상욱과 허미경은 오토바이 날치기가 떨어트리고 간 가방을 열었다.

그 안에서 지갑 다섯 개와 서류 봉투 한 개가 나왔다.

"뭐시단가?"

수시가 은근슬쩍 끼어들며 물었다.

"아따, 은행에 안 가따 온 사람은 말을 허덜덜 말란께. 으이, 미씨 허~ 우리가 쪼오까 저리로 가야겠고마이."

상욱이 호들갑을 떨자 사무실 전체가 궁금증이 일어났다.

슬금슬금 한두 사람씩 모여들었다.

"미스 허, 그 가방이 뭔데 그래?"

김 과장이란 자가 물었다.

"몰라도 돼요!"

아까 상욱에게 내몰린 것이 못내 마음에 남은 허미경이다. 목소리가 뾰족하게 나왔다.

그래도 그녀는 사무실 사람들 시선을 끌었다고 생각했는지 은행 앞에서 있었던 일을 자랑했다.

"우리 통 아저씨가요…… 그래서 가방이 원 플러스 원이 됐어요. 어쩜 그렇게 통 아저씨가 휙휙 날던지."

허미경은 초롱초롱한 눈으로 상욱을 보며 기도하듯 두 손까지 모았다.

두 개의
심장을
가진 자

"그랴? 그럼 가방에 머가 들었당가?"

수시가 다시 끼어들자 허미경이 샐쭉하게 쳐다보곤 퉁명이 말했다.

"이제 확인하려고요."

그녀는 이제 상욱과 동격이 되어 있었다. 그리고 지갑을 하나하나 열어 봤다. 그 안은 텅 비어 내용물이라고는 신분증뿐이거나 그렇지 않으면 아예 빈 지갑이었다.

"에이, 아무것도 아니네."

김 과장은 허미경이 두 번째 빈 지갑를 확인하자 제일 먼저 자리를 떴다. 그러자 한둘씩 자리를 뜨더니 지갑을 다 확인했을 때는 상욱과 그녀 둘만 남았다.

약간 허탈한 표정이 된 허미경은 서류 봉투를 열고 종이를 확인했다.

"응?"

물음표를 남긴 그녀는 한참 동안 서류를 봤다.

"아야, 뭐신디 고로코롬 구다 본다냐?"

상욱이 묻자 허미경이 일순 당황하더니 서류를 봉투 안에 넣고는 손을 흔들었다.

"그냥 거래 장부 일부네요. 그런데 이거 어떻게 해요?"

그녀는 상욱의 시선을 급히 지갑으로 돌렸다.

"쓰잘때기없는 것 아녀? 지갑이나 한질라 풍신나게 생깃 꼬마. 미씨 허가 치워 브러."

상욱이 가볍게 웃으며 돌아섰다.

"휴—우."

허미경은 떨리는 손으로 지갑과 서류를 집어 가방 안에 집어넣었다.

"미씨 허양아."

상욱이 돌아섰다.

"넷?"

허미경이 놀라 일어났다.

"야가 왜케 놀란댜. 오날날 나가 은행과 내외를 혀부릿어야. 고맙당께, 하하하."

상욱이 웃으며 휴게실 쪽으로 걸어갔다.

허미경은 사무실을 나와 가방을 들고 화장실로 갔다. 변기에 주저앉은 그녀는 떨리는 손으로 서류를 확인했다.

A4 용지에 사진을 확대한 내용은 비밀 장부를 비롯해 여러 가지 부조리한 거래 정황이 찍힌 것이다.

첫 장이 일성물산에서 자체 제작한 거래장이라는 것은 사진 하단에 일성물산 로고를 보고 알 수 있다. 거래장 내역은 와인으로 그녀는 생전 보도 듣지도 못한 품목이었는데, 그 한 병 가격이 한 달 월급을 훌쩍 넘는 금액이라 깜짝 놀랐다.

그다음 사진은 부동산 매매계약서였다.

혜화동의 고급 주택으로, 30억 원에 거래가 됐다. 여기까지는 정상적인 거래로 보였지만, 다음 사진에서 눈을 뗄 수 없었다. 지하 창고에 수천 병에 달해 보이는 포도주병들이 진열되어 있다.

한 병에 백만 원만 해도 백 병이면 1억이다. 그것들이 수천 병이면 최소 몇십억이다.

일성물산은 명품 와인이 가득 찬 지하실이 있는 건물을 서일국이란 사람에게 매매했다.

허미경의 머리는 어느 때보다 빠르게 돌아갔다.

여상을 졸업하고 3년 동안 정상실업에 있으며 온갖 탈세와 이중장부 기재하는 법을 배워 온 그녀다.

이것을 보는 순간 풀풀 풍기는 돈 냄새를 맡았다. 그리고 증권회사에 다니는 남자 친구 얼굴이 떠올랐다. 그녀는 핸드폰을 들었다.

다음 날 아침.

상욱은 출근하지 않는 허미경 자리를 보며 미간을 찡그리고 있었다.

원래 예상대로라면 서일국 커넥션이 찍힌 A4 용지는 지금 조정상 손에 들어가 있어야 했다.

그런데 허미경이 욕심을 뻗친 모양이다. 오전 10시 다 되어 가는 시간인데 허미경이 출근을 하지 않았다.

결국 그녀 선에서 커트당한 듯했다.

그때 사무실에 짜증 섞인 목소리가 울려 퍼졌다.

"이년이 미쳤나?"

딸깍.

김 과장이 전화기를 내려놓으며 욕부터 내뱉었다.

"뭔 일이야?"

왕일구가 사무실이 시끄럽자 문을 열고 나왔다.

"상무님, 허미경이 갑자기 그만둔답니다."

"왜 그런데?"

왕일구가 사무실 안을 둘러봤다. 어떤 놈이 찝쩍거렸는지 확인하겠다는 눈빛이다.

"그게 이유가 없습니다. 그냥 일하기 싫어졌답니다."

"어제까지 조용했잖아?"

재차 확인을 한 왕일구가 직접 전화를 들었다.

삐삐.

휴대폰 전화로 단축번호를 눌렀다.

—삐—. 지금은 고객이 전화를 받지…….

허미경의 전화는 꺼져 있었다.

삑—.

전화를 끈 왕일구의 입이 거칠어졌다.

"이런 쌍년이. 야, 김 과장, 왜 그만두는지 확실히 알아봐. 그년이 만진 장부 여기저기 걸리는 것이 만만치가 않아."

그는 김 과장에게 지시를 내리며 머리를 짚었다.

그때 그에게 상욱이 다가왔다.

"아따, 동상, 뭔 일이당가? 욕까정 험시."

"별일 아닙니다, 형님."

말해 줘도 쥐뿔도 모를 인간이 물어 오니 설명하기 난감했
다. 그냥 얼버무리는데 상욱의 이상한 말을 했다.

"아랫날 그 일 땜신가?"

"어제 무슨 일이 있었습니까?"

왕일구는 짜증이 일어났다. 혹 그가 모르는 사이 이 인간
이 허미경을 욕보인 것은 아닌지 의심이 들었기 때문이다.

"뭐당가, 그 눈깔은?"

상욱의 눈이 번들거렸다.

"아, 아닙니다. 출근하지 않는 허미경 때문입니다."

왕일구는 급히 변명을 했다.

"아래께 미씨 허양이 말여. 그 오토바이 탄 놈이 놓고 간
가방 있잖여. 거그서 종이 몇 장을 보더니 겁나 좋아 나갔는
디, 뭐시기 그랴? 일성물산이란디 뭔 장부라고 깨적거려 있
었당께. 또 사진 비스무리 한디, 암튼 나가 딱 뭐가 있을 줄
알았당께."

"그랬습니까? 형님, 그것 말고 다른 서류는 없었습니까?"

허미경이 출근하지 않는 이유를 단정하는 통을 보며 왕일
구는 촉이 섰다.

날치기 가방에 든 장물 중 서류에서 돈 냄새가 물씬 풍겼
다.

    왕일구는 김 과장에게 눈짓을 해 사무실로 오라고 했다.
그리고 통을 보며 말했다.

    "서류 쪼가리 몇 장으로 뭘 하겠습니까? 미스 허가 평소
짜증 나면 그만둔다는 말을 입에 달고 살기도 했고요. 아마
오늘이 그날인가 봅니다."

    "그날? 달거리!"

    "네."

    "아따, 말만 드라도 피비린내 나구만이."

    상욱은 손까지 휘휘 저으며 휴게실로 향했다.

    그는 TV 앞에 몸을 누이며 허미경을 떠올리자 머리가 아
팠다.

    그래도 이씨 가문 일에 휘말려 쥐도 새도 모르게 죽느니
조폭들에게 몇 대 맞는 것이 나을 것 같았다.

    제 식구들이라 서류만 내놓으면 단속하는 선에서 끝날 가
능성도 적지 않았다.

    "아이고야, 욕심이 사람을 잡는 법이거늘."

    상욱은 고개를 흔들며 허미경을 머리에서 지웠다.

그날 저녁.
    허미경은 사람에게 두 개의 탈이 있다는 것을 알았다.
    인두겁을 쓴 늑대와 인두겁을 벗은 늑대다.
    평소 그녀에게 알랑방귀깨나 뀌던 김 과장은 태어나서 듣

도 알지도 못했던 욕을 해 댔고, 이 대리는 평소 과일 깎던 과도를 볼펜 돌리듯 돌리며 다섯 손가락 사이를 사정없이 찍어 댔다.

그리고 거꾸로 매달린 남자친구 윤재철에게서 평소 볼 수 없었던 여성스러움을 보기도 했다.

가녀린 흐느낌과 함께 간, 쓸개를 내줄 태도로 수많은 말을 내뱉었다.

결국 허미경은 집에 있던 서류를 김 과장에게 건넸다.

그리고 허미경과 남자친구 윤재철은 정상실업에서 요구하는 어떠한 일이라도 협조한다는 듣도 보도 못한 행동 이행 각서를 쓰고 풀려났다.

그리고 다음 날 허미경은 어제 그녀가 제출한 사직서를 김 과장에게 조용히 돌려받았다.

사락. 사악.

김관명과 오영길은 서류를 넘기며 눈을 비볐다.

한 개 기업의 세금 신고서를 뒤지고 손익계산서와 증빙서류를 확인하는 일이 단기년도라면 사나흘 일거리일 테지만, 10년을 파고든다면 이건 시간과 전쟁이다.

"여기요."

김창진은 입에 종이컵을 물고, 양손에도 종이컵을 들고 두 사람에게 다가와 양손을 내밀었다.

"고맙소."

"이거 검사님에게 이런 커피 심부름 호사를 다 누립니다."

김관명과 오영길 두 사람은 종이컵 커피를 들며 한마디씩 했다.

벌써 열흘째 역삼 세무서에서 일성물산과 그와 관련된 업체의 자료를 모으고 있었다.

금융감독원 dart에서 공시서류를 검색하고 대차대조표와 손익계산서를 열람하며 세무신고서를 뒤졌다.

또한 역삼 세무서의 도움을 받아 정기 세무조사를 이유로 일성물산이 비치한 손익계산서의 기장 장부와 증빙서류를 열람했다.

그 방대한 자료 내에서 그들이 찾는 것들을 차곡차곡 쌓아 갔다.

"여기, 여기를 보시죠. 이것이 마지막입니다."

오영길이 펼쳐진 작년 일성물산 손익계산서 증빙서류를 김창진에게 보여 줬다.

"어? 샤토 샤스 스플린 1961년산 열 병과 샤토 디캠 컬렉션 131병. 작년 연말 주주총회 망년회 지출."

김창진은 복사된 A4 용지와 비교하더니 얼굴이 환해졌다. 결정적 증거가 될 내용 중 하나였다.

"이로써 일성물산이 10년간 회사 명의로 구입한 와인의 명세서와 삥기가 촬영한 서류의 물목만 대충 맞춰졌습니다."

텁석부리가 된 오영길이 환하게 웃었다.

"정말 고생 많았습니다."

김창진은 김관명과 오영길에게 손을 내밀어 악수를 청했다. 그리고 그는 핸드폰을 꺼내 들었다.

"찾았습니다. 서일국, 잡을 수 있게 됐습니다."

강필중과 통화하는 김창진의 흥분에 찬 목소리는 떨렸다.

쫓고 쫓기는 자들

일성그룹 회장실.

대기업 총수인 회장실이라 믿기지 않을 정도로 서류의 탑이 30평 사무실에 쌓여 있다.

그리고 책상을 덮고 있는 서류의 탑 사이로 일성그룹 회장 맹철현이란 명패가 틀림없는 일성그룹 회장실임을 증명해 주었다.

이 서류의 탑을 오가며 허리가 굽은 노인이 체크리스트에 무언가를 적고 있었다.

띵동 띵동.

딸칵.

인터폰 벨소리와 함께 문이 열렸다.

짧은 커트 머리에 지적인 20대 후반의 커리어 우먼이 봉투를 손에 쥐고 들어왔다.

"향아, 네가 이 시간에 웬일이냐?"

맹철현이 허리를 펴자 향아라 불린 여자가 맹철현의 등을 두드려 주었다.

"에고고, 시원하다. 우리 손녀가 최고다."

맹철현이 여느 노인처럼 말했다. 그러다 우뚝 멈추고는 손을 들었다.

"뭔 일이 터졌구나? 이런 서비스를 할 네가 아닌데."

"아이, 왜 그러세요, 회장님. 누가 들으면 제가 불효막심한 년이라고 그러겠어요."

"원래 너 불효막심했다. 그리고 그 회장님이란 소리 좀 하지 말거라. 정 떨어질라. 그렇게 할아버지라고 부르라고 말해도."

"에이, 회장님은 아빠나 작은아빠들에게 꼬박꼬박 회장님이라고 부르라고 하시면서."

"그놈들하고 너하고 어떻게 똑같더냐? 이 징한 말씨름은 그만하구. 네가 들어온 것이 그 봉투 때문인가 본데 이리 줘봐라."

맹철현의 말에 맹향아가 멈칫거리다 결국 봉투를 건넸다.

열린 봉투에서 A4 용지 몇 장을 들여다보던 맹철현의 얼굴이 붉으락푸르락이다.

"네 이놈의 자식을. 일성물산 맹한영 사장 들어오라고 그래."

젊을 때 괄괄했던 맹철현의 성격은 늙어도 줄지 않았다.

딸칵.

맹철현의 말이 끝나기 무섭게 중년 사내가 들어왔다. 맹철현이 30년만 젊으면 딱 그다 싶은 얼굴을 가졌다.

"회장님, 저 왔습니다."

"네 이놈, 맹한영!"

맹철현은 맹한영이 들어오자 다짜고짜 고성과 함께 손에 든 서류를 던졌다.

"죄송합니다, 회장님."

"죄송? 내가 돈으로 사람을 사는 것이 아니라고 몇 번이나 일렀건만, 이따위 짓거리를 해!"

"할 말 없습니다. 하지만 회장님도 알다시피 서일국 의장을 밀고 있는 경기 이씨에서 먼저 연락이 있어서 어쩔 수 없었습니다."

맹한영은 고개를 숙이면서도 그가 가진 당위성을 말했다.

"이 어리석은 놈아, 그걸 변명이라고 말하느냐?"

"변명이 아닌 현실이 그렇습니다."

"아서라, 쟁천과는 불가근불가원不可近不可遠. 가까이도 멀리도 하지 말라 했지 않았더냐? 얼핏 보기에 화려한 꽃에는 가시가 있는 법이다. 왜 그런 자들에게 휘말려. 그리고 일을 저질렀으면 설거지라도 잘해야지. 왜 문젯거리를 나한테 떠넘겨?"

맹철현의 잔소리 폭풍이 쏟아졌다.

"아이, 할아버지, 그것이 작은아버지한테 온 것이 아니라 할아버지에게 온 것이라, 제가 작은아버지에게 연락했어요. 그냥 제가 작은아버지에게 전해 줬다가 할아버지가 아시는 날이면 얼마나 역정을 내실지 걱정이 돼서 그랬어요."

맹향아가 맹한영의 편을 들었다.

"이 할애비가 언제 너에게 역정을 내더냐? 다른 놈들이라면 모를까."

"크흠. 일단 회장님에게 보고될 사항이고, 저 역시 책임을 누구에게 미루지 않기 위해 달려왔습니다."

맹한영이 두 조손 사이에 조심스럽게 끼어들었다.

"답을 들고 왔을 터."

"비서실장이 서일국 국회의장 쪽에 연락을 넣자고 했지만 일단 미뤘습니다. 그리고 일성물산과 서일국 국회의장과 관계를 의심하는 증권가 찌라시도 나돌고 있는 상황이라……."

"찌라시?"

"오늘 아침에 떴습니다."

"이런 멍청한 놈. 비서실장, 당장 그룹 비상 회의 소집하고, 기획2실장 올려 보내. 그리고 일성물산 대차대조표, 손익계산서와 그 기장 내역서 그리고 증빙서류 전체 회수해

와. 그것 말고 약점 잡힌 것은 없지?"

맹철현은 맹현아에게 지시를 내리다 맹한영에게 물었다.

"회장님, 일단 진정하시죠. 그 서류 출처는 저희 쪽이 아닙니다. 장부와 지하실 사진은 저희 쪽에서 서일국 의장에게 넘긴 것이 맞지만, 보관은 서 의장 쪽에서 나온 것입니다. 그리고……."

"이런 답답한 인사를 봤나?"

"네?"

"서일국 의장이 직접 뿌렸건, 네놈이 뿌렸건 출처는 상관이 없단 말이다. 이것이 신문기사, 아니 인터넷에 하루라도 떠돌면 어떻게 될 것 같으냐? 네가 검찰 조사받고, 감옥에 가는 것은 둘째치고, 그동안 쌓아 온 일성그룹 이미지는 땅바닥에 떨어진단 말이다."

"죄, 죄송합니다."

"에이, 네놈에게 일성물산을 맡겨 놓고 부정한 짓으로 운영하는 것을 몇 번이나 눈감아 왔는지 알고 있느냐? 비서실장 뭐 해, 기획 2팀장 부르질 않고. 빨리 정보 라인을 가동해야 해. 이걸 보낸 놈 목적이 뭔가부터 확인을 해야 대처를 할 것 아니야?"

"네, 네."

맹향아가 급히 대답을 했다.

지금까지 그녀는 할아버지인 맹철현이 이렇게까지 화내는

모습을 보지 못해 당황했다.

허둥지둥 비서실로 나가는 그녀는 할아버지가 살짝 원망스럽게 다가왔다.

오히려 그녀는 이런 저급한 A4 용지의 사진 몇 장에 호들갑을 떨 필요가 있는지 의구심마저 들었다.

하지만 훗날 맹철현의 선견지명에 감탄하지 않을 수 없었다.

혜화동 서일국의 저택.

띵띠리리링. 띵띠리리링.

시계 알람이 새벽을 알렸다.

탁.

평소처럼 손을 뻗어 알람을 끈 서일국이다. 시계는 6시로 맞춰져 있다.

"으으윽."

그는 긴 기지개를 켜고 자리끼를 찾았다.

"으음."

목 넘김을 시원하게 한 그는 그 침대 위에 앉아 양발을 꼿꼿이 폈다. 그리고 양발의 끝을 밖으로 벌렸다가 오므려 발끝을 부딪쳤다.

20분에 걸쳐 발끝치기를 한 서일국은 빵빵해진 허벅지와 단단해진 하복부를 손바닥으로 툭툭 치며 일어났다.

그러자 알람 소리에 선잠을 자던 서일국의 부인도 따라 일어났다. 내외가 같이 거실에 나오자 경호를 책임지고 있던 강태범이 굳은 얼굴로 다가왔다.

"의장님, 드릴 말씀이 있습니다."

그의 손에는 의문의 봉투가 들려 있었다.

서일국은 봉투와 강태범을 번갈아 봤다. 그러곤 잠시 아내를 일별하더니 강태범에게 말했다.

"서재로 가세."

그가 10년째 봐 온 강태범이다. 아내가 들어도 될 말과 듣지 말아야 할 말 정도는 능히 판단하고 남을 사람이다.

한참 후.

탁―.

서일국은 복사본 A4 용지를 봉투에 담아 탁자 위로 툭 내던졌다.

지난 달 말 그는 일성물산과 이 불법 정치자금 거래 명부 문제로 처가 경기 이씨 문중으로부터 호된 질책을 들었다.

그리고 처가에서 강태범을 통해 이 문제가 명확하게 해결됐다는 말까지 전해 들었다.

그런데 이 문제가 다시 불거져 나오자 이번에는 경기 이씨에서 나온 강태범에게 짜증을 냈다.

물론 강태범에게 따져 봐야 화풀이밖에 되지 않는다는 사실을 알고 있지만 지금 이 상황에서 말할 사람 역시 강태범밖에 없다.

"이철로 형님은 일 처리를 허투루하는 사람이 아닙니다. 필시 곡절이 있는 것이 분명하니 본가로 연락하겠습니다. 더불어 지하에 있는 우환덩어리를 진즉에 치웠어야 했습니다."

말하는 강태범은 표정에 변화가 없다.

그럼에도 강태범은 필요한 말을 꼭 하니, 서일국은 속이 쓰렸다. 이런 일이 몇 차례 있었고 종국에 가서는 강태범의 말이 백번 옳았기 때문에 살짝 약까지 오르는 기분이다.

전날 경기 이씨 가문에서 처남 이철로가 나와 뒤처리를 마무리했을 때, 강태범이 한 지하실에 물건을 옮기거나 다른 주인을 만나게 찾아 주라는 충고가 걸렸다.

'제길, 그때 치워 버렸으면……'

때늦은 후회에 고개를 저었다.

"부탁하네."

서일국은 맘에 빚을 처가에 하나 더 얹었다.

"당연히 이런 일 때문에 제가 있습니다. 말끔히 처리해 놓겠습니다."

강태범은 허리를 숙이곤 자리를 떴다.

경기 이천시 신둔면.

녹골산 아래 활처럼 휜 신둔천를 마주 보며 고래 등 같은 기와집이 그림처럼 펼쳐졌다.

언뜻 배산임수의 명당으로 보이지만, 흐르는 물줄기가 북쪽인 한성을 향하며 활처럼 휜 만궁처彎弓處는 예로부터 좋게 보면 역성의 기운을 가진 땅이요, 나쁘게 말하면 역적이 나올 사지라 일컬었다.

이런 대지에 백 칸 기와집을 짓는데 풍수지리를 따지지 않았을까?

그럼에도 이렇게 고택을 지었다는 것은 집주인의 오만함이 어떤지 짐작할 만한 대목이다.

이 고택 중앙 안채는 여전히 조선 시대였다.

서탁을 앞에 두고 백발 백염에 오관이 단정한 노인이 꼿꼿이 앉아 있다.

이 노인은 망건만 하지 않았지 상투를 틀고 흰 한복을 입었다. 그는 몸을 앞뒤로 흔들며 중얼거려 책을 읽었다. 그 여유가 깨졌다.

"철롭니다."

이름으로 자신을 알리는 목소리에 노인은 책을 덮으며 얼굴을 찡그렸다.

"들어오너라."

삐익.

경첩이 울며 문이 열렸다.

40대 초반의 경박스럽게 생긴 쥐상 중년인이 들어섰다. 그는 노인과 달리 진곤색 양복 차림이다.

그는 서탁 앞에 앉더니 노인이 읽던 책을 들어 제목을 봤다.

"아직도 이런 책을 보십니까?"

책은 마키아벨리의 군주론이었다. 이철로는 고개를 흔들었다.

배덕의 진수이자 권모술수의 원본이랄 수 있는 책이다.

"그러는 네놈은 아직도 도색잡지를 보고 있느냐?"

"플레이보이만 한 소일거리를 주는 책이 어디 있습니까?"

"끙."

노인이 된소리를 내며 주먹을 꽉 쥐었지만 그뿐이었다.

감히 북검 이세창에게 이런 언사를 지껄이고 무사한 사람은 둘째 아들인 이철로가 유일했다.

이철로는 가문을 위해 그만한 희생을 했고, 또한 그만한 능력이 있었다.

"객쩍은 말이나 하려고 온 것은 아닐 테고, 무슨 일이냐?"

"출타 좀 해야겠습니다."

"엉덩이에 엿 붙여 놓은 네가 밖을 나가?"

"똥 싸고 밑이 덜 닦였나 봅니다."

"말본새하고는, 쯧쯧. 서일국 일이 잘못된 것이더냐?"

"그런가 봅니다. 전날과 똑같은 비밀 장부 사진이 매형한테 또 배달됐답니다."

"칠칠치 못하게 일 처리를 그따위로 했느냐?"

"하수인 놈은 맥이 찢기고, 흰소리 못 하는 고문을 당하며 위를 차곡차곡 불었습니다. 지켜본 바로는 죽음보다 더한 고통을 참을 만한 놈이 아니었습니다. 아마도 맨 위에서 지시한 변호사가 따로 부본을 만들어 놨나 봅니다."

"그래서 네 책임이 아니다?"

"……."

이철로가 잠시 침묵을 했다.

그의 얼굴이 붉어지는 것이, 실수를 인정하진 못하고 있었다. 그러다 말을 했다.

"애초에 돈을 주고 원본을 받는 것이 아니라고 제가 말했습니다. 한 번 주니 계속 이런 일이 발생하지 않습니까? 하수인 멱을 움켜잡고 고함 한번 지르고 변호사만 잘 어르고 달래 놨으면 다른 패거리들이 붙지 못했을 것입니다."

"마음이 좋은 것이냐, 아님 물러진 것이냐? 일을 하다 보면 끝이 남아서는 언젠가는 구정물이 튄다고 그렇게 누누이 일렀건만."

"휴-우. 사람이 파리가 아니잖습니까. 그리고 밑동 한두 놈만 잘라 내면 알아서 기게 될 쓰레기들이었습니다."

"됐다. 너와 입씨름하기 싫다. 항상 하던 대로 마무리나 잘하거라."

이세창은 이철로와 말을 섞기 싫어 읽던 책을 폈다.

"어련하시겠습니까?"

이철로는 자리에서 일어났다.

그의 묘하게 꼬인 말처럼 인사도 하는 둥 마는 둥 자리를 떴다.

"쳐 죽일 놈."

이세창은 빈자리를 보며 겉욕을 했다.

그래도 말과 달리 얼굴에는 미소가 맴돌았다. 요즘 들어 장남이 이 녀석이었으면 하는 생각이 도통 떠나지를 않고 있었다.

북악산 공터

품에서 수투갑을 꺼낸 상욱은 손등 위에 얹고 옆에 있는 단추를 눌렀다. 그러자 단전에 일어난 내공이 천둔갑의 운기에 따라 수투갑으로 전달되며 장갑처럼 변했다.

그렇게 양손에 수투갑을 착용한 상욱은 내공을 최고조로 끌어올렸다.

무형의 기운이 아지랑이처럼 피어올라 주먹 형태를 갖추었다. 꽉 쥔 주먹에 권기가 맺혀 원형을 만들었다.

그 상태에서 상욱은 서서히 손을 펴 손가락을 내밀었다. 그 끝을 따라 기가 분할되었다.

그러나 여기까지였다. 손가락 끝에 맺힌 기의 줄기가 희미해지더니 사라져 버렸다.

'아직 내공이 경지에 다다르지 못해서인가?'

상욱은 실망감을 감추지 못했다.

평소 아침저녁으로 결가부좌로 진기도인을 하던 거병연수 육자결 호흡이 천둔갑의 내공 운기법에 따르자 일상에서도 운기조식이 가능해졌다.

이렇게 되기까지는 부단한 노력이 있었지만 일상이 무공에 맞춰져 버린 상욱에게는 그냥 숨쉬기처럼 자연스럽게 변했다.

그래서 내심 내공이 일취월장해 가고 있다는 느낌을 받았는데, 단전에서 나온 내공이 기경팔맥과 십이장경을 붉은 뱀이 기어가듯 움직이는 적사신赤蛇神의 경지는 아직 요원하기만 했다.

천둔갑에 이르기를 이 경지에 이르러야 비로소 천둔의 이치를 맛본다 했다.

이제 단전에서 발현된 내공이 애벌레가 툭툭 튀는 느낌으로 운기되고 있으니, 정순하고 지고한 맛이 나질 않고 있었다.

그렇다고 실망하거나 심적 동요가 일어나지는 않았다.

강인한 선생님의 말처럼 무공을 접하는 출발점이 다르다는 것을 그 스스로 인정하고 있기 때문이다.

　오히려 수투갑에 숨겨진 묘용 두 가지를 발견해 푹 빠져 있었다.

　그 첫째로, 방금처럼 수투갑을 끼고 내공을 운용하다 보면 자연스럽게 내공이 수투갑으로 전도되는 길을 찾았다.

　이 길은 미세한 통로와 같지만 신체가 원하는 최적의 경로였다. 그 감각을 몸에 저장했다.

　그리고 지금처럼 장갑을 벗은 상태로 내공을 운기하면 답습한 경혈을 따라 진기도인을 했다.

　그러면 상욱의 몸에 저장된 감각은 최적의 경로를 따라 내공을 흘려보냈다.

　그러자 방금같이 투명한 기의 줄기들이 일어섰다.

　이번에도 수투갑을 착용했을 때와 같이 투명한 기는 신기루처럼 곧 사라졌다.

　상욱은 그래도 입에 미소를 머금고, 계속 내공을 쥐어짰다. 그에 따라 투명한 기가 나타났다 사라지기를 반복했다.

　이는 상욱이 천둔갑의 감각을 잊지 않기 위해 본능적으로 하는 놀이와 같았지만, 강인한이 펼쳤던 온전한 백탄연의 경지에 이르는 최단의 경로였다.

　또한 내공을 발산하고 회수하는 반복 과정은 내공의 수발을 통제할 수 있게 했다.

더불어 자연스럽게 전투 과정에서 꼭 필요한 내공만으로
적을 제압하는 단초가 되었다.

지금 상욱은 그도 모르는 사이 강기를 만들어 가는 최절정
의 단계에 발을 들여놓고 있었다.

1시간가량을 내공을 수발하는 단순한 수련을 마친 상욱은
다시 수투갑을 집어 들었다.

수투갑의 두 번째 묘용을 점검했다.

이 물건은 내공이 주입되면 말랑말랑해지고 신체에 흡착
력이 강해졌다. 이것은 안팎이 똑같았다.

이때 천둔갑의 본질이 유감없이 발휘했다. 끊임없는 전신
주천으로 궁극에 가서는 호신강기를 이루는 이 내공 운기법
은 수투갑을 신체 어느 부위에든 밀착을 시켰다.

상욱은 내공을 집중해 수투갑을 가슴 부위에 붙여 놓고 양
손등으로 가슴을 때렸다.

착. 착.

가슴 부위에 내공은 손목으로 전이되며 수투갑은 손등에
서 헐렁하게 놀았다. 그러자.

탕. 탕.

양손을 부딪쳐 버튼을 눌렀다. 지속되는 내공으로 수투갑
은 장갑을 착용한 것처럼 변했다.

그리고 손끝에만 내공을 주입하고 손목을 꺾자 수투갑의
윗부분이 풀리며 작은 사각 방패가 됐다.

상욱은 이번에도 만족스러운 표정을 지었다.

무기를 사용하지 않고 주먹과 발에만 의지해 공격과 방어를 하는 그에게는 수투갑은 최고의 무기였다.

그에게 강인한 선생님은 어찌 보면 키다리 아저씨였다.

조정상은 사흘 전에 얻은 서류 봉투를 두고 행복한 감정에 빠졌다.

이틀 전이었다.

허미경에게 뺏은 서류 몇 장은 머리가 썩 훌륭하지 않은 그가 봐도 일성물산이 국회의장 서일국에게 뇌물을 준 기록이 확실했다. 이러니 먹으면 체할 것 같고, 버리자니 생선을 앞에 둔 고양이 꼴이었다.

결국 증권가 찌라시로 냄새를 흘리고 추이를 확인하다가, 야당이나 신당을 창당한 안찬수 쪽에 서류를 팔거나, 일성물산을 협박하는 양단으로 가닥을 잡았다.

증권가 찌라시는 허미경이 한몫을 했다.

조정상은 허미경과 남자친구 윤재철을 엮어 사무실 물품을 훔친 도둑으로 공갈을 쳐 놓은 상태였다. 그래서 그는 두 남녀를 꼭두각시처럼 움직였다.

증권회사에 다니는 윤재철은 조정상의 협박을 못 이기고 찌라시를 흘렸다.

그 내용은 일성물산과 국회의장 서일국의 커넥션의 암시

로, 일성물산이 정경 유착의 의혹이 있다는 짤막한 글 몇 줄
이었다.

그런데 이 글이 오히려 일성물산 주가를 장중 한때 상한가
로 이끌었다. 서일국표 정치주로 급부상하는 것이 아니냐는
억측을 낳기도 했다.

어쨌든 조정상은 썩은 내를 피워 놓았다.

그리고 그는 지금 다른 사업으로 신경을 돌렸다.

작년까지만 해도 춘식이파는 약(마약)팔이를 하지 않는다는
원칙이 있었다.

무슨 조폭이 성인군자도 아닌데 마약을 취급하지 않으냐
고 물으면 그만한 답도 있다.

마약을 파는 것은 괜찮은데 조직원이 팔다 처먹는 문제가
있었다.

조폭이라고 심성이 뻣뻣한 놈들만 있는 것처럼 보이지만,
의외로 순두부처럼 물러터진 놈들이 수두룩했다. 이 순두부
들이 마약에 손을 댔다.

그래서 돈이 되는 마약을 취급하지 않았다.

그러던 것을 조정상은 달리 루트를 키웠다.

약쟁이 조직을 흡수하고, 기존 춘식이파 식구들은 배달에
도 끼어들지 못하게 했다. 이권 때문에 손쓸 일에만 식구들
을 동원했다.

이 원칙은 생각보다 얼마 가지 못했다.

중국 쪽에서 신종 마약, 즉 디자인 드럭인 크라톰을 들여오며 사정이 달라졌다. 올 중순부터 사람이 없어서 구멍가게를 열지 못할 실정이었다.

결국에는 조직에서 꼭 필요한 식구를 빼고, 무녀리들을 내몰았다. 반 토막 난 조직을 정예만 남기고, 춘식이가 출소하면 그때 세를 불릴 생각이었다.

그런데 세상일이 뜻대로 풀리면 세상이겠는가?

인천을 기반으로 한 작두파 놈들이 삼합회를 끼고 크라톰을 공급했는데, 이 삼합회 놈들이 감히 발톱을 드러냈다.

그런데 문제는 이놈들 중 무림武林에 홍방紅幇이라는 일류 문파에 파견 나온 자가 있다는 것이다.

무림은 중국에서 쟁천과 같은 단체로 삼합회의 삼분지 이를 장악하고 있었다.

본시 삼합회의 유래는 청나라 초기 반청복명의 기치를 든 천지회였는데, 세월이 흐르며 변질이 돼 각 지역에 자생했던 천지회원들이 이권에 개입하면서 무뢰한 조직으로 낙인 찍혔다.

또한 우리나라 조직폭력배들이 양파, 쪽파, 대파, 이런 무슨 파로 대변된다면, 삼합회는 무슨, 무슨 회로 호칭을 정했다.

참고로 일본 야쿠자는 화투장 8(야) 9(쿠) 3(자)의 합인 0, 망통을 지칭하는 말로, 사회적으로 아무 쓸모 없이 도박으로

두개의
심장을
가진자

연명하는 자들을 뜻하며, 통상 조組(구미)로 폭력배 조직을 칭하고 있다.

각설하고.

조정상은 지난달 거래를 떠올리자 얼굴이 붉어졌다. 치욕에 가까운 거래였다.

작두파 놈들은 여느 때와 같이 **뺑뺑이**를 돌렸다. 이 쥐새끼들은 항상 거래 장소를 일방적으로 정하고는 수시로 바꿨다.

그날도 통보된 장소를 세 번이나 바꾸고 나서야 인천부두 창고에서 작두파 두목 원종현을 만날 수 있었다.

그 자리에 천문정이란 30대 어린놈을 데리고 나왔는데, 짱깨라는 것은 1분도 되지 않아 알 수 있었다.

알록달록한 옷 꼬락서니하며, 목과 팔을 순금으로 도배하고, 마약 거래하는 놈 목소리는 어찌나 큰지.

게다가 한국말 반, 짱깨 말 반이라 누가 봐도 중국 놈이었다.

원래 그쪽 애들이 차이나타운을 끼고 있어 짱깨가 많다는 사실은 이미 널리 알려져 있었다.

그래서 입 좀 다물라고 했는데, 이놈이 반말을 찍찍 해 대서 참지 못하고 주먹이 먼저 나갔다.

그것이 화근이자 실수였다.

물론 말보다 주먹이 가까운 자들이 깡패고 보면, 조정상 입장에서는 남자다운 행동이었다. 결과가 좋지 않아서 그랬지만.

그날 한국에서 홍두영에 이어, 천문정이란 짱깨 놈에게까지 한주먹에 당하는 치욕을 당했다.

이러니 제대로 된 거래가 될 리 없었다. 뭉칫돈 주고 크라톰 몇 개를 구걸해 오는 것으로 거래가 끝났다.

이가 갈리는 일이었고, 이제는 그 빚을 갚아 줄 차례였다.

그에게는 죽통과 니주가리 그리고 수시가 있었다.

대검찰청 형사 2부 사무실.

탁탁탁.

모니터를 보며 키보드를 치던 김창진이 고개를 들었다. 문이 열리며 두 사람이 들어오고 있었다.

"오셨습니까? 수고들 했습니다."

그는 기다렸던 김관명과 오영길이 들어오자 자리에서 일어났다.

"수고는요. 양 계장님은?"

김관명이 김창진에게 되물었다.

"아직 잠복 중입니다. 일단 부장님께 가시죠."

"네, 보고드려야죠."

세 사람은 같이 부장검사실로 향했다.

잠시 후.

소파에 자리 잡은 세 사람은 그들을 바라보는 강필중 부장 검사에게 시선을 맞췄다.

"누구부터 말할 거지?"

"저부터 보고드리겠습니다."

김창진이 나섰다.

"말하게."

"일단 박상욱 팀장의 춘식이파 잠입은 성공적입니다. 돌아가신 이황우 변호사가 입수했던 일성물산과 서일국 커넥션의 사진을 춘식이파가 의심하지 않게 잘 전달했습니다. 그 결과 증권가 찌라시로 서일국이 일성물산 뒤를 봐주고 있다는 소문이 이틀 전부터 돌기 시작했습니다."

"잘됐군. 계속하게."

"그리고 춘식이파 부두목 조정상이 커넥션이 담긴 서류를 일성물산에 보낸 것도 확인했답니다."

"좋아, 좋아. 그런데 그 깡패 새끼들 기소중지 상태라 확 땡겨야 직성이 풀리는데 말이야."

"2주만 참으시면 됩니다. 박상욱이 설계한 대로 척척 떨어지고 있습니다."

"쩝, 참 아쉬워. 박상욱 그 친구 대검찰청에 있어야 될 인재인데. 그다음은?"

강필중은 입맛을 다실 정도로 상욱에게 애착을 보였다. 그러나 대통령이라도 완전 다른 행정 부서를 바꿀 힘은 없었다.

"저와 오 반장이 오늘 새벽 오토바이를 타고 서일국 저택에 서류를 집어 던져 놨습니다. 아침에 경호원들이 벌집 쑤셔 놓은 듯 부산스럽게 움직이는 것을 확인했습니다."

김관명이 김창진 뒤를 이어 말했다.

"양 계장은?"

강필중이 김창진을 바라봤다.

"이천에서 경기 이씨를 살피고 있습니다. 그 집에서 나오는 차들은 족족 차량 번호를 따 보내는 중입니다."

"그 차량들 이동 경로는 잘 째고 있겠지?"

"물론입니다. 이천 서울 간 진입로, 서일국 저택이 있는 혜화동, 국회의사당으로 진입하는 도로 방범 CCTV의 알림 시스템에 그 차량 번호들을 등록하고 있습니다. 감청 장비 탑재 차량도 출동 대기를 마쳤습니다."

김관명이 김창진의 뒤를 받았다.

"서일국이 경기 이씨에서 나온 사람과 외부에서 접촉할 경우는?"

"오후에 서일국 차량에 GPS를 장착해 놨습니다. 부처님 손바닥 안입니다."

"수고들 했네. 하지만 이렇게 모은 자료는 즉각 파기해야 하네. 괜히 불법 증거 수집이네 함정수사네 말이 나오지 않도록."

강필중이 세 사람을 보며 말했다. 그들이 필요한 것은 서일국과 경기 이씨에서 나올 사람 간의 대화 내용이었지, 이들의 접선 장면이 아니었다.

"물론입니다."

김관명과 김창진이 동시에 대답했다.

그런 둘을 보며 강필중의 입꼬리가 올라갔다.

상욱은 정상실업에 회사원처럼 출근을 했다.

왕일구는 휴대폰을 개통하며 받은 인적 사항을 확인한 후로 상욱 등의 곁을 떠나지 않았다.

출근해 놀다 퇴근하고 숙소에 들어가기 전까지 일일이 신경을 썼다.

이로써 상욱은 자연스럽게 정상실업이 돌아가는 실정과 춘식이파 인맥을 꿰어 갔다.

뭐 여전히 조정상은 상욱과 거리를 두고 있었다.

요 사흘간 상욱이 대표이사 방에 귀를 열어 놓고 있어 조정상이 갖고 있는 의도를 알았다.

식객, 말 그대로 밥 먹여 주고 일시키는 선에서 줄을 그었다. 그럼에도 연일 술좌석을 만들어 큰일이 있을 것이라 운을 뗐다.

밥과 술 먹이고 돈을 주고 있으니 일하라는 뜻이었다.

확실히 조정상이 의도하는 대로 상욱 등은 식객이 되었다.

'그러면 뭐 하나? 이렇게 다 듣고 있는데.'

공간지각 인지능력(뱀파이어릭)을 활성화한 상욱은 오늘 아침 일을 떠올렸다.

조정상은 아침부터 왕일구를 불러 상욱 등을 백화점에 데려가 때를 벗기라고 지시를 했다.

그리고 왕일구는 점심을 먹으며 백화점에 가서 스타일을 바꾸자고 했다.

상욱을 비롯한 세 사람은 그저 웃을 뿐이었다.

오늘 조정상이 말하는 큰일이 일어날 것 같았다.

대검찰청에 들어간 날 바리깡으로 밀었던 상욱의 머리카락은 2주가 지나자 덥수룩해졌다.

거기다 상욱이 수염마저 면도를 하지 않으니 산적이 따로 없었다.

상욱은 왕일구를 따라 이발소에 갔다.

옆머리를 바리깡으로 걷어 올리고, 투 블럭으로 머리를 세웠다. 그리고 수염을 다듬어 구레나룻을 만들어 놓으니 제법 그럴싸하게 보였다.

"워메, 이게 누구당가? 통 성님 맞소?"

이영철이 옆에서 상욱을 추켜세웠다. 아닌 게 아니라 백화점에서 양복을 빼입고 스타일을 달리하니 뉴요커 같았다.

"아야, 나가 원래 한 인물 안 했던가?"

상욱이 우쭐해 어깨를 올렸다.

"나 주가리가 볼 때 통 성님은 주둥빼기를 닥치고 있어야 한당께. 안 그렇소?"

차동현이 왕일구에게 동의를 구했다.

"그 정도까지는 아닙니다. 그냥 무게를 잡으시면 품위가 더욱 높아지실 것 같기는 합니다."

왕일구의 말에 이발소 안에 갑자기 정적이 흘렀다.

상욱이 정색을 하고 입을 다물었기 때문이다. 그러자 이영철과 차동현도 따라 입을 다물었다.

무거워진 분위기는 왕일구를 어색하게 만들었다.

"형, 형님."

그는 상욱을 향해 말하며 어깨가 아래로 처져 갔다.

"왜. 그. 러. 니~?"

그러자 상욱이 어설픈 서울 말투로 대답했다.

"……."

'개새끼, 살 떨려 죽는 줄 알았네. 그리고 이 어벙한 서울 사투리는 또 뭐야?'

왕일구는 잠시 할 말을 잃었다.

죽통이 말을 하지 않으니 주변 분위기가 살벌했다. 안 그래도 부담스러운 체구와 상판때기가 요즘 들어 부쩍 더 강렬해졌다.

왕일구는 모르고 있었지만, 상욱의 태양혈이 불끈 올라와 있었고, 보는 사람으로 하여금 묘한 위화감을 줬다.

절정 언저리에 있던 상욱은 내공이 불어나며 완숙한 강자의 면모를 보이기 시작했다.

자유로운 일상 속에서 규칙적인 단련을 하자, 형사로서 생활 패턴이 딱딱하던 때와 달리 빠른 진전을 보였다.

어쨌든, 검은 양복을 빼입고 머리를 짧게 깎은 상욱을 비롯한 세 사람은 동네 양아치를 벗어나 형님으로 비쳤다.

"형님, 그냥 왕입니다요."

왕일구의 아부는 그 끝을 알 수 없었다.

그날 오후.

상욱 등은 정상실업 김 과장이 운전하는 승합차를 타고 부평역에 갔다. 그곳에서 조정상이 처음 보는 사내 넷을 데리고 합류했다.

조정상은 상욱에게 사내들을 소개시키지 않았다. 그냥 가끔 일하며 볼 얼굴이라며 눈인사가 전부였다.

네 사내들.

삐쩍 마른 몸. 그에 비해 번들거리는 눈. 그 속에 담긴 몽혼함과 독기. 전형적인 약쟁이들이었다.

이놈들 역시 조정상만큼이나 입이 무겁기는 마찬가지였

다. 아니 그 부류에 다른 인간들은 배척의 대상이다.

그래서 상욱은 아예 입을 다물어 줬다.

꼬라지를 보니 분명 약 사러 가는 길이다. 근 3주를 별러온 함정수사 계획이다. 이것이 틀어지면 언제 기회가 올지몰랐고, 말을 섞자니 화딱지가 날 것 같아 아예 눈을 감아 버렸다.

그리고 등이 아플 정도로 시간이 흘렀다.

빽빽한 9인승 승합차에 사내 아홉이 타고 인천 시내를 2시간 동안 뺑뺑이를 돌자 조정상은 인내심이 한계까지 찼다.

그때 그의 휴대폰이 울렸다.

"18, 좆 같네. 내가 너희 집 개새끼냐? 왜 이렇게 돌려? 그냥 서울 갈까?"

그는 휴대폰에 욕을 다발로 퍼부었다.

─새끼, 참을성하고는. 그런데 못 보던 놈 셋이 탔던데?

작두 원종현이 꼬투리를 잡았다.

"어이 작두, 우리가 언제 남 식구 호구조사하고 만났냐?"

─하기는 딱 봐도 조폭 새끼들이더구만. 저번에 만났던 곳으로 와라.

삑.

조정상은 뒷말을 않고 휴대폰을 끊었다. 그렇게라도 그가화났다는 것을 알렸다. 그리고.

"씨발놈들, 결국 거기서 만날 거면서 똥개 훈련을 시켜. 레아들놈들."

다시 욕을 입에 달았다.

"형님, 저번에 그곳입니까?"

김 과장이 조정상에게 물었다.

"듣고도 몰라. 빨리 가자. 18. 이번에도 고사바리(주사기에 담은 마약) 몇 개 던져만 봐."

김 과장에게 화풀이를 한 조정상은 마음을 단단히 먹었다.

"죽 형, 이번에 말이요. 힘 한번 제대로 써야겠소."

"아따, 심하먼 나. 나 허먼 심 아니것소. 걱정은 죽은 서방 부랄 자븐 과수땍 맹키로 꽉 붙드러 메쇼잉."

상욱은 피식 웃으며 너스레를 떨었다.

그러자 옆에 있던 차동현도 나서서 한마디 거들었다.

"거 머시기냐? 그랴, 뼝아리 잡는디 뭔 육사스미 뜬 당가? 성님은 맨강없이 나서지 마쇼. 나허고 수시가 언놈이든 니주가리 십뽀뽀로 맹그러 벌팅게."

그 모습에 조정상은 입을 닫고 무식한 세 인간이 눈치채지 못하게 고개를 흔들었다.

그렇다 해도 이런 인간들에게 의지해야 하는 현실에 울컥한 마음은 가라앉질 않는다.

"야, 김 과장, 오늘따라 김여사 운전질이야?"

그의 짜증은 애먼 김 과장을 향했다.

부-우웅.

그리고 애꿎은 9인승 승합차가 검은 매연을 뿜었다.

두 개의
심장을
가진 자

인천 부두는 크게 세 개 구역으로 내항과 신항 그리고 북항으로 구분되어 있다. 그 둘레는 31킬로미터에 달하고, 축구장 쉰다섯 개를 합쳐 놓은 면적이다.

 승합차는 내항과 신항이 아닌 북항으로 접어들었다.

 민간인이 운영하는 북항은 내왕이 자유로울 뿐만 아니라 경비 인원도 출입구에 두 명에 불과해 별다른 제지 없이 통과했다.

 이때 상욱은 시계를 만지작거렸다.

 일견 이 시계는 검은 금속에 고풍스러운 디자인으로 아날로그 명품 시계로 비쳤지만, 탑재 장비만큼은 완전 반대였다. 120기가 메모리와 적외선 녹화까지 가능한 최첨단 디지털 기기였다.

 이로써 춘식이파의 목을 벨 칼날을 하나 장착했다.

 승합차가 도착한 부두는 영화처럼 음침하지 않았다.

 룩스가 높은 LED 가로등이 곳곳을 비춰 외려 흐린 낮보다 밝았다. 그나마 부두 끝에 외진 8번이라 적힌 대형 창고에 승합차가 섰다.

 승합차 중간 문 안쪽에 있던 조정상은 상욱과 함께 내렸다.

 "어이, 조정상이. 오느라 힘들었지?"

 조정상이 내리자 창고 셔터가 오르며 작두 원종현이 깍두기들의 호위를 받으며 나왔다.

"니기미 소여물이나 썰 작두."

"우쯔쭈쭈. 우리 정상이 화나쪄? 저번처럼 엉아들한테 엉덩이 맞고 갈라고~."

작두가 비아냥거리며 창고 문 옆으로 비켜섰다. 그러자 조정상은 제집처럼 거침없이 창고 안으로 들어갔다.

그 뒤를 따라 상욱을 비롯해 여덟 명의 사내들이 들어섰다.

차르륵.

그리고 셔터 문이 닫혔다.

"오, 통~취오(돈 냄새)."

운동장만 한 창고 끝에 사내 셋이 의자에 앉아 있었다. 그들 중 하나가 일어났다.

서른 살 전후로 보이는 이 사내는 중국 말로 지껄이며 건들건들 다가왔다.

"추완다꺼(천 형님), 서울 손님들 아시죠?"

원종현이 해맑은 비웃음을 지어 보였다.

"라오쉬오(늙은 쥐)? 한 달 전에 봤잖아."

천 형님이라 불린 자가 중국 말과 한국어를 섞어 말했다.

"아따메, 저 짱깨 새끼가 뭐란디야?"

그러자 이쪽에서는 이영철이 나섰다. 비록 사내가 건들거리지만 기도가 제법이다. 어떤 자들인지 확인이 필요했다.

"짱깨?"

천문정은 한국 와 처음 배운 실전 한국어가 '짱깨'였다. 외국인이 타국에서 원주민과 처음 접해서 배우는 게 욕이거나 비속어다.

그때 느낀 모멸감이 터졌다. 특히나 자기 나라에 대한 자부심이 큰 민족 중 하나가 중국인이다.

그러니 이영철의 말은 천문정의 자존심을 건드렸다고 봐도 무방하다.

"왕빠딴!"

욕설과 함께 그가 달려들었다.

네 걸음을 뛰어 이영철 앞까지 내달려 그대로 공중 옆차기를 했다.

팡. 파파방.

이영철은 내공이 잔뜩 실린 천문정의 왼발을 오른발을 뒤로 빼며 회피했다.

그러나 천문정의 연환각은 그리 호락호락한 것이 아니다. 공중에서 몸을 회전해 오른발 뒤발차기에 이어 왼발 올려차기까지 3연격이 이영철에게 쏟아졌다.

이영철 입장에서 천문정은 불알 안 깐 돼지 새끼였다.

주먹이 오가더라도 말은 섞기 마련인데, 무턱대고 쌈박질을 하자니 화가 치밀었다.

"찻."

기합과 함께 양 팔뚝으로 오른 뒷발을 막았다. 그리고 이영철은 자연스럽게 밀리는 상체를 땅바닥으로 붙여 천문정의 왼발을 피하며, 오른발을 축으로 왼발이 바닥을 쓸어 천문정의 오른발 오금을 때렸다.

퍽.

공중에서 중심을 잡지 못한 천문정은 상체를 비틀어 중심을 잡고 상체를 세우려 했다.

하지만 이영철은 도발한 천문정을 그대로 둘 만큼 마음이 순하지 않았다. 게다가 의자에 앉아 모여 있는 놈들도 고작 2류 정도에 불과해 고만고만해 보였다.

왼발을 모아 일어서며 깍지를 낀 그는 천문정의 등짝을 내리찍었다.

펑-.

"컥."

천문정이 외마디 비명을 지며 땅바닥에 나뒹굴었다.

워낙 순식간에 일어난 일이고, 초식도 뭣도 아닌 임기응변에 지나지 않았지만 중국 홍방에서 나온 남은 둘은 깜짝 놀라 일어났다.

그들은 오히려 초식을 쓰지 않은 것이 더 놀람을 부추겼다.

그들이 뛰어와 하나는 이영철 앞을 막고, 하나는 천문정을 살폈다.

"누구냐?"

이영철을 막아선 사내가 물었다.

그는 날카로운 인상의 40대 중반으로, 천문정이 쓰러져 있어도 흥분하지 않고 침착했다.

"워따메, 거그는 짱깨가 아닌가 비?"

이영철은 계속 도발했다.

그 말에 사내는 원종현을 봤다. 사투리까지는 이해를 못하는 모양이다.

"中國人都在問銀牙(중국인이냐고 묻는데요)."

"나는 홍방의 열두 번째 홍곤紅棍 천중상이다. 그대는 쟁천의 누구인가?"

천중상은 그 자신을 소개했다.

원래 그는 무림 조직인 홍방에서 삼합회 대도회 부두목으로 파견 나온 자로, 향주鄕主란 직책은 행동대장 격이다.

그런 그가 인천 차이나타운으로 들어온 것은 마약 때문이었다.

본시 중국 본토에 마약 거래가 없는 것은 아니지만, 외국만큼 자유롭진 못했다. 중국 공안(경찰)은 마약에 한해서 관대하지 않다. 오히려 무자비한 점이 많았다.

아편전쟁으로 청나라가 몰락한 유래가 있어 마약 사범은 신분, 지위 고하를 막론하고 사형에 처했다. 그래서 삼합회는 국내보다는 세계 곳곳에 있는 차이나타운을 통해 마약 거래를 주 사업으로 펼쳤다.

그런 이유로 마약 청정국에 해당하는 한국으로 들어와 요즘 재미를 보는 중이었다.

　　"홍방? 쟁천? 그것이 뭔디? 글구 천중상이 이름인 건 알 것는디 홍곤은 또 머단야?"

　　이영철이 의뭉을 떨었다.

　　그러자 김 과장이 나섰다.

　　"수시 형님, 중구 삼합회 홍방은 거대 조직입니다. 거기에서 홍곤이면 저희 조 사장님 위치라고 보시면 됩니다."

　　"그랴? 그란디 쪼까 거시기하네. 첨 보는 놈이 주먹을 날리 싼 께 말여?"

　　"옥 형은 잠시 물러나 보시오."

　　그때 조정상이 끼어들었다.

　　"그는 우리 조직에 몸담고 있는 사람이오."

　　그러곤 천중상에게 답했다.

　　저번에는 천문정만 나왔는데 그 위쪽 인사가 나왔으니 뭔가 준비해 온 것이 틀림없었다.

　　"好吧(괜찮습니다)."

　　천문정을 살펴던 사내는 천문정의 가슴을 눌러 호흡을 터주고는 고개를 끄덕이며 천중상에게 말했다.

　　그러자 천중상은 이영철을 보며 다시 물었다.

　　"쟁천 맞나?"

　　"아따 쟁천이 뭐난께?"

똑같은 질문과 대답이 오가자 조정상이 나섰다.

"그는 쟁천이 뭔지 모르오."

"쟁천이 아니란 말이지? 정 부인하겠다면 손을 섞어 보면 알 일."

천중상은 말을 하며 등 뒤 허리춤에서 막대기를 꺼냈다. 옷 속에 감춰진 것치고는 상당히 길었다.

그것은 세 개로 나뉜 70센티미터가량의 막대기로, 이것들 사이에는 가는 철끈이 이어져 있고, 맨 마지막 막대기에는 마름모꼴로 뾰족한 금속이 달렸다. 괴상한 삼절곤이었다.

천중상은 이 삼절곤의 끝을 잡고 이영철에게 던졌다.

횡ㅡ.

허공을 가르는 소리와 함께 삼절곤이 쫙 펴졌다.

이영철은 불시의 기습에 크게 한 발 물러섰다.

천중상은 이영철과 거리를 벌리자 삼절곤의 끝을 잡아당겼다.

팅.

철끈이 딸려 오며 2미터 길이의 단창으로 변했다.

상욱은 그것에 흥미를 느꼈다.

지금까지 무기를 들고 싸워 본 경험이라고는 군용 단검과 조폭들이 들고 설치는 야구방망이와 사시미가 전부였다.

창이라는 고전적인 무기지만 너무나 생소한 경험이 될 거라는 느낌을 지우지 못했다.

"수시야, 엉아가 심쓴다고 했잔여. 비껴 보란게."

상욱이 천중상 앞으로 나섰다. 그리고 품에 팔짱을 끼며 양복 상의 안으로 넣었다. 그리고 내공을 끌어 올렸다.

수투갑이 상욱의 팔과 팔뚝 일부를 감쌌다.

틱. 틱.

수투갑의 옆에 붙은 버튼을 부딪쳐 완전히 착용한 상욱이 만족스러운 얼굴로 고개를 돌렸다.

우드드득.

뼈 부딪치는 소리와 함께 어깨 승모근이 불쑥 올라왔다.

"와."

상욱은 오른발을 뒤로 빼며 왼발에 힘을 싣고 왼손을 까닥거렸다.

천중상은 얼굴이 붉어졌다. 나이 30을 넘어 어디 가서 이런 취급을 받아 본 적이 없었다.

홍방에 등을 비비고 있다지만, 그는 연미창으로 일류 끝자락을 달렸다. 별 천둥벌거숭이가 나와 도발하니 인내심이 무너졌다.

"끼오옷."

기합과 함께 내공을 끌어 올리며 오른발을 내디뎠다. 왼손은 창의 뒤쪽을 잡고 오른손은 오리알을 쥔 듯 고정했다. 그리고 왼손이 빠르게 앞뒤와 좌우로 움직였다.

초식이 있는 움직임은 아니지만 창은 상욱의 얼굴부터 복

두 개의
심장을
가진 자

부까지 다섯 곳을 노렸다.

상욱은 양손을 빠르게 움직였다.

탕. 탕. 탕.

내공을 끌어 올리지 않았지만 수투갑은 무난히 천중상의 창을 막았다. 상욱의 얼굴에 만족감이 떠올랐다.

수투갑으로 창을 막은 손등과 손목에 통증이 전혀 전달되지 않는다. 수투갑은 확실히 이물임에 틀림없다.

그와 반대로 천중상 얼굴에는 짜증이 올라왔다.

창이란 무기의 큰 장점 중 하나인 날카로운 예기 일부가 사라졌다. 그러나 창의 묘용 중 극히 일부에 지나지 않았고, 적이 양손에 방패와 같은 이물을 가진 것으로 치부했다.

오히려 허접한 적보다 한 수가 있는 적을 만났다는 데서 투지가 올랐다.

왼 다리가 나오며 상욱의 머리를 찌른 창이 회수됐고, 오른발을 축으로 회전하며 창이 따라 돌아 창끝이 상욱의 목을 훑었다.

창끝에 파란 기가 뭉쳐 아지랑이처럼 넘실거렸다.

연미횡찬燕尾橫澯의 가벼운 이 초식은 연미창의 연환식에 시작이다. 강적을 만날 경우 거리를 벌리고 창격을 시작하기 위한 초식이다.

단순해 보이지만 회전력이 가미돼 거리를 좁히려고 다가오다 창대에 걸려 골절된 적이 한둘이 아니었다.

하지만 예상과 달리 상욱은 물러나지 않았다. 그 자리에서 머리를 재껴 창을 피했다.

천중상의 얼굴에 비웃음이 올라왔다.

창의 손잡이 끝을 왼손에서 오른손으로 옮겨 가 손목을 짧게 돌려졌다. 창끝의 뾰족한 창날은 길이와 원심력에 의해 회전하며 상욱의 상체를 베어 갔다.

연미창의 다섯 번째 초식 회회삭미回回削尾는 허리나 상체 반동으로 피했다가 제자리로 돌아오는 적을 창날로 베어 치명상을 입혔다.

그런 의미에서 상욱은 당할 수밖에 없는 초식으로 보였다.

상욱은 이 창을 보며 무기의 이점이 어디에서 나오는지 알아 갔다.

천중상과의 거리가 2미터 정도로 그가 공격하기 위해서는 2미터 거리를 좁혀야 주먹이나 발로 때릴 수 있는데 창수가 쉽게 허용하지 않을 것이다. 긴 무기는 거리를 벌릴수록 유리했다.

그리고 무기의 날카로움이 상처라는 부담으로 다가왔다. 한 번 실수는 곧 치명상 내지 죽음으로 연결되니 손발과는 비교할 수 없는 긴장감이 따라왔다.

더구나 극도의 긴장감은 몸을 굳게 만든다.

창이란 무기를 처음 접했고, 여기에 따른 손발과는 다른 대응이 필요하단 사실도 비로소 알았다.

그래도 상욱은 평상시와 별반 다르지 않았다. 그만큼 그의 무공에 대한 자신감이 컸다.

수투갑을 끼지 않았다고 상정하고 천중상과의 싸움에 임하고 있었다. 수투갑은 안전장치에 불과했다.

상욱은 팔뚝까지 내공을 싣고 단수장권18세의 장회단투 수법을 펼쳤다.

회전하는 창날을 따라 왼손을 돌려 가슴 밖으로 창날을 밀어 냈다. 그러며 권기에 싸인 손끝은 갈고리처럼 휘어져 창대를 잡아 갔다.

팅. 팅.

천중상은 깜짝 놀라 양손으로 창대를 팅겨 상욱의 손날을 피하며 창날의 방향을 안으로 접었다. 그리고 내공을 최고조로 끌어올렸다.

창기槍氣가 끝에 뭉치며.

우웅.

창끝이 진동하며 푸른 기가 넘실거렸다. 이내 창기는 빛살로 변해 상욱에게 쏟아졌다.

연미창의 전 11식의 마지막 초식인 연재중천으로, 창 자체의 진퇴에 회전력이 더해져 창기 스무 개가 상욱의 머리를 향해 토해졌다.

상욱은 머리 뒤 끝이 서며 희열을 느꼈다.

비록 천중상이 홍두영보다 위력이 강한 움직임을 보이진

못했지만, 창이란 무기가 갖는 위력만큼은 알알이 몸에 새 겼다.

공간지각 인지능력이 살아나 창이 공격해 오는 하나하나 를 주먹으로 막았다.

파바바방.

북을 두드리는 소리가 들렸다.

단투장투의 단수장권18세는 천둔갑 내공이 더해지며 상욱 의 주먹을 금강석으로 만들었다.

창기는 힘에 무너졌고, 상욱은 그동안 사용하지 않은 구변 속보를 펼쳤다.

좌우로 상체를 빠르게 움직여 천중상의 옆구리를 파고들 었다.

망량독보魍魎獨步.

천중상은 시력의 사각에서 상욱이 사라지자 본능적으로 창의 중동을 잡고 회전을 시켰다.

훙. 훙.

그러며 창의 끝을 비틀었다.

"헉."

앞만 보고 달려들던 상욱이 헛바람을 들이켰다.

천중상의 창이 갑자기 삼절곤으로 변하며 상욱을 감쌌다. 그 짧은 순간 천중상의 얼굴에 미소가 스쳤다.

기병이란 이런 것이다, 이렇게 말하는 것 같았다.

두개의
삼장을
가진자

하지만 상욱은 놀랐을지언정 당황하지는 않았다.

단수장권18세의 장착장회長捉長透 초식으로 천중상의 삼절곤 중동은 오른 손목으로 비틀어 막고 왼손 손등으로 창끝을 쳐 냄과 동시에 구변속보 홍매비상紅魅飛上으로 사선으로 뛰어올랐다.

파바바방– 팡.

튕긴 창으로 전면이 빈 천중상의 상체와 머리를 향해 상욱은 양발을 걷어찼다.

전날 홍두영이 이천 물류 창고에서 상욱을 상대로 펼친 일곤퇴법 광마선풍狂馬旋風과 똑같았다.

천중상은 창을 당기며 등이 바닥에 닿을 정도로 몸을 뉘였다. 그리고 왼손에 든 창의 끝으로 창고 바닥을 찍어 오른쪽으로 720도 회전하며 크게 물러났다.

"멋진 철판교鐵板橋에 이은 번룡타정飜龍打庭."

원종현이 천중상의 무공을 아는 척했다.

확실히 보기에 좋은 곡예와 같았다. 그러나 내려서는 상욱의 오른발이 일자로 벌려졌다가 바닥을 딛고 일어나는 천중상의 가슴을 찍어 갔다.

홍두영의 일곤퇴법 열세 번째 마지막 마왕출사馬王出師였다. 적의 이동에 따라 공격 방향을 달리하는 수법이다.

전날 상욱의 경우는 공격을 피하다가 후속 공격에 상당한 타격을 입었다.

천중상은 어느새 삼절곤을 창으로 조립했지만, 창끝을 사용할 여건은 되지 않았다.

그래서 창으로 방어를 할 수밖에 없었다. 양손으로 창 중동을 잡고 비틀어 밀었다가 쳐 내기를 반복했다.

어찌 보면 전날 상욱이 마왕출사에 당황해 수차례 주먹과 팔뚝을 이용해 막았던 수법과 별반 다르지 않았다.

상욱은 천중상의 대처를 보며 실망했다. 그나 천중상이나 절정 고수를 상대하는 수법이 엇비슷했기 때문이다.

더 이상 볼 것이 없었다.

마왕출사의 마지막 변화가 일어났다. 상체를 반전해 왼발을 좌에서 우로 쓸었다.

청중상은 여전히 같은 방법으로 상욱의 공격을 막았다.

그때 상욱의 발끝이 변화를 일으켰다. 발목이 창의 중동을 감으며 아래로 내려섰다.

순간 오른손을 놓친 천중상이 당황했다.

어느새 상욱의 발이 천중상의 창끝을 밟고 있고, 천중상은 왼손으로 창대의 끝을 잡으며 힘겨루기 형태로 변해 갔다.

"여기까지만 합시다, 죽 형."

조정상이 매우 흡족한 표정으로 말렸다.

상욱 역시 산통을 깨고 싶은 마음까지는 없었다. 마왕출사로 밟고 있던 창끝에서 무게를 줄였다.

천중상은 창에 온 내공을 싣고 있다 갑자기 상대가 힘을

두 개의
심장을
가진 자

빼자 창을 크게 들어 올렸다.

상욱은 그 창의 반발력을 이용하여 몸을 띄웠다.

파라라락.

옷자락이 바람에 펄럭이며 상욱은 3미터를 역회전해 바닥에 내려섰다.

"하오(좋다)."

창을 회수한 천중상이 엄지를 치켜세워 상욱을 인정했다. 그의 입장에서도 연미창 마지막 초식까지 사용하고도 적을 물리치지 못하자 일정 부분 상욱의 무위에 탄복을 했다.

물론 죽자 살자 싸운다면 다른 창술을 꺼내 들 수밖에 없는데, 생사를 가르는 자리도 아닌데 굳이 장사하는 자리에서 그럴 필요는 없었다.

이런 천중상과 달리 작두 원종현은 인상을 빡빡 구겼다.

무력의 우위가 춘식이파 쪽으로 기울었으니 약값을 제대로 후려치기는 글렀기 때문이다.

그러나 이내 얼굴색을 바꿨다.

"앉아서 차라도 한잔하며 대화합시다."

딱. 딱.

엄지와 중지를 비빈 후 손바닥을 때려 소리로 일행에게 신호를 보낸 그는 조정상 등을 이끌고 창고 안쪽으로 갔다.

그러자 이미 준비가 되어 있었는지 김이 모락모락 나는 찻주전자를 들고 여자 셋이 나왔다.

그녀들은 하늘색 바탕에 꽃무늬가 들어간 화려한 치파오(청나라 여자 옷)을 입고 있었는데, 탁자 위에 다구를 내려놓았다.

큰 주전자와 차를 우려내는 작은 주전자 그리고 밑받침이 둥근 컵이었다.

그러고는 녹색 모차毛茶를 작은 주전자에 넣고 큰 주전자에서 끓는 물을 부었다. 흰 김이 몽글몽글 피어올라 온기를 불어 넣는 것이 한잔하지 않고는 배길 수 없었다.

천중상이 먼저 자리에 앉았고, 그 옆으로 작두파 식구들이 넓은 탁자에 배석했다. 그사이 여자들은 찻잔을 돌렸다.

그러자 천중상이 먼저 찻잔을 들고 찻잔 뚜껑을 열어 냄새를 음미했다.

"흠, 드시오."

그는 한 모금을 마시고 상욱에게 권했다.

상욱도 그 모습에 천중상을 따라 깊게 향을 들이마시다가 멈췄다.

"아 쪼까덜 참아야 것고마잉."

상욱이 싸늘하게 말하며 얼굴이 굳어졌다.

빚지고 못 산다

"죽 형, 무슨 일이오?"

조정상이 탁자에서 일어나며 물었다.

"나가 음석에따 장난허는 인간덜이랑은 자리를 같이 못 한 당께."

"응?"

조정상은 여전히 차를 마시는 천중상을 보곤 다시 상욱을 봤다. 해명이 필요한 모양이다.

상욱은 턱 끝으로 조정상이 데려온 세 남자를 가리켰다.

세 남자는 차를 아예 흡입하고 있었다.

"뭐냐, 이것?"

조장상이 원종현에게 물었다. 그러며 시선을 원종현의 찻잔에 두었다.

원종현은 차를 먹지도, 그렇다고 냄새를 맡지도 않고 있었다.

"차잖아. 크라톰 차."

으시딱딱하게 말하는 원종현이다.

그 말에 조정상의 얼굴이 붉어지더니 찻잔을 바닥에 집어던졌다.

쨍그랑.

찻잔이 바닥에서 산산조각 났다.

그래도 작두파는 느긋이 앉아 비웃음을 머금었다.

"어떻게 알았소?"

천중상이 짜증 어린 얼굴로 상욱에게 물었다.

상욱은 다시 조정상이 데려온 약쟁이 셋에게 눈을 돌렸다. 가루로 된 차를 들이켠 세 사내들은 동공이 몽롱하게 풀려 있었다. 전형적인 맛 간 약쟁이 모습이다.

원래 상욱은 차를 즐기지 않지만, 모차가 차를 내려 우려 마시는 차가 아닌 것쯤은 안다. 가루차는 입에 걸리는 풍미를 즐기는 차로 냄새를 맡지는 않는다.

더구나 약에 길들여진 세 사내가 차에 미쳤다는 것은 빤한 답이 아니겠는가?

"그대 때문에 손해가 이만저만이 아니군. 거래는 작두가 한다."

천중상은 자리에서 일어났다. 그리고 창고 뒤로 돌아 들어갔다.

"왕빠딴!"

창고 뒤 화장실로 들어가며 천중상은 참았던 분기를 터트렸다. 그러며 오른손으로 가슴과 배 쪽의 혈도를 스스로 짚었다.

"꾸—액."

위로 들어간 차를 모조리 게워 냈다. 붉게 물들어 충혈된 눈으로 거울을 본 천중상은 이를 갈았다. 마치 전쟁이라도 치를 태세였다.

하지만 분노를 잠재워야 했다. 수치스럽게도 그가 상욱을 이긴다는 보장도 없을뿐더러 상욱과 같이 온 남은 두 명을 막을 방법이 없었다.

그래도 분한 것은 분한 것이었다.

저번에 이어 이번에도 천중상은 조정상에게 크라톰 차를 대접했다. 한두 번이면 모를까 조정상이 계속 크라톰을 먹다 보면 중독되기 마련이다.

그야 내공으로 토해 내거나 밀어 낼 수 있다지만 조정상은 그러지 못한다.

일단 조정상을 약쟁이로 만들어 놓으면 손아귀에 쥔 주사위처럼 마음대로 굴릴 텐데, 그 기회가 수염 난 놈 때문에 사라졌으니 짜증과 화가 부글부글 끓었다.

결국 그 자리에서는 웃었지만 참을 수 없어 자리를 나온 것이다.

천중상은 그 분노를 가라앉히지 못하고 주먹을 수없이 쥐었다 폈다.

창고에 남은 원종현은 여전히 웃는 낯으로 거래를 하고 있지만, 속으로는 상욱과 그 일행을 씹어 먹고도 남을 원한이 쌓였다. 얼굴 윤곽을 잊지 않겠다는 듯 시선은 상욱 얼굴에 맞춰져 있었다.

"준비된 돈이다."

그러거나 말거나 조정상은 제 용무를 봤다. 반쯤 맛이 간 약쟁이의 머리를 잡고 일으켜 세우고는 손과 007 가방을 연결한 수갑을 호주머니에 있던 열쇠로 분리했다.

탁.

007 가방이 탁자 위에 올려졌다.

원종현이 그 가방을 가져가려 하자 조정상이 손잡이를 그의 앞으로 잡아당겼다.

"뭐야?"

"물건."

"애들아, 물건 보여 주시란다."

그러자 뒤에 있던 치파오를 입은 여자가 검정 원형 3단 자개함을 탁자 위에 올려놓았다.

원종현은 가방을 낚아채 열었다. 그 안에는 5만 원권 돈다발이 차곡차곡 쌓여 있었다. 그것을 보며 입꼬리가 비틀려 올라가며 다발을 세었다.

조정상도 지지 않았다. 3단 자개함을 일일이 열어 그 안에 포장된 흰 봉지를 뜯었다. 그리고 검지에 침을 묻혀 살짝 찍어 사내들 입속에 일일이 집어넣었다. 사내들의 풀린 동공이 처지고 침이 흘러내렸다.

그제서야 조정상의 얼굴에 화색이 돌았다.

하지만 원종현은 달랐다. 돈뭉치를 다 센 그의 얼굴이 급격히 굳어 갔다.

"어이, 조정상이. 1억 5천 모자라잖아?"

"계산은 똑바로 해야지, 개작두야. 저번에 여기 와서 내가 졸라 맞…… 크흠, 면이 안 섰고 물건도 1억 원어치 가져갔지. 그리고 오늘은 그때 못 가져간 물건하고, 그때 내 맷값, 거기에 이자를 더하니까 3억 5천이면 계산이 맞아."

"전쟁을 하자는 말이지?"

"그러든지. 죽 형, 오늘 피 좀 봐야겠소."

조정상이 옆에 있는 상욱을 보며 비릿하게 웃어 보였다.

"엉아가 소싯적 간간이 쩍국 좀 안 짜냈당가. 근디 피 좀 보면 대굴빡을 뽀사 버려야 헐 턴디. 찍."

상욱이 바닥에 침을 뱉으며 일어났다. 그러자 그 옆에서 이영철과 차동현도 따라 섰다.

"워쩔겨? 쩍국 좀 주둥빼기로 게워 볼겨?"

더욱 거칠게 나가는 상욱을 보며 조정상이 상욱의 팔을 잡아 말리며 일어났다.

"작두야, 좋게 서로 이문 남기자."

"끙, 좋다. 하지만 이러면 온전히 거래하기 어려워진다는 것 명심해라."

"기브 앤 테이크가 내 신조다, 새퀴야."

조정상은 작두에게 욕을 한 방 먹이고 준비해 온 가방에 3단 자개함을 넣었다.

그날 저녁.

조정상은 합류했던 부평역 앞에서 맞이 간 사내 셋과 함께 내렸다. 그리고 정상실업 김 과장만 남아 상욱 등과 저녁 회식을 했다.

그 시작이 해 떨어지기 한참 전이라 세 사람은 일찍 숙소인 여관에 들어왔다. 얼굴이 홍시처럼 물들어 상욱 등은 취한 모습이었다.

여관 입구에 있던 깍두기는 세 사람을 맞아 인사를 하곤 곧바로 전화를 들었다.

"형님, 객실 찾습니다."

깍두기는 왕일구에게 상욱이 돌아왔다고 보고했다.

얼마지 않아 왕일구가 도착했다. 정상실업과 멀지 않은 숙소라 왕일구가 방문해 오늘 있었던 일을 물었지만, 상욱이 귀찮은 표정을 짓자 바로 물러났다.

그러나 서운한 표정이 역력했다.

왕일구도 나름 이 거래가 궁금했다. 조직에서 약장사하는 것을 싫어했지만, 그도 조폭인지라 약을 팔아 남는 이윤이 얼마인지 알고 싶었다.

그러나 상욱이 오늘 평소 같지 않게 왕일구를 물린 데는 이유가 있었다.

춘식이파를 다 없애면 다른 놈들이 종로 바닥을 꿰차고 들어올 것이다. 그나마 상욱이 지켜본 바로는 왕일구가 나름 소신 있고 깨끗하게(?) 조직을 양지와 음지 사이에서 유지했다.

이런 놈이 오히려 통제하는 게 백번 낫다는 것이 그의 지론이었다. 그러니 왕일구를 마약에서 거리를 두게 만들었다.

각설하고, 1시간 후 상욱은 여느 때처럼 추리닝을 걸치고 나왔다.

숙소를 지키는 깍두기가 있었지만 추리닝을 입은 상욱을 보자 고개를 흔들었다.

몇 번을 본 모습이지만 아무리 취해도 새벽과 저녁이면 꼬박꼬박 운동을 나갔다. 그게 기본 2시간이라 깍두기는 따라 나갈까 망설였다. 그러다 여관 대기실에 등을 뉘였다.

1시간이 지난 후 300미터 떨어진 초등학교에 가서 거북이처럼 느리게 체조하고 있는 죽통만 확인하면 됐다.

상욱은 여관을 나와 효제초등학교 운동장으로 향하는 길에 편의점에 들렀다.

편의점 안에는 오영길이 있었다.

둘은 진열대 코너를 지나치며 오영길이 상욱의 손목시계를 건네받았다. 그리고 상욱은 생수 한 통을 사고 동전을 바꿨다.

그길로 곧장 효제초등학교로 갔다. 거기서 태극권보다 몇 배는 더 느리게 단수장권18세 등 고평환이 준 일기통천록의 무공을 펼쳤다.

요즘 들어 그는 둔공의 맛에 푹 빠져 있었다. 내공을 배제하고 그 형으로만 초식의 의미를 하나하나 곱씹었다. 그러다 보면 어느새 2시간이 훌쩍 지나 버렸다.

온몸이 땀에 젖은 상욱은 공중전화로 갔다.

이미 숙소를 지키던 깍두기가 그를 살피고 간 것을 확인했으니 거칠 게 없었다.

"확인했습니까?"

상욱은 연결음이 들리자 다짜고짜 물었다.

─숨 넘어가겠습니다.

수화기 건너로 오영길의 목소리가 들렸다.

"통화할 시간이 별로 없어서 그럽니다."

상욱은 상황을 대충 얼버무려 말했다.

두 개의
심장을
가진 자

–잘 받았습니다만, 영상 원본대로는 마약 거래 현장을 전달하지 못하겠습니다. 무슨 무협 영화도 아니고 어지러워서 몇 곳을 통편집해야겠습니다. 그런데 딱 봐도 실력이 크게 느셨습니다.

"고만고만합니다. 그리고 영상은 그렇게 하세요. 별다른 일은 없죠?"

 –그게 말입니다. 잠시만요.

 –어, 나다.

"왜 전화를 바꿔?"

김창진이 오영길에게서 전화를 뺏은 모양이다.

 –다른 게 아니고, 며칠 전에 조정상 차에 GPS 달아 놨잖아?

"그랬지. 아~ 오늘 그 인간이 가져간 물건 털어야지."

 –이제 생각났구만. 조정상이 평소 들르는 사업체가 대여섯 곳인데 오늘 오후 4시쯤 두 군데 들렀다. 한 곳은 정육점인데 고사바리나 파는 구멍가게 같더라.

"오늘 약쟁이 셋을 데리고 왔는데 그놈들 내려놓고 간 모양이네."

 –그래? 아무튼 지금은 주말에나 가는 오피스텔에 가 있다.

"가요주점 한다는 둘째 각시에게 갔나?"

띠–띠.

상욱은 공중전화에서 동전 투입 경고음이 나오자 주머니를 뒤졌지만 동전이 없었다.

"동전 떨어진다. 새벽 4시에 나한테 와. 여관 뒷골목에서 보자고. 알았지?"

띠-이.

상욱은 할 말이 더 있었지만 동전이 떨어져 그냥 수화기를 내려놨다.

그리고 그날 새벽 상욱은 남들보다 이른 하루를 시작해야 했다.

칠흑 같은 어둠이 내린 공원.

삐-이익. 삑.

그네가 앞뒤로 움직였다. 그 위에 몸을 싣고 있던 김창진이 다리를 내려 멈춰 섰다.

검은 그림자가 그를 향해 다가왔다.

"박상욱?"

"응. 나다."

"자식, 보자는 장소가 왜 이러냐? 고삐리들이 도둑 담배 피우는 것도 아니고."

김창진은 상욱과 전화로 한 약속 장소를 찾아왔다. 그런데 만나자는 장소가 이리 음침하니 짜증이 날 만했다.

어둠 속에서 흰 이빨이 보였다. 상욱이 웃고 있는 것이다. 그런 상욱이 검정 비닐 봉투를 건네며 말했다.

"의심을 피하려면 여기만 한 장소도 없다."

"그렇긴 한데. 형사가 도둑질을 한 소감은?"

두 개의
심장을
가진 자

봉투를 보며 김창진이 웃었다. 그가 상욱에게 시킨 일이다.

상욱이 조정상의 두 번째 여자 집에서 훔쳐 온 물건이 검정 비닐 봉투에 담겨 있었다.

"이제는 대한민국 검사가 도둑질을 시키는구나, 이런 느낌이었지."

"야─ 박상욱, 원래 이 계획은 네가 짰잖아."

"실행에 옮기라고 지시한 사람이 누군데?"

"크크크, 됐다. 말장난 그만하고, 얼마나 되냐?"

"디자인 드럭(합성 마약) 크라톰 3킬로그램."

"크라톰?"

"중국 삼합회 애들 물건이더라고. 신종 마약으로 동남아 쪽에서 나오는 크라톰이라는 나뭇잎으로 제조하는데, 허브 형태로 팔리는 것 같더라."

"이거 심각하군. 허브라면 라떼처럼 먹을 수 있다는 뜻이 잖아?"

김창진의 얼굴이 진지해졌다.

"칵테일처럼 먹는데 증상은 힘도 늘어나는 기분에 혀도 잘 굴러가게 하는가 봐. 최음 효과도 상당하고. 클럽이나 성인 나이트에서 잘나간다나?"

"1회 용량은?"

"캡슐로 나오니 얼마 되겠어? 히로뽕보다 투약량이 떨어지겠지."

"으음."

상욱의 말에 김창진은 침음을 토했다. 3킬로그램이면 동시 투약으로 3만 명이 예상된다. 이 정도가 시중에 계속 풀렸다니 여러 가지로 문제다.

수요가 있으니 공급이 있는 법. 그만큼 신종 마약이 횡행한다는 의미다.

"지구를 슈퍼맨만 지키냐? 마루치 아라치도 있고, 우리도 있고."

상욱이 김창진의 어깨를 툭 쳤다.

"그나저나 이 함정수사가 끝나면 서일국 커넥션도 동시에 끝나는 거지?"

김창진이 담배를 빼어 물며 상욱에게 물었다.

"함정수사가 보통 세 달은 걸릴 작업인데 초고속으로 끝나고 있으니 운이 짱짱하다고 봐야지."

"그럼, 들키지 않은 것이 신통하지."

상욱과 김창진은 긴말을 않고 서로 확인을 했다.

본시 이 함정수사란 것이 말도 많고 탈도 많은 수사다. 이 수사 중에 수집한 증거는 불법증거수집배제원칙에 따라 활용될 수가 없다.

다만 국내 현행법상 함정수사가 유일하게 허용되는 수사가 마약 수사다.

그 뿐만 아니라, 마약 수사는 함정수사를 포함해 잠입 수사로 얻은 마약뿐 아니라 금품까지 압수해 국고로 환수한다.

더불어 마약 담당 검사는 유일하게 마약 사건을 대비해 책정된 활동비를 최대 3억 원까지 사용할 수 있다.

어쨌든 여기에는 상욱이 많은 고심이 들어 있었다.

상욱은 검찰에 파견 나올 때, 이 함정수사를 최대한 이용해 계획을 짰다. 그 안에는 춘식이파 내부를 압박해 경기 이씨의 등장도 유도했다.

그럼으로 인해 이황우 변호사를 비롯해 세 사람을 죽인 킬러가 등장할 가능성을 점쳤다.

그 작업이 잠입 수사이고, 그 과정에서 조정상의 자금에 대한 압박은 필수였다.

그 일환으로 마약을 훔쳐 왔으니 조정상은 어떻게 해서든 다시 크라톰을 구입하려 할 것이다. 그 자금을 구하기 위해서 상욱은 돈이 나올 구멍을 열어 놓았다.

그것이 일성물산과 서일국과 커넥션이 담긴 비밀 장부 사진이었다.

계획대로 협박은 이루어졌고, 여기에 춘식이파의 마약을 훔쳐 왔으니 조정상은 하루 이틀 난리를 치다 틀림없이 일성물산을 쥐어짜려 할 것이다.

그럼 일성물산은 서일국에게 연락을 취할 일이다.

여기서 상욱은 혹시 일성물산이 물러 터져서 조정상에게

돈을 줄 수도 있다는 가정하에 서일국을 직접 협박하는 비밀 장부 서류를 보냈다.

이런 작업을 해 놨으니 경기 이씨 가문에서는 필히 킬러를 내보내 일성물산을 확인할 것이다.

결과적으로 일성물산과 서일국 둘이 동시에 협박을 받았으니, 협박한 놈들의 뒤를 캐다 보면 춘식이파가 등장할 것이다.

일단 킬러는 협박이 검찰이나 경찰과 같은 수사기관의 함정이 아니란 확신을 갖게 될 것이다.

그사이 대검찰청에 있는 오영길과 김관명은 검찰의 힘을 빌려 일성물산과 서일국의 커넥션 연결 고리인 비밀 장부의 내역을 국세청을 통해서 찾게 했다.

그리고 회계사 자격증을 가진 오영길의 활약으로 일성물산 손익계산서에서 일성물산이 몰래 빼돌린 와인 품목을 확인할 수 있었다.

더불어 커넥션의 결과물인 서일국 지하실에 쌓아 놓은 와인을 압수함으로써 수사는 마무리된다.

이것이 상욱이 설계한 서일국 커넥션 수사 방향이었다.

결과적으로 말하자면 함정수사를 통해 결정적인 증거들을 확보해 검찰에 넘기고 특수수사대 3팀은 빠지면 된다.

나머지는 검찰의 몫이다.

특수수사대 3팀이 검찰에 칼을 쥐여 주고, 칼날을 벼려 줬으니 일성물산과 서일국을 쳐내고, 종국에 가서는 이황우 변호사 등 세 사람을 죽인 경기 이씨에서 나온 킬러까지 털어내야 할 일이다.

비록 공이야 검찰로 넘어가겠지만, 경기 이씨에서 쏘아질 화살의 촉을 특수수사대 3팀이 비껴 나는 것으로 김창진과 말이 끝났다.

지금 그 한 편의 연극이 연출에 따라 이루어지고 있는 중이다.

'하나하나, 차례차례 가는 거야.'

상욱은 생각을 정리했다. 그때 잠깐의 상념이 깨졌다.

"무슨 생각을 그렇게 해?"

"아니. 다만 중국 쪽 애들이 문젠데."

"중국 애들이라? 그렇다면 삼합회 쪽이겠지. 쪽수라면 만만치 않겠는걸."

김창진은 쟁천도 무림에 대해서도 알지 못한다. 강필중 형사부장은 일부 알고 있는 눈치였지만 입을 열지 않았다. 정부나 쟁천은 암묵적인 경계선을 바다와 강과 같이 두었다.

상욱은 쓴웃음을 지었다.

이영철이 그에게 그랬던 것처럼 그 역시 김창진에게 쟁천과 엮인 전후 사정을 말하기가 주저됐다.

"그놈들 숫자를 확실히 알 수가 없다."

"그럼 중국 애들을 검거하기 위해서는 따로 지원을 받아야 하지 않나?"

"그 문제는 경찰 쪽에서 해결하기로 하지."

상욱은 문제를 내고 결론을 혼자 내야 했다.

쟁천과 상응하는 무림을 제어할 수 있는 기관은 그가 아는 한 민정수석실 특임수사대뿐이었다. 마음이 무거워졌다.

상욱은 시간이 갈수록 쟁천과 관련된 단체와 엮기는 상황이 계속되는 느낌을 지울 수 없었다.

"대신 검거 작전 나기 전에 미리 통보해 놓아라."

"알았다. 나는 이만 들어가 봐야겠다. 그리고 서일국을 살펴보는데 가능하면 멀리서 봐야 한다."

"야, 박상욱, 나 검사다. 수사는 너 이상이라고, 인마. 어디서 참견질이야."

"그래, 그래, 알았다."

상욱은 돌아섰다.

'대장에게 전화를 넣어야겠군.'

그는 한두전을 떠올리며 대장의 똥구멍을 어떻게 긁어야 쟁천의 사람들을 지원받을지 머리를 굴렸다.

경기 이천 경기 이씨 본가를 나선 이철로는 상경하자마자 서일국 저택으로 가 경호비서관 강태범을 만났다.

"매제, 오랜만이야. 누님은 잘 있지? 서 의장은 출근했고?"

저택 문을 열고 맞이하는 강태범에게 질문 폭탄을 날렸다.

이철로의 육촌 여동생이 강태범의 부인이다. 애초에 서일국의 안전을 위해 경기 이씨의 방계인 강태범이 여기 있는 이유였다.

"한 달 만에 뵙습니다. 사모님이야 한결같죠. 의장님은 기다리고 계십니다."

강태범은 질문을 다 찍어 내 답변을 했다.

"들어가기 전에 한 가지만 묻지."

"네."

"저번 협박 문서와 이번 것이 똑같나?"

"정확히 같은 것입니다."

"제길, 일이 꼬이는군."

이철로는 짜증부터 올라왔다.

문서와 관련된 사람들 셋을 죽였다. 그들 죽음과 관련된 자가 이번 건에 끼어 있다면 원한의 골이 깊게 파여 있지 않을 수 없다.

그러나 의구심이 드는 게, 원한을 갖은 자라면 똑같은 방법으로 접근할 일이 아니다.

여기서 고민이 들어갔다.

그를 넘어설 쟁천의 누가 끼어들었거나 검찰 같은 수사기관에서 무식하게 끼어들었다고밖에 볼 수 없었다. 그도 저도 아니면 우연히 일성물산과 서일국 사이의 거래 문서를 얻었거나.

여러 확률을 따졌지만 이철로는 답을 내릴 수 없었다.

다만 전자같이 쟁천의 누가 끼어들지 않기만 바랐다. 이권을 떠나 가문의 사람이 피를 볼 가능성이 농후했다.

일단 서일국을 만나 봐야 경우의 수가 나올 것 같았다.

이철로는 누님과 인사를 나누는 둥 마는 둥 서재로 안내됐다.

서재에 있는 서일국은 평소와 달리 무미건조하게 이철로를 맞이했다.

"앉지."

서일국이 자리를 권하며 그도 자리에 앉았다.

"일단 이런 일이 다시 발생해 유감스럽습니다."

이철로가 먼저 입을 열었다.

"일 처리를 어떻게 했기에 같은 일이 터진단 말인가?"

서일국은 질책부터 했다.

이철로는 잠시 어금니를 꽉 다물었다. 애초 커넥션을 만든 사람이 할 말이 아니었다.

그러자 서일국은 나름 파악한 상황을 내밀었다. 서너 장씩 묶음으로 된 종이 서류였다.

"이건 나와 한국당 내에서 반대편에 서 있는 사람들이고, 요건 일성물산에서 나와 크흠, 거래를 도왔던 사람들 명단일세. 요 며칠 곰곰이 생각했는데 이들 중에 하나가 비밀 장부와 연류되어 있을 가능성이 있네."

서일국은 나름대로 주변을 의심하고 용의선상에 있는 사람들을 조목조목 적어 놓았던 종이를 내밀었다.

이철로는 일단 말없이 종이를 건네받았다. 그리고 그 위에 적힌 이름들과 서일국과 상관관계를 확인했다.

하지만 시간이 지날수록 그의 얼굴에 짜증이 일어났다. 마지막 서류까지 보고는 종이를 반으로 찢어 버렸다.

탁-.

이제는 휴지가 되어 버린 종이를 탁자 위에 던졌다.

'병신 새끼, 콧구멍 막고 숨 안 쉰다고 지랄 떠는 꼬락서니하고는. 째진 입은 크게 벌리고 말이야.'

그는 속으로 서일국을 마구 욕했다.

"아, 아니, 이 사람이."

서일국이 당황해 찢긴 종이를 주섬주섬 챙겼다.

"이보세요, 서 의장님, 정치밥 드신 분치고는 너무 순진하신 것 아닙니까?"

이철로가 퉁명하게 쏘아붙였다.

서일국은 말을 못 하고 얼굴이 울긋불긋 변했다.

"형님."

서일국의 옆에서 이철로의 말을 듣고 있던 강태범은 외려 그가 민망해져 나섰다.

"아니지. 들어야 할 이야기는 들어야지."

"뭘 말인가?"

"아니, 똑 까놓고 이야기합시다. 매형, 결혼할 때 내가 그랬소. 매형 같은 부류 싫고, 처가가 비빌 언덕이 아니라고 말이오. 그리고 가문 시끄럽게 하면 죽여 버린다고."

"이, 이 사람이."

당황한 서일국이 이철로를 향해 삿대질을 했다.

그러나 이철로는 서일국을 무시하고 계속 말을 했다.

"그런데 이제 나이 먹고 높은 자리 올라가니까 개구리가 올챙이 시절 모른다고 엉기는 것이오? 막말로 이 사건, 똥은 당신이 싸고 밑은 내가 닦아야 하나?"

이철로는 말을 할수록 분기가 끓어오르자 기세가 확장되었다. 그 기세가 어찌나 엄엄하고 무서운지 주변 사물이 존재감을 잃었다.

정면으로 그 기운을 받는 서일국은 몇 초도 안 되어 죽을 맛이었다. 낯빛은 사색이 되고, 숨은 턱 막혀 얼굴이 검게 죽어 갔다.

"혀, 형님!"

강태범도 그걸 참지 못하고 내공을 끌어 올려 외쳤다.

"콜록. 콜록."

이철로는 그를 간 보는 서일국 겁주기를 이쯤에서 끝냈다.

내공을 풀자 서일국은 막혔던 호흡이 터지며 기침을 해 댔다.

투닥. 투닥.

그러자 이철로가 일어나 서일국의 등 뒤로 가 등을 두드렸다.

"매형, 인생이 말입니다. 쉽지가 않아요. 아까 준 적대적 정치인들은요. 뭐가 아쉬워서 돈으로 협박을 합니까? 폭로해 버리지. 그렇지 않습니까?"

서일국은 이철로의 물음에 고개만 끄덕여 답했다.

"그리고 일성물산요? 기업들 너무 쉽게 보셨습니다. 돈이 명예고 권력인 사람들입니다. 고작 그 돈 관리를 못해 내부자가 장부를 유출하겠습니까?"

"……."

"그런 장부는 말이죠. 사장이 직접 관리합니다. 그리고 쪽 팔릴 것 같아서 말을 안 해 줬는데 저번 협박 사건 때 CCTV 제가 다 확인했습니다. 이승을 떠난 그놈이 침입해서 이 집 구석에서 1시간이나 놀다 갔습니다. 그리고 다른 곳은 확인해 봤습니까?"

여전히 서일국의 등에 손을 두고 있는 이철로다.

서일국은 까맣게 잊고 있던 기억이 떠올라 오한이 들었다. 그는 이씨 가문에 기대고 출세하는 과정에서 숱한 죽음을 봤다. 그중에는 그와 같은 길을 걷던 사람도 있었다. 그 끝에는 항상 이철로가 있었다.

"어, 어디를 말하는 것인가?"

"쯔쯔쯔, 일성물산과 연결 고리가 끊어졌냐는 말이오?"

"아직 연락을 안 했네."

"후우, 자네는 여기서 뭘 했는가?"

추궁은 강태범에게로 이어졌다.

"방금 형님께서 말씀하신 대로 일성물산 쪽에서는 실수를 하지 않았을 것 같아서 연락을 하지 않았습니다."

"어째 사람이 갈수록 희미해져 가는가? 국회의장도 협박하는 놈이 기업을 협박하지 않았을까? 이참에 가문으로 돌아오게. 내 아버님께 말씀드릴 것이네."

이철로는 자리에서 일어났다.

"이보시게, 처남."

그러자 서일국이 앉은 자리에서 이철로의 손을 잡았다. 이철로의 말 한마디에 솔단지에 삶아질 사냥개가 될 수 있었다.

"걱정 마시오. 차마 누님 때문에 당신을 못 내치겠소."

이철로는 소매를 떨치며 자리에서 일어났다.

"멀리 나올 필요 없소."

이철로는 빠른 걸음으로 서재를 나왔다. 목적지는 일성물산이 아닌 그룹이었다.

일성그룹 비서실.

점심시간이 지나고 나른한 오후였지만 회장 비서실은 며칠째 정신없이 돌아가고 있었다.

맹철현 회장 주재로 기획 2팀장 양승모는 주식시장에 떠돌고 있는 찌라시 출처와 비밀 장부 서류를 전달한 택배 회사를 쫓았다.

그리고 기획 2팀 직원 일부는 회장 비서실에 상주하며 협박 전화가 올 것에 대비했다.

그들은 영국에서 개발된 목소리 인식 프로그램 피트와 음향 분리 프로그램이 깔린 대형 컴퓨터를 갖춰 놨다.

그 뿐만 아니라 비공식적으로 통신사 협조를 받아 위치 추적까지 할 수 있게 만반의 대비를 갖췄다.

기획 2팀장 양승모는 협박범을 서일국 주변 인물로 설정하고 있었다.

그런 상황에서 이철로의 방문은 그들을 당혹스럽게 만들고 있었다.

이철로는 일성그룹의 본사에 무작정 찾아갔다. 그리고 제멋대로인 성격을 그대로 보여 줬다.

일성그룹에 방문해 경기 이씨의 이름을 대고 맹철현 회장과 독대를 청했다.

경비실에서는 경기 이씨 가문을 알 턱이 없고 당연히 소란이 일어났다. 젊은 경비원 다섯이 붙었지만 완력으로 상대할 수 없었다.

막무가내로 회장실로 쳐들어가다 비서실 앞에서 이철로의 발걸음이 멈춰졌다.

비서실에는 비서실장 맹향아를 비롯해 기획 2팀장과 팀원들 여섯이 있었다.

그들 중 기획 2팀장 양승모가 이철로 앞으로 나서 정중히 인사했다. 경비원 다섯은 그가 요즘 들어 공을 들이고 있는 사람들이었는데, 그들을 뚫고 왔다는 것은 쟁천의 인물이 아니고서는 어림도 없었다.

"월국 양씨 승모입니다. 어디서 오신 누구십니까?"

"호, 양씨 가문이 일성그룹 뒤를 봐주고 있었나?"

이철로의 눈이 희번덕였다.

"몇 해 전 가엄家嚴께서 맹철현 회장님께 큰 빚을 져 제가 이 집 머슴을 살고 있습니다만."

"양세형이 빚을 다 져?"

"지나치시오. 감히 가문의 가주를 세형이라 칭하다니."

양승모가 내공을 일으켜 기세를 올렸다. 비록 10가에는 들지 못하지만 월국 양씨는 그 언저리에 걸쳐 있는 그의 가문이다.

그런 가문의 가주를 세형이라 칭하니 화가 치밀어 올랐다.

"별 같잖은. 양세형도 내 앞에서 큰소리를 못 치거늘."

이철로가 말과 함께 사라지더니 양승모 앞에 나타나 멱살을 잡아 갔다.

"헉."

크게 놀란 양승모는 가문의 비기인 비응보飛鷹步를 펼쳐 이철로의 손아귀를 벗어났다.

그러나 이철로가 반걸음 움직이자 양승모는 이철로 오른손에 멱살을 잡혔다.

"컥."

순식간에 양승모의 얼굴이 붉어졌다. 그리고 두 눈이 커졌다.

"이제야 내가 누군지 알았구나."

멱살이 잡혀 숨통이 막혀서 말을 못 하는 양승모였지만, 애써 힘을 줘 고개를 끄덕였다.

그때서야 옆에서 두 사람을 지켜보고 있던 맹향아가 뾰족하게 외쳤다.

"여기서 뭐 하는 짓이에요! 당신들은 구경만 할 겁니까?"

그녀는 경비원들을 향해 호통을 쳤다.

이철로는 양승모로부터 맹향아에게로 천천히 시선을 돌렸다. 그러곤 양승모 멱살을 풀며 밀었다.

우당탕탕.

양승모는 책상과 의자 위로 나뒹굴었다.

"난 사람을 가리는 사람이 아니다. 오늘은 맹 회장을 만나러 온 손님이니 이나마 예의를 갖추는 것이다."

이철로는 맹향아를 보며 무심하게 말했다.

"뭐, 뭐 해요?"

맹향아는 경비원들을 다시 돌아봤다.

"멈추시게."

그때 회장실 문이 열리며 맹철현이 나왔다.

비서실에 있던 모든 시선이 회장에게 쏠렸다.

"당신, 본인 입으로 객이라 하니 일단 들어오시오."

맹철현은 문에서 비켜섰다.

"끄응. 회, 회장님, 그는 경기 이씨의……."

양승모가 책상을 딛고 일어나며 말했다.

그 말을 맹철현이 끊었다.

"호랑이지, 이씨 집안의."

"저를 알고 계셨습니까?"

이철로는 방금과 달리 맹철현에게는 상당히 공손하게 대했다.

"일전에 그 댁 어르신께 들었소. 맹수 같은 인사가 있어 발톱과 이빨이 어디로 향할지 모른다고 말이오."

"노친네하고는. 맹수 같은 놈이라 아무에게나 이빨, 발톱 다 드러낸다 하셨군요?"

"하하하, 어찌 부자가 이리 똑같소."

맹철현이 웃으며 뒤돌아섰다.

이철로는 그의 뒤를 따라 제집처럼 들어갔다. 그러자 양승모와 맹향아 역시 회장실 안으로 따라갔다.

이철로는 회장실 책상과 바닥에 쌓여 있는 서류 뭉치들을 보며 놀랐다. 이 나이에 허례를 버리고 현실을 택하는 노인이 몇이나 있겠는가?

"누추한 곳이오."

맹철현은 손으로 소파 맞은편을 가리켰다.

"무례를 무릅쓰겠습니다."

이철로가 웃으며 앉았다.

"흥, 무례가 뭔지나 아시나요?"

지금까지 잠자코 있던 맹향아가 발끈했다.

"비서실장님."

양승모가 맹향아의 왼 손목을 잡았다. 그러자 맹향아가 양
승모를 향해 눈을 흘겼다.

"이분은 그럴 만한 자격이 계십니다. 저희 아버님과 연배
도 별반 다르시지 않고, 아버님이 이분을 만나시면 항상 윗
자리를 내주신다고 했습니다."

양승모가 말하며 고개를 저었다. 괜히 화를 돋우지 말라는
뜻이다.

맹향아의 눈이 커졌다.

"그래, 향아야, 어른들끼리 말을 나누고 있으니 조용히 듣
고 묻는 말만 대답하여라."

"네."

맹 회장의 말에 맹향아가 고개를 숙였지만 눈에는 불복하
는 기운이 여전했다.

"그래, 어찌 오셨소?"

맹철현이 본론을 꺼냈다.

"이것 때문에 왔습니다."

이철로는 복사본 비밀 장부를 꺼내 응접탁자에 올려놨다.

"무슨 뜻이오?"

맹철현의 얼굴이 굳어졌다.

경기 이씨가 협박용으로 문서를 보냈는지 그도 아니면 이 협박 서류 때문에 서일국 국회의장이 보냈는지 갈피를 잡을 수 없었다.

"일단 매형이자 서일국 국회의장을 대신해 사과드립니다."

이철로가 일어나 정중히 고개를 숙였다.

맹철현은 이를 말없이 바라봤다.

"매형이 집단속을 소홀히 해서 도둑이 들었습니다. 마침 매형이 해외 견학 중이라 집이 비었던 모양입니다."

"그랬구려. 우리 측도 이걸 받았소."

맹철현이 내놓은 서류와 이철로가 내놓은 것은 똑같았다. 비밀 장부 서류를 찍은 사진을 출력한 조잡한 종이까지.

이철로는 소파에 등을 기대며 입에 미소를 그렸다.

"웃을 일이 아니네만."

목소리 한가득 짜증이 난 맹철현이다.

"아, 죄송하게 됐습니다."

이철로 소파에서 등을 떼며 말을 계속했다.

두개의
심장을
가진자

"어떤 놈들인지 모르지만 곧 연락이 올 것 같습니다."

"이 노사께서는 앞뒤 말이 없으십니다. 설명 부탁드리겠습니다."

양승모가 맹철현을 대신해 물었다.

"이 일은 말이야……."

이철로의 말이 길게 이어졌다.

"이, 이게 어디 갔어?"

조정상은 오피스텔에서 당황스러워 허둥댔다.

어제 분명 침대 밑에 놓아둔 크라톰 3킬로그램이 없어졌다. 그는 침대 밑을 몇 번이나 확인했는지 모른다.

"야, 너 약 어디다 놨어?"

그는 침대에 누워 있는 내연녀를 발로 걷어찼다.

"아악, 왜 그래?"

여자는 잠을 자다가 날벼락을 맞고 벌떡 일어났다. 어제의 흔적이 고스란히 남은 여자는 나체였다.

"약 어디다 놔뒀냐고? 시X년아."

"뭔 약?"

여자는 이해가 되지 않았다. 당연한 일이다. 주점 마담인 그녀는 어제 가게를 좀 일찍 퇴근했지만 그 시간이 저녁 11

시였다.

조정상이 침대 밑에 약을 뒀는지 똥을 뒀는지 알 일이 없었다.

"야 이년아, 오피스텔 문이 두 개냐? 문은 안에서 꽁꽁 잠겨 있는데 약이 없어졌으면 누가 가져갔겠냐?"

"당신 미쳤어? 그 약이 뭔지도 모르겠지만, 내가 남의 약을 왜 처먹어?"

여자의 말에서 조정상은 입을 다물었다. 확실히 내연녀는 범인이 아닌 것 같았다. 마약을 먹네 안 먹네 운운한다면 모른다는 말이다.

"……."

조정상은 내연녀를 빤히 바라봤다.

"아, 뭔 약이냐니까? 시발."

자다가 오지게 발길질을 당한 여자는 통증이 더 심해지자 골이 바짝 올랐다.

"이런 쌍년이."

찰싹!

조정상은 화가 치밀자 조폭 본성을 드러냈다. 여자의 뺨을 때렸다. 일단 화가 나자 앞뒤가 보이지 않았다.

그는 옷을 걸치고 오피스텔을 나와 버렸다.

뒤에서 별 쌍욕과 함께 여자로부터 이별 통지까지 날아왔지만, 그의 귀에는 아무것도 들리지 않았다.

사무실에 출근한 조정상은 머리를 싸맸다.

처음에는 상욱 등을 의심했다. 하지만 10분도 되지 않아 용의선상에서 지워 버렸다.

죽통의 평소 행동이 무식한 것은 둘째치고 어제 김 과장이 죽통 등 세 사람을 데리고 갔다.

그리고 조직 내에서도 특별한 몇만이 그의 오피스텔 위치를 알고 있다. 이제 막 들어온 상욱이 그의 오피스텔을 알 리가 없었다.

그러니 죽통은 범인이 아니었다.

조정상의 의심은 한계가 없었다.

어제 마약을 거래하며 데리고 갔던 세 놈들에게 생각이 미쳤다.

"김 과장! 들어와 봐."

그는 벌떡 일어나 문을 열고 소리쳤다.

"네, 사장님."

사무실 끝에서 대답한 김 과장이 뛰어 사장실로 들어갔다.

"야, 짱돌."

"형님, 말씀하십시오."

김 과장, 짱돌 김충만은 조정상이 예전 별명을 부르자 조폭 모드로 돌아섰다. 오늘같이 조정상이 조직원의 별명을 부르는 날은 꼭 누구 하나가 피를 봤다.

"부평에 가서, 정육점에서 어제 그 약쟁이 새끼들 좀 데려와야겠다."

"무슨 일 있습니까요, 형님?"

"어제 거래한 약이 없어졌다."

"네?"

"내가 곰곰이 생각해 보니까 약을 가져갈 새끼들은 그놈들뿐이다. 어디서 솜씨 좋은 구렁이 새끼 구했는가 보다."

"도둑놈 새끼 말입니까?"

"그래. 그쪽 애들 소문도 좀 확인하고."

"이 개새끼들이."

"야, 짱돌, 네가 더 흥분하면 어떻게 돼? 일단 정육점부터 전화해서 애새끼들 눈치 안 채게 잘 감시하고, 혹시 토꼈으면 빨리 수배해."

"형님, 걱정 마십시오. 2시간 후 창고로 오십시오."

김 과장은 낫 모양으로 인사를 하고 나갔다.

상욱은 응접실 소파에 누워 귀를 열어 놓고 조정상과 김 과장 둘의 대화를 다 들었다.

입매가 묘하게 비틀렸다.

오늘 새벽 조정상의 오피스텔에 간 그는 약을 챙겨 나오며 짜릿한 기분을 맛봤다. 묘하게 범죄와 연결되는 일에 희열을 느꼈다. 마치 체질 같았다.

크라톰은 쉽게 찾았다. 작두파에서 대접한다며 내놓은 차의 냄새를 몸이 기억하고 있었다.

두 개의
심장을
가진 자

옥상을 통해 베란다로 내려와 오피스텔에 들어서자 침대 밑에서 약의 강렬한 냄새가 풍겼다.

그것을 김창진에게 전해 줬으니, 크라톰이 없어진 조정상은 수염 잘린 고양이처럼 갈피를 못 찾고 있었다.

'어째 어제 약쟁이 셋이 불쌍해지는 이유가 뭘까?'

무심이 중얼거린 상욱은 자리를 바꿔 누우며 리모컨을 찾았다.

한두전은 특수수사대 대장 나한수로부터 전화를 받고 묘한 표정을 지었다.

지원 요청이 왔다. 적어도 절정 고수 한 명이 포함된 쟁천의 인사 다섯 이상을 원했다.

인천 차이나타운 쪽은 언제 손을 뻗쳤는지 박상욱 팀이 검찰과 손잡고 조폭 검거 작전을 할 모양이다.

그런데 그들이 삼합회와 홍방이라는 것이 문제인가 보다.

삼합회의 인천 쪽 진출은 몇 해 전부터 소문이 돌았지만, 그들 중에 무림 세력인 홍방이 스며들었을 줄은 몰랐다.

홍방은 삼합회 내 범죄단체 자체로도 문제였지만, 사상과 문화까지 잠식하는 무공이 더 화근 덩어리였다.

무공이 어떻게 사상과 문화에 상관관계가 있냐고 묻겠지

만 지대한 영향력을 가졌다.

중국에서 협俠은 제자백가 중 묵가 사상의 유협에서부터 출발했다.

더불어 소림이나 무당 같은 방파는 중국의 민간신앙과 결합된 종교 사상을 근본으로 하고 있고, 그 뿌리에 깊게 박혀 있다.

그런 무림의 한 줄기라도 한국에 심어진다면 그때부터는 골머리를 싸매야 할 일이다.

우연치 않게 박상욱이 홍방을 만났으니 대처가 빠르게 이루어지고 있었다.

그 표정이 묘한 데는 여기에 이유가 있었다.

문제가 생겼는데 앞으로 그런 문제를 풀어 갈 박상욱이 그걸 가져온 것도 그렇지만, 쟁천과 일없다던 박상욱이 점점 그 수렁의 한가운데를 차지하고 있었다.

한두전은 상욱을 떠올리며 표정이 장난기 가득한 개구쟁이로 바뀌었다.

"지도관님, 좋은 일 있습니까?"

특임수사대 1팀장 김경룡이 물었다.

"왜 그러나?"

"표정이 참 다채로우십니다. 찍힌 놈이 누굽니까?"

"크흠, 아니 이 사람이……."

한두전은 속내가 드러나자 헛기침과 함께 김경룡을 짐짓

나무랐다.

"제가 지도관님과 함께 지낸 세월이 10년입니다. 지도관님에 한해서는 점쟁이 빤스를 머리에 뒤집어쓰고 있습니다."

"사람 말하고는. 자네 내가 전에 말했던 특수수사대에 있는 박상욱이라고……."

"전이 아니라 지도관님이 요 몇 달 입에 달고 살아 어떤 인간인지 궁금해하고 있습니다."

"그래, 그 인간 말이야."

한두전의 말이 길게 이어지자 김경룡은 쓴웃음을 지었다.

두 달 전부터 간간이 들려오는 이름이 박상욱이다. 지도관은 그를 영입하기 위해 상당한 공을 들이고 있다.

누구는 한두전에게 관심을 받고 싶어 안달이 나 있다. 뭐 안달이 난 그 누군가는 쟁천의 인사들이다.

그런 반면 아예 그 관심에서 멀어지려 하는 박상욱이다.

잠시 생각하는 사이에도 박상욱의 이야기는 계속되고 있었다.

"……그래서 말이야, 이번에 자네가 지하실에 있는 그 인간을 데리고 박상욱을 지원해 봐."

"너무 짓궂으신 것 아닙니까?"

"박상욱을 곤혹스럽게 만들어 보려고. 또 사람 다루는 능력도 어떤지 알아보고 말이야."

한두전은 여전히 흥미가 담긴 얼굴이었고 목소리 톤 또한 높았다.

"그럼 지원은 언제 나갑니까?"

"연락 온다고 했어. 일단 지하실 그 인간 잘 다독거려 놓고, 그것이 잘 안 되면 알지?"

"꼬리 내린 개는 이빨을 드러내지 않습니다. 드러누워 배를 내보이지요. 이미 손에 쥔 계란 같은 존재입니다."

"그래도 조심해. 일단 이빨 드러내면 미친개니까."

"네. 알겠습니다."

"참, 이번 작전은 1팀원 전부 동원해야 해. 자세한 상황은 팩스로 오기로 되어 있으니까 확인하고."

"저희 팀 중에……."

"하고 있는 일 잠시 접고 들어오라고 해. 여러 가지 엮여 있는 상황이야. 그리고 어차피 인사도 한 번씩은 나눠야 할 사람이고."

"네."

김경룡은 짧게 대답하고 묵례를 했다. 하지만 나오는 길은 묘하게 심사가 비틀렸다.

끼이잉.

털컹.

쇳소리와 함께 철문이 닫혔다.

홍두영은 뒤를 돌아보며 침을 뱉었다.

"퉤."

지난 두 달 동안의 고초를 떠올리니 이가 갈렸다.

신일상사의 뒤에 있는 신씨 가문을 돌보던 그는 장남 신영철의 납치 살인 사건과 연루되어 특임수사대의 수배를 받았다.

어떻게 알았는지 그의 휴대폰으로 출석요구가 왔다. 일주일을 버텼지만 출두하지 않을 수 없는 상황이 되어 버렸다.

그의 가문에 대한 압박도 압박이지만, 그가 운영하고 있는 모든 사업체와 신씨 가문에 세무조사가 들어오고 은행 거래가 막혔다. 이렇게 되자 특임수사대에 출두하지 않을 수 없었다.

특임수사대는 그를 신영철의 납치 살인의 공동정범이라는 죄명을 씌우고 조사를 빌미로 억류했다. 내공까지 억제당했고 말이다.

물론 편의 시설은 다 제공되는 안가이기는 했다.

상황에 따라 어떤 사람은 고초가 아닌 휴양일 수 있겠지만, 안가 지하실에서의 무료함은 그를 돌기 일보 직전까지 내몰았다.

이런 미묘한 경계에 놓여 있는 그에게 특임수사관 김경룡이 거래를 제의해 왔다.

특임수사대에서 원할 경우 어떠한 일에도 응하겠다는 각서를 쓰면 죄를 사면해 주겠다는 것이다.

홍두영은 눈감고 그 기한을 딱 5년으로 못 박고 각서를 썼다. 그리고 2시간 만에 청와대 안가를 빠져나오는 길이다.

"제길."

홍두영은 눈으로 독기를 흘려 내며 앞을 봤다.

청와대 앞 무궁화동산이 보였다.

그의 숙부 말이 떠올랐다. 코찔찔이던 때 숙부는 무궁화동산 앞에 서면 나라의 개가 되어 있을 거라고 했다.

그때 코웃음을 쳤지만, 그 역시 그 범주에서 벗어나지 못했다.

쟁천에서 2류 가문은 국가나 1류 가문의 속박을 벗어날 수 없다. 일개인이 초절정을 넘어 화경에 접어들기 전까지 말이다.

새삼 그 사실을 피부로 느끼는 홍두영이다.

분노가 끓어올랐지만 가라앉혔다. 이제 내공이 서서히 돌아오고 있는 시점이다. 무리하면 못 움직일 것도 아니지만, 지금은 몸을 추슬러야 할 때였다.

마침 그의 앞으로 검은색 승용차가 섰다.

"숙부님."

차에서 홍씨 가문의 장손인 홍영식이 내렸다. 그의 손에는 두부가 들려 있었다.

홍두영의 얼굴이 붉어졌다.

사흘이 지났다.

평택 별장에서 요양을 하던 홍두영에게 한두전으로부터 연락이 있었다. 북악산에 가 특임수사대 1팀장 김경룡을 만나라는 명령을 받았다.

가슴 한가운데서 주먹만 한 것이 울컥 올라와 천불로 변했다.

하지만 꼬리를 한번 접은 개 꼴이라 홍두영은 무너지는 억장을 다시 세워야 했다.

휘주 홍가의 유, 무형의 재산은 특임수사대에 청사진처럼 투명하게 까발려졌다. 권력도 명예도 다 먹고살아야 있는 것, 개처럼 꼬리를 말고 서울 북악산으로 향했다.

입구에서 10분이나 기다렸을까?

특임수사부에서 나온 김경룡과 같이 온 사내를 보았다.

"젊은이 기세가 드세고만."

홍두영에게 따끔한 기파를 쏘아 내는 구레나룻의 사내를 보며 홍두영이 한 소리를 했다.

"늙은 도적놈."

구레나룻의 사내, 상욱은 거친 말로 중얼거렸다.

"너, 너 이 새끼."

홍두영은 처음에 상욱을 몰라봤다. 스타일이 너무나 변해 있었다. 하지만 가만히 보니 틀림없는 형사 놈이다.

지난 두 달을 개고생시키고, 목에 목줄을 차게 한 원흉이 눈앞에 있다. 게다가 놈이 쌍욕까지 했다.

"뭐라?"

절정 고수인 홍두영이다. 상욱의 중얼거림을 못 들을 이유가 없다.

상욱 역시도 들으라는 말이었다. 명백한 도발이었다.

"그쪽하고 나하고 좀 쌓인 게 있지 않나?"

"그쪽? 않나? 이런 어린놈의 자식이 뒈질라고."

"에, 홍 씨. 태어나는 덴 순서가 있어도, 가는 덴 순서가 없다지만, 당신보다는 오래 살 자신이 있다. 꼬우면 한번 붙든지."

상욱이 말을 하며 천둔갑의 내공을 끌어 올렸다.

우—웅.

바람 한 점 없는데 상욱을 중심으로 회오리가 일어났다. 옷깃이 펄럭이며 짧은 머리카락이 섰다.

화를 내리던 홍두영이 움찔했다.

'이놈이 기파를 방사할 정도였던가?'

불과 두 달 전이다. 이천 물류 창고에서 내공을 운기하지 못해 몸빵으로 그의 주먹을 감당하던 놈이다.

그런데 초절정 초입이라니, 이해가 되지 않았다.

하기는 그가 어찌 알겠는가? 상욱 본인도 모르는 신체의 비밀을.

상욱의 심장 깊은 곳에 잠재된 미증유의 권능은 상욱으로 하여금 비토리의 진혈의 종속을 견디어 내며 데스 포인트를 열한 번이나 넘어서게 했다.

그 과정에서 세컨드 윈드를 이뤄 환골탈태와 같은 육체의 진화가 상욱의 신체를 이상적으로 바꿔 놨다.

여기에 30년 가깝게 거병연수 육자결과 활인심방으로 운기행공하며 축적된 내공이 천둔갑이라는 희대의 도가 운기법을 만나며 대주천을 이루었다.

게다가 군부의 비기인 일기통천록을 통하여 내공의 수발이 일체화를 이뤘다.

지금 그의 경지는 육체를 온전히 통제하고, 마음이 가는 곳에 육체의 끝이 있었다. 또한 수투갑을 통해 내공을 유형화함으로써 확실히 초절정에 입문한 상황이다.

홍두영은 상욱이 이러한 경지에 올랐을 것이라고 절대 믿을 수 없었다.

전날 괴물 같은 육체를 보인 것이 기문괴공이고 보면, 지금의 기파 방사도 그 연장선상에 있을 뿐이라 여겼다.

"보는 눈이 많다. 조용한 데로 가서 아주 잘근잘근 다져 주마."

홍두영는 상욱의 도발에 응해 줬다.

그가 비록 특임수사대란 국가 단체에 꼬리를 내리기는 했지만, 절정 고수로서 자부심까지 내팽개치진 않았다.

그리고 그가 있는 여기는 힘의 논리가 전부인 쟁천이었다.

"크흠, 사람들이 내왕하는 장소요. 내일은 중국 홍방과 문제도 있으니 두 사람 간의 분쟁은 나중에 가리시오."

김경룡이 두 사람 사이에 끼어들었다.

사실 그가 이렇게 막아서는 것은 모험이나 마찬가지다. 그가 절정에 이르렀다 하나 절정 고수 간의 싸움이란 워낙 순식간이라 중간에 끼었다가는 부상을 입을 가능성이 많았다.

하지만 무엇보다 상욱의 기파 방사에 일률적인 법칙이 존재해 투기가 아니라는 믿음이 있었기에 끼어들 수 있었다.

"내가 저 정도 인사와 손을 섞는 데 과한 힘을 쓰겠습니까? 일단 자리를 옮기지."

상욱은 기파를 가라앉히며 김경룡과 홍두영에게 말했다.

으드득.

"내 오늘 기필코 네놈이 말만큼이나 실력이 있는지 확인해 봐야겠다."

홍두영이 비켜서며 상욱에게 길을 열었다.

그러자 상욱이 성큼성큼 앞장서 걸어갔다.

김경룡은 고개를 절레절레 흔들며 두 사람을 쫓아갔다.

그가 박상욱을 본 것은 오늘이 처음이었다.

어제 늦은 밤 급작스럽게 한두전의 호출을 받았고, 불과 2시간 전에 그는 박상욱을 만났다.

박상욱의 첫인상은 약간 실망감이 없지 않았다. 한두전의 말처럼 특출한 맛이 보이지 않았다.

그러다 홍두영과 충돌하며 일으키는 내공을 보며 깜짝 놀랐다.

기파의 방사라니.

실제 나이를 몰랐다면 많아야 20대 중후반으로 보이는 얼굴이다.

그런 얼굴로 초절정의 경지를 보이니 한두전이 신뢰할 만하다 여겼다.

그러나 방금 박상욱과 홍두영 사이를 막아서며 그게 끝이 아니라는 것을 알았다.

홍두영은 내공을 일으켰지만 존재감이 떨어졌고 살기가 넘쳐 났다. 하지만 박상욱은 정제된 기파를 방사한다지만 살기가 없었다.

따라서 상욱의 도발에서 유추할 수 있는 것이 있었다.

내일 중국 삼합회 안에 있는 홍방의 고수를 상대하기 위해서는 일을 이끌어 갈 책임자가 있어야 한다.

그런데 홍두영의 성격상 힘의 우위에 대한 확인이 있기 전에는 누구 밑에서 손을 쓸 사람이 아니다.

또한 상욱의 말에서 악감정이 남아 있지만 한숨 죽이는 뉘앙스를 받았다.

이런 것으로 미루어 보아 수컷의 자리싸움을 박상욱이 자연스럽게 유도하고 있음을 알 수 있었다.

　이런 이유로 김경룡은 두 사람의 싸움에서 얇게 발만 디뎠다 뺐다.

　여기에 마음 한 켠에는 박상욱의 실력에 대한 궁금증이 크기도 했다.

서서히 마무리하다

상욱은 평소 수련하던 곳으로 이동했다.

그는 정원을 산책하는 것 같은 북악산의 등산로를 벗어나 숲속을 구변속보로 빠르게 달리다 공터에 도착해 뒤를 돌아봤다.

홍두영과 김경룡이 곧잘 따라왔지만 이마에 송골송골 맺힌 땀은 어쩔 수 없었다.

그런 둘을 보다 홍두영에게 상욱이 말했다.

"쉴 시간을 주지."

땀 한 방울 흘리지 않고, 차분하고 여유 넘치는 말에 홍두영의 얼굴이 붉어졌다. 아니, 모욕감마저 들었다.

앞의 젊은 놈의 말에 입을 열지 않은 것은 숨이 찼기 때문이다.

"바로…… 시작하지."

홍두영은 얇게 숨을 갈무리하며 품에서 팔상비八象匕를 꺼내 손에 쥐었다.

그는 기필코 눈앞 젊은 놈의 피를 봐야 직성이 풀릴 것 같았다.

상욱도 홍두영이 칼날이 30센티미터가량인 비수를 꺼내자 품 안에 양손을 집어넣었다가 교차해 수투갑을 착용했다. 마치 금속으로 코팅된 회색 장갑처럼 보였다.

"덤벼."

상욱은 왼발을 내밀며 오른발을 구부려 방어 자세를 취하곤, 왼손을 내밀어 까닥였다.

"찻-."

문답무용問答無用.

화가 난 홍두영이 허공을 밟았다.

홍두영은 팔상비를 역수로 쥐고 상욱의 정면으로 훌쩍 뛰어들었다. 오른손에 쥔 팔상비를 어깨까지 올렸지만, 정작 공격은 왼손부터 시작했다.

잔뜩 움츠렸던 왼 주먹은 한 점으로 내공이 모여 상욱의 심장 부위를 묵직하지만 빠르게 찔러 갔다.

상욱이 이천 물류 창고에서 보았던 무형손無形異의 파풍철 곤이란 초식이었지만, 팔상비를 쥔 이 초식은 또 다른 모습을 갖추었다.

상욱은 홍두영이 오른손에 쥔 비수를 잔뜩 경계하던 터라 허를 찔린 셈이다.

그러나 기습이 놀람을 줄지언정 위협이 되지는 않았다. 더불어 그는 한 가지를 깨달았다. 집중의 묘를.

어쨌든 상욱은 홍두영의 주먹과 사선으로 허리를 숙인 채 구변속보의 망량독보로 홍두영의 왼쪽으로 돌아 붙었다. 그리고 그대로 진행해 홍두영의 사각으로 파고들며, 왼손으로 홍두영의 허벅지를 찍었다.

픽.

제대로 된 가격이 아니었지만 상욱의 일수는 홍두영의 바지를 찢으며 피부에 생채기를 만들었다.

홍두영은 깜짝 놀랐다. 상욱을 그의 시야에서 놓치자 본능적으로 감류보坎柳步 유지승풍柳支昇風을 펼쳤다.

이 초식은 적의 공격에 반발해 내공으로 몸을 가볍게 띄워 회피하는 동작이다. 그럼에도 일격을 당하자 홍두영은 훌쩍 물러났다.

그리고 뒤를 따라 공격할 상욱을 대비해 일곤퇴법 광마각으로 왼발을 들고 팔상무예 창건검蒼乾劍의 역수로 찍어 내릴 자세로 시작하는 초식 곤천 l 天을 취했다.

하지만 원래 자리에서 처음 도발하는 자세로 상욱은 홍두영을 보며 왼손을 까닥거렸다.

다시 얼굴이 붉어진 홍두영이다.

어금니를 꽉 깨물고 역수였던 팔상비를 정수로 바꾸며 오른발을 크게 디뎠다.

단 두 걸음이었다.

늘어진 물버들이 파랑을 차듯 미끄러졌고, 앞으로 쭉 뻗은 팔상비는 잘게 흔들리며 검기를 방사했다.

일직선으로 뻗은 검기는 어디로 움직일지 모르는 수십 가지의 움직임을 보였다.

창건검의 요천遙天 초식이다.

상욱은 30센티미터의 검기를 보자 긴장보다는 가벼운 흥분이 일어났다.

지난 두 달, 그가 생각해도 무공에 눈을 뜨고 일취월장했다.

또한 삼합회 내부를 장악하고 있는 홍방의 일원인 천중상과 다툼으로 무기에 대한 고찰도 했고, 심상으로 가상 대결을 수없이 해 봤다.

그 무기는 창에서 검으로, 도와 채찍 그리고 심지어 방패에까지 이르렀다.

그러나 단검은 의외였다.

그가 익힌 군부의 일기통천록상 무기술 중에는 단봉술인 팔모곤방이 있어 유사한 면이 있었다.

그래서 단수장권18세로 홍두영을 상대했다.

양발을 굳건히 붙이고 천둔갑의 내공을 전신으로 돌리며 착提, 회回, 타打, 투透 네 가지 수로 혼용해 부딪쳐 갔다.

그때 홍두영의 팔상비가 변화를 일으켰다. 상욱의 상체에 허점이 보이는 곳을 무수히 찔렀다.

타다다다당

상욱은 내공을 양손 수투갑에 밀어 넣고 붙이고 돌리며, 때로는 때리고 뚫으며 검기를 막아 냈다.

충돌로 막대로 쇠를 두드리는 소리가 한동안 계속됐다.

"기병?"

홍두영이 눈을 크게 뜨며 다시 훌쩍 물러났다.

기병이란 내공을 튕기지 않고 그대로 투과하는 금속을 말한다. 이런 금속이 몇이나 있을까?

또한 기병이 철 장갑이라면 억만금을 주고라도 갖고 싶은 것이다. 당연히 홍두영은 눈이 붉어져 수투갑을 보았다. 욕심이 만장으로 치솟았다.

그 뿐만 아니라 이런 기병 중에 장갑 형태는 쟁천에서도 찾기 힘들었다.

홍두영은 탐욕 어린 눈으로 상욱에게 말했다.

"흥, 믿는 것이 고작 기병이었군."

그는 코웃을 치며 상욱을 경시했다.

"덤벼."

상욱은 한참 손을 섞다 홍두영이 물러나자 짜증이 났다.

"아니, 내가 가지."

말이 끝나기 무섭게 진각을 밟은 상욱은 구변속보 중 만궁직시로 튀어 나갔다. 그 속도가 빨라 잔상을 남기며 홍두영 앞에 섰다.

"헉."

홍두영은 의표를 찔려 본능적으로 상욱의 가슴 부위를 팔상비로 좌우를 베어 갔다.

"좋다."

공격을 유도한 상욱은 반걸음 물러나 반 수 느리게 홍두영의 팔상비를 막아 냈다.

따다당.

팔상비와 수투갑이 부딪쳐 금속음을 냈다.

이에 홍두영의 얼굴은 수치심으로 물들었다.

그는 방금까지 상욱을 아래로 내려 봤다. 물론 상욱이 숲을 헤치며 이곳에 오며 보인 경공술로 인해 경공술만큼은 그와 동수 내지 이상이란 건 인정했다.

뭐 그뿐이라 치부했다. 그러나 처음 사각을 파고든 상욱의 경공술 구변속보가 이형환위移形換位에 버금가는 신법이라 그는 경각심이 바짝 들었다.

이것이 전부라면 수치스러울 일이 없었다.

마치 고수가 하수에게 대련을 유도하는 듯한 상욱의 반보와 반 수 양보가 조롱으로 다가왔다.

홍두영은 이를 악물고 내공을 끌어올렸다. 팔상비에서 살기 가득한 파란 검기가 솟아났다.

핑–.

검기를 머금은 팔상비가 허공을 날았다.

상욱의 눈이 반짝였다.

비수를 날려 보낼 줄은 예상치 못했다. 방만한 내공을 바짝 조이며 투단투장의 초식으로 강하게 몰아쳤다.

무형의 기로 쏟아 낸 주먹에서는 장풍이 발출돼 팔상비를 튕겨 냈다.

팅.

하지만 이것이 시작이었다.

홍두영의 팔목과 팔상비 사이에는 투명한 끈이 연결되어 있어 튕긴 팔상비를 당겨 다시 쏘아 냈다.

"찻."

땅바닥에 뿌리내린 고목처럼 양발을 굳건하게 세운 상욱은 기합을 토해 내며, 단수장권18세의 회단투장이나 투단회장의 초식으로 팔상비를 때려 강하게 돌려주거나 팔상비의 방향을 돌려 바꾸는 등 경로를 흩뜨렸다.

이런 수에 홍두영은 감류보로 이동해 팔상비를 회수와 동시에 뿌렸다.

상욱이 바라던 상황이 맞았다.

예상을 벗어난 숨은 한 수를 원했고, 의도대로 절정에 선 홍두영은 역시 실망을 시키지 않았다.

상욱은 온전히 방어만 하며 단수장권18세의 묘용과 수투갑의 효용에 더욱 파고들었다.

비록 이 단수장권18세가 최고는 아니었지만 권법이자 장법의 기본과 응용성만큼은 최상위에 놓여 있고, 수투갑은 내공의 운기에 최적의 선을 꿰뚫었다.

그리고 20여 차례 더 홍두영과 손을 나눈 상욱은 홍두영이 사용하는 비수의 초식이 두 차례 반복이 되자 흥미가 떨어졌다.

그의 손이 느슨해졌지만 여전히 홍두영의 팔상비는 상욱의 방어를 넘지 못했다.

창건검이 변화를 보인 것은 이때였다.

홍두영은 회수한 팔상비를 끌어당기며, 12성 내공을 끌어올린 양손을 가슴 앞에 내밀어 원형 공간을 만들었다.

우-웅.

팔상비가 그 공간을 차지하자 오른발 엄지발가락부터 허리와 어깨를 거쳐 양손 끝으로 관통한 팔상의 내공을 앞으로 쏘아 냈다.

이 비수 끝의 파란 검기는 장검의 길이와 형태로 변하며 상욱을 뭉개 버릴 기세였다.

팔상비를 이용한 창건검의 마지막 초식 진천震天은 그렇게 펼쳐졌다.

두개의
심장을
가진자

상욱은 홍두영이 사력을 다해 내공을 모으고 초식을 전개하는 동작이 커 구변속보로 충분히 피할 수 있었지만 충돌을 거부하지 않았다. 그러기에는 지금까지 홍두영의 공격을 방어한 자존심이 허락하지 않았다.

홍두영이 극성의 내공을 끌어올릴 때부터 상욱은 단수장권18세의 18초식을 무수히 뿌려 댔다.

초식이 중첩되고 그 앞의 공간을 장악한 내공은 뭉쳐 둥근 방패 모양의 기막을 생성했다.

팡-.

검기와 기의 응집체인 권막이 충돌하며 굉음을 내며 흙먼지를 피워 올렸다.

"으음."

그 사이로 홍두영이 신음을 하며 주르륵 밀렸다. 땅을 딛고 있는 그의 양발이 3미터나 되는 긴 고랑을 만들었다.

"아직도 더 보여 줄 것이 남았나?"

제자리에 선 상욱은 홍두영을 보며 말했다.

"……."

홍두영은 팔상비를 쥔 오른손을 등 뒤로 돌리며 말을 아꼈다.

실상은 상욱의 권막에 그의 검기가 깨지자, 그의 오른손은 그의 의지와 상관없이 떨렸다. 여기에 기혈이 크게 흔들려 가라앉히는 상황이라 말을 할 수가 없었다.

그리고 무엇보다 그는 상욱에게서 벽을 느끼는 중이었다.

아직 팔상 무예의 종합이랄 수 있는 진팔상수眞八象手가 남아 있지만 그 화후가 떨어졌고, 방금 창건검의 마지막 초식도 완벽하지 못했다. 그런 초식을 박상욱이 피할 수 있음에도 강제로 막아 깼다. 그것도 신법은 사용조차 하지 않고 말이다.

적어도 박상욱에게 두 수 이상 뒤처져 있음을 홍두영은 인식했다.

상욱은 지금 홍두영이 말을 못 하는 상태임을 알고 계속 말을 이어 갔다.

"마음 같아서는 당신을 제대로 콩밥 먹이고 싶지만 참는 줄 아시오. 그리고 이번 일을 어디까지 알고 왔는지 모르지만, 끝나기 전까지는 내 말을 따라야 할 것이오."

상욱은 본심을 숨김없이 다 말하고 돌아섰다.

사실 그는 오늘 홍두영 같은 쓰레기가 여기에 나오리라고는 꿈에도 예상치 못했다.

어떻게 이런 자를 한두전이 포섭을 했는지 몰라도, 손에 피를 묻혀 볼까 하는 과격한 마음까지 먹었었다. 홍두영을 보자 피가 거꾸로 치솟았으니 말이다.

하지만 상욱이 국가에 충성하며 사는 인생도 아니고 당장 내일 이런 손을 빌려 쓸 수도 없어 적당히 마무리했다.

그렇다고 이게 끝은 아니다. 이천 물류 창고에서 가슴에 맺힌 묵직한 앙금도 있거니와 범죄자를 비호하고 싶지도 않았다.

적당한 기회만 온다면 폐기 처분할 마음이 가득 찼다.

북악산을 내려오는 내내 세 사람은 입을 열지 않았다.

세 사람은 나름의 생각에 잠겨 있었다. 그중 김경룡은 상욱을 경원하는 시선으로 바라보았다.

아마도 그의 상관인 특임수사지도관인 한두전은 상욱의 실력을 제대로 파악하지 못한 모양이다. 이만한 실력을 가졌다면 한두전은 결코 상욱을 그의 후임으로 염두에 두지 않았을 것이다.

힘이란 그만한 권한과 책임이 따르는 법이고 갖고 있으면 쓰고 싶어지는 법이다. 그런데 이제 30대 중반인 자가 초절정이다.

특임수사대는 쟁천의 통제에 목적이 있지 장악이 아니다. 즉 박상욱이 특임수사지도관이 된다면 국가를 등에 업고 쟁천을 장악할 개연성이 상당했다.

날개를 단 괴물이 세상을 삼킬 수 있는 일이다.

그럼에도 묘한 기대감을 떨치지 못했다. 강한 특임수사대를 누구보다 원하는 그였다.

물론 오늘 일은 한두전이 반드시 알아야 할 일이다. 발걸음이 무거웠다.

그만큼 발걸음이 무거워진 사람이 홍두영이었다.

북악산을 내려오며 상욱에게 내일 일에 대해 짧게 요지만 들었다. 인천 마약 조직을 괴멸시키고 서울 종로의 춘식이파 잔당을 까는데, 삼합회 중 무림 세력을 상대하는 데 혹여 모를 손이 필요하다는 것이다.

홍두영 입장에서는 쓰던 둔전파가 괴멸됐으니 춘식이파를 일으켜 수족으로 만들려던 계획이 물 건너갔다.

그 일을 그 자신 손으로 하려니 속이 짰다. 또한 안전제일을 최우선으로 하는 생활신조에 금이 났다. 하산길이 유독 무거운 홍두영이다.

다음 날.

사무실에 앉은 조정상은 머리가 지끈거렸다.

약쟁이들을 족쳤지만 나온 것은 아무것도 없었다. 의심은 작두파에까지 미쳤다. 그러나 작두파가 그랬던 것처럼 그 역시 필요 이상의 장소를 거치며 뒤를 확인했다. 분명 미행은 없었다.

그렇다고 도둑맞은 약을 포기할 조정상이 아니었다. 그는 내부에서 적을 찾았다.

결과는 오리무중, 의심 가는 놈들은 지천이었지만 도둑놈은 없었다.

'도둑놈을 잡아야 해.'

어쨌든 조직을 운영하기 위해서는 돈이 필요했다. 그 돈은 마약에서 나왔고, 마약이 발목을 잡으니 마약으로 풀 궁리를 했다.

그것은 마약을 다시 구입해 놓고 함정을 파 덫을 설치해 도둑놈을 잡는다는 계획이었다.

그런데 그러기 위해서는 현금이 꼭 필요했다. 약을 파는 작두가 외상을 줄 리가 없었다.

그렇다고 돈 나올 구멍은 없었다. 아깝기는 하지만 비밀 장부 서류로 일성그룹으로부터 돈 챙기기에 나섰다.

"김 과장, 들어와 봐라."

그는 사무실 전화로 김 과장을 호출했다.

김 과장이 들어오자 조정상은 서류를 책상 위에 올려놓으며 말했다.

"이것, 저번에 일성물산 건이다. 땡기자."

"……형님, 다시 생각해 보시죠."

김 과장은 한참 고민하다 말했다. 그도 비밀 장부 서류를 발송 불명으로 택배를 보낼 때만 해도 돈만 봤지만, 시간이 지나면서 바위에 계란을 던지는 격이라 불안했다.

무려 10대 기업이다. 춘식이가 있었다면 절대 있을 수 없는 일이었다.

"왜, 뭐가 걱정돼? 그런 걱정이면 붙들어 매라. 뭐가 구리긴 거기도 마찬가지니까."

"진심으로 드리는 말입니다, 형님. 재고해 주십시오."

"야, 이 새끼 짱돌."

조정상이 버럭 화를 내자 김 과장은 뒷발을 뺐다. 예전 앞뒤 가리지 않는 조정상의 성격이 나오자 바로 도망갈 준비를 했다.

"됐다. 네놈에게 손 안 쓴다."

"휴─우, 제가 형님을 말릴 수 있겠습니까? 말씀하십시오."

김 과장은 집요한 조정상을 말릴 수 없다는 것을 알고 있었다.

"일단 공구리 몰래 강응삼을 불러들여라. 상황 설명해 주고. 아니다, 어차피 일하려면 인천 쪽으로 가야 하니까 그쪽으로 오라고 그래."

"알겠습니다."

대답하며 돌아서는 김 과장의 목소리는 한없이 무거웠다.

비록 조정상이 그의 행동대원들을 불러들였지만, 동네 술집을 협박해 삥 뜯는 것과 일성그룹을 협박해 돈을 받아 내는 일은 차원이 달랐다.

조정상이라고 왜 이런 걸 모르겠는가.

하지만 그는 정체를 감추고 일성그룹으로부터 돈을 뜯어

두 개의
심장을
가진 자

낼 자신이 있었다. 비록 일성그룹이 정보력을 갖고 있다 해도 그의 행동대원들은 이미 이런 경험을 수차례 했다.

그의 자신감은 여기에서 나왔다.

한 가지 전혀 예상치 못한 이 상황을 빼고 말이다.

일성그룹 회장실.

띠리링. 띠리링.

맹철현은 낡은 2G 휴대폰을 바라봤다. 액정에 뜨는 아라비아 숫자가 모르는 전화번호라 무시했다.

이 전화벨도 몇 번 울리지 않아 끊어져 잘못 걸린 전화거니 여겼다. 다시 읽던 서류로 눈을 돌리는데 문자가 왔다.

띠링.

일성물산. 서일국 비밀 장부. 제보함. 1분 이내 전화 요망. 이후 연락 두절.

이 뚝뚝 끊어지는 문자가 전화 액정에 찍혔다.

맹철현의 눈살이 구겨졌다. 상대가 휴대폰 번호를 아는 것도 문제였고, 협박 문서를 보낸 인간 말고 또 문서의 내용을 알고 있는 사람이 있다는 것이 문제였다.

그는 일단 제보 전화라 통화를 시도했다.

띠리리. 띠리리.

특징 없는 전화벨 소리가 울렸다.

–맹 회장님.

상대는 정확히 그를 칭했다.

"그렇소. 내가 맹철현이오만."

–단도직입적으로 말하겠습니다. 오늘 비밀 장부 관련해 협박 전화가
갈 것입니다. 물론 공중전화나 대포폰으로 말입니다.

"그걸 알고 있는 당신은 누구요?"

–알아서 뭐 하겠습니까? 정상실업입니다. 정상실업. 잘 파 보십시오.
그만 끊겠습니다.

"이보시오."

전화가 끊기자 맹 회장은 급히 메모지에 정상실업이라 휘
갈겼다. 그리고 휴대폰을 조작해 휴대폰 액정에 찍힌 전화번
호를 확인했다. 그 번호를 다시 같은 메모지에 적었다.

그리고 비서실과 연결된 인터폰을 눌렀다.

–네, 회장님.

여비서가 대답하기 무섭게 맹 회장이 명령을 했다.

"기획 2팀장 들어오라고 그래."

딸깍.

인터폰을 끊기 무섭게 양승모와 맹향아가 같이 들어왔다.

"여기 적힌 곳하고, 전화번호 확인을 해 봐. 대신 기획 2팀
인력은 분산하지 말고 말이야."

맹 회장이 메모지를 양승모에게 건넸다.

두 개의
심장을
가진 자

"이게 뭐예요, 회장님?"

맹향아가 물었다.

"비밀 장부 협박에 대한 제보라는데, 신빙성은 글쎄다."

"확실한 제보가 틀림없을 것입니다."

이철로가 열린 문으로 들어오며 말했다.

"왜 그런가?"

맹 회장은 이철로에게 물었다.

"일성이 협박당하고 있는 것을 누가 알고 있습니까? 거의 일급비밀로 취급하지 않습니까?"

"그렇군. 협박받고 있는 것은 당사자인 우리 측 일성과 서 의장 측 두 곳과 협박하는 놈 이렇게 셋일 수밖에 없지. 그런 데 이걸 아는 놈이라면 굳이 제보를 하면서 거짓말을 할 이유가 없겠지."

맹 회장은 부정하지 못했다.

"제가 확인하겠습니다."

양승모가 말하고는 회장실을 급히 나갔다.

"향아도 나가 봐라. 제보자가 협박 전화가 올 것이라고 말했다."

갑자기 비서실이 바빠졌다.

일성그룹의 능력은 작지 않았다.

정상실업이 어디에 있고 무엇을 하는 곳인지 알아보는 데 는 그리 오랜 시간이 걸리지 않았다.

종로에서 질 떨어지는 사업체와 주변 상가를 대상으로 지분 투자를 업으로 하는, 소위 불법 대부 업체 성격을 띤 조직 폭력 단체였다.

그리고 정상실업과 같이 주어진 전화번호는 전남 벌교를 주소로 둔 남자의 소유였지만, 사흘 가야 한 통이 있을까 말까 한 통화 내역의 기지국 위치는 정상실업이 위치한 종로였다.

이 두 자료가 모이자 양승모는 자료를 챙겨 회장실로 향했다. 그러나 몇 걸음 못 가서 그의 걸음은 멈춰졌다.

"줘!"

이철로가 양승모의 앞을 막고 손을 내밀었다.

"회장님에게 보고부터……."

탁.

양승모의 말이 끝나기도 전에 서류를 채 간 이철로는 곧바로 비서실을 나섰다.

'어떤 놈이든 잡히면 아주 아작을 내 주겠다.'

이철로 눈에 불이 들어와 있었다. 지난 며칠을 더부살이하며 쌓인 짜증이 분노로 변한 상황이었다.

그의 마음은 벌써 정상실업이 있는 종로에 가 있었다.

상욱은 일성그룹 맹 회장과 통화를 마치고, 정상실업을 떠날 준비를 끝냈다.

그는 휴대폰 유심 칩을 빼고 액정을 깨끗이 닦아 책상 서랍에 넣어 두었다.

물론 떠나는 그에게는 필요 없는 물건이다. 버려도 될 물건이지만, 휴대폰에는 그의 전화번호를 남겨 두었다.

춘식이파는 이번에 무너질 것이 자명했지만, 공구리 왕일구는 여우처럼 빠릿빠릿한 면이 있다.

게다가 그는 마약 거래와는 거리가 있어 빠져나갈 구멍이 있었다.

그리고 조정상 입장에서 왕일구는 여기에 있어서는 안 될 인사라, 조정상의 심부름을 가고 없었다.

잠시 후면 정상실업은 인공 내지 사변이 날 장소라 왕일구는 학교(교도소)에서 빗나가고 있었다. 짱짱한 운빨이다.

상욱이 휴대폰에 그의 전화번호를 남겨 놨으니 전화를 걸어 올 가능성이 농후했다.

그렇게 왕일구와 일말의 끈을 만들었다.

나중에 왕일구가 상욱을 보면 이를 갈고 원한을 가질지 모르지만, 어차피 독 안에 든 쥐와 같은 인간이었다.

결코 그가 만든 틀에서 벗어나지 못하게 한다. 이미 꼬리를 내리고 흔들었던 개였다.

상욱이 일어나자 이영철과 차동현이 따라 일어났다.

"여기도 끝이군."

"아따 성님, 오지게 놀아 버렸소이. 그래서 그란지 몰라도

쪼까 거시기허기는 헌디. 아그들아, 엉아들 짝대기 받치고
밥 묵고 한참 있다 올랑께 그리들 알어라이."

차동현이 중얼거리자 이영철이 정상실업 직원들을 향해
너스레를 떨며 상욱의 뒤를 쫓았다.

그렇게 세 사람은 유유히 사라졌다.

이철로는 정상실업 앞에 서서 빌딩을 올려다봤다.

5층 빌딩은 깨끗하고 반듯해 보였다. 그는 한동안 빌딩을
보다 손목시계를 확인했다.

"올 시간이 됐는데?"

이철로가 일성그룹에 쳐들어갈 때는 혼자였지만 그것은
계획된 일이고, 그가 하는 일을 뒤처리하는 가문 사람들이
있었다. 그는 그들을 기다렸다.

왜 아니겠는가?

그는 경기 이씨 직계이고 그 권한은 가문에서 나왔다. 이
천 본가에는 외거하는 방계 조력자들이 있었고, 그들은 서울
에 거주했다.

"작은형님."

검은 양복을 입은 40대 중반 사내가 이철로 옆에 와 인사
했다.

"간만일세."

이철로는 기다리는 사람이 왔지만 별로 반기는 기색이 아

니었다.

"한 달 만입니다."

"오랫동안 안 봤으면 했는데 말이야."

이철로는 중년인 이승로에게 면박을 줬지만, 중년인 이승로는 얼굴에 가면을 쓴 사람 같았다.

"역시 자네는 재미없는 사람이야. 올라가세. 오늘은 손을 과하게 쓰지 말고."

"네."

이승로는 이철로에게 고개 숙여 답하고는 핸드폰을 들었다.

"지금 들어간다. 나가고 들어가는 사람이 없어야 한다."

그는 전화를 해 일방적으로 말하고 끊었다.

"가시죠."

그리고 이철로와 동행해 빌딩 안으로 들어갔다.

끼이익.

탁. 탁.

두 사람이 빌딩으로 들어가자 봉고 차량 두 대가 건물 입구에 섰다. 차 안에서 검은 양복을 입은 사내 십여 명이 내려 입구를 봉쇄했다.

이철로는 정상실업 안에 들어섰다.

불법 대부 업체를 겸한 조폭 사무실이라 뿌연 담배 연기와

눅눅한 소파를 떠올린 예상과는 전혀 달랐다. 평범한 일반 사무실과 다를 바가 없었다.

책상에 남자와 여자 십여 명이 일을 보고 있어 순간 멈칫했다.

그래서 이철로는 뒤에 선 이승로를 바라보자 이승로가 나섰다.

탁. 탁.

이승로는 입구에서 가장 가까운 책상으로 가 오른손 중지로 책상을 두드렸다.

"응? 무슨 일로 오셨소?"

오안영은 고개를 들어 이승로를 올려다보며 물었다.

그는 춘식이파에서 정상실업으로 와 일한 지 4년이다. 이렇게 찾아오는 사람치고 제대로인 인생이 별로 없다.

언제나 찾아오는 사람은 약자였고, 그는 고리대금업자의 위상을 보여 줘야 한다. 그래서 그의 어투가 거만해진 지 오래였다.

"너희 사장 좀 만나자."

"사장?"

이승로의 말에 오안영은 인상을 섰다.

사채를 쓰다 갚지 못해 찾아오는 부류는 둘이다. 하나는 애걸복걸형, 다른 하나는 이렇게 안하무인이다.

"에, 아저씨, 어디서 껌 좀 씹었나 본데, 여기 그런다고 통

하는데 아냐. 그냥 무르팍 꿇고 이자 좀 깎아 달라고 애원
해."

오안영은 오래간만에 인심을 썼다.

"교훈이 필요한 아이로구나."

이승로는 같잖은 표정으로 아래를 내려다봤다.

"니기미, 아이라니. 그리고 교육은 세상을 덜 배운 늙은이
가 받아야겠구만."

오안영은 일어나며 전화 수화기를 들었다.

"애들 몇 올려 보내."

그는 이승로를 보며 이제 물팍을 접으라는 얼굴을 했다.

그러나 오안영은 5분도 안 되서 다시 전화기를 들어야 했
다. 사무실에 제대로 서 있는 사람은 그와 여직원 네 명이 전
부였고, 남자들 이십여 명이 바닥에 널브러져 있었다.

투르르. 투르르.

띠이-.

-지금은 전화를 받을 수 없어…….

"사장님이 전화 안 받으시는데요."

오안영은 이승로에게 전화기를 건네며 말했다.

이승로는 수화기를 받아 확인하고는 툭 끊었다.

"이봐, 사장이 일 나갔으면 혼자 나가지 않았을 것 아니야?"

"네. 과장님이 수행하시고……."

"그 과장이란 놈에게 전화하면 되잖아."

"네네."

오안영은 급히 전화 버튼을 눌렀다.

"김 과장님, 저 오 대리입니다."

그리고 그는 조심스럽게 말했다.

-뭐야? 오늘 연락하지 말라고 했잖아.

김 과장의 목소리에 짜증이 제대로 들어찼다.

"손님이 사장님을 찾고 계십니다."

-너 지금 사무실 분위기 몰라서 그따위 말을 하지. 아주 죽고 싶구나, 니가!

"앵두 형님."

-이 새끼가 형님? 뭐, 뭐라고…….

"앵두 형님, 빨리 들어오십시요."

-……알았다.

김 과장은 잠시 말을 멈추었다가 대답했다. 그리고 전화가 끊겼다.

오안영은 이승로를 보았다.

"바로 오신답니다."

이철로는 이승로와 오안영의 대화를 들으며 눈살을 찌푸

렸다.

통화 내용이 상당히 어색했다. 귀가 밝은 그라 오안영과 김 과장의 대화 내용을 다 들었다. 이 대화의 앞뒤가 맞질 않는다.

오늘 연락하지 말라는 것은 일성그룹을 협박해 돈을 뜯어낼 일 때문일 게 틀림없었다.

그런데도 손님이 누군지 물어보지 않고, 별말 없이 들어온다니 있을 수 없는 일이다. 특별한 상황이 일어날 때 서로간에 약정된 말이 있을 수 있다.

그는 오안영과 이승로의 대화를 듣지 못했을 사무실 가장 안쪽에 쓰러져 있는 자에게 가서 발로 툭 건드렸다.

혈도가 막혔던 사내는 눈만큼 끔뻑이다가 화들짝 놀랐다.

"일어나."

"네? 네."

몸이 움직인 사내는 벌떡 일어났다.

"한 가지 묻자. 김 과장 이름과 별명이 뭐냐?"

"이름은 김충만이고 짱돌입니다."

"앵두는 확실히 아니라는 말이지."

"앵두요?"

사내는 되물었고, 이철로의 얼굴빛이 싸늘해지자 사내는 상황을 파악했다. 이철로는 옆으로 다가온 이승로를 바라보았다.

그러자 이승로의 얼굴이 붉어졌다.

이승로는 가문의 가람신법으로 책상을 건너뛰어 오안영을 일으켜 세우며 멱살을 잡아 공중으로 띄웠다.

"앵두가 약정된 말이냐?"

숨통이 막힌 오안영은 말을 못하고 얼굴빛이 검게 죽어 갔다.

그때 이철로가 이승로의 팔에 손을 얹었다.

"말을 들으려면 입을 열게 해 줘야지."

털썩.

"컥컥."

오안영이 사무실 바닥에 내동댕이쳐지고 기침을 연신 뱉었다.

"사실을 말해 봐."

이승로가 재촉했다.

"……."

고개를 흔드는 오안영은 의외로 강단을 보였다.

이승로는 말을 않는 오안영의 왼손 새끼손가락을 잡고 힘을 가했다.

"으아악!"

오안영이 비명을 질렀다.

이승로가 손을 놓자 오안영이 사타구니에 손을 넣고 뒹굴었다.

"아프지? 손가락이 부러졌으니 당연히 아프겠지. 그 손가락이 열 개고 이제 하나가 부러졌을 뿐이다."

이승로는 말을 하며 다시 왼손 약지를 잡았다.

"말, 말하겠습니다."

오안영은 떨리는 목소리로 말했다.

"앵두가 뭐야?"

"경찰이 급습을 하거나 다른 조직에게 사무실이 털려 피할 상황이…… 크윽, 되면 앵두라는 말로 전화 통화나 말을 전달하기로 약속이 되어 있습니다. 으윽."

오안영이 고통을 참으며 말을 마쳤다.

"개새끼, 그럼 피신하라는 말이잖아."

이승로가 화가 단단히 나 오른발을 들었다.

"그만. 사람 잡지 마라."

이철로가 이승로를 말렸다.

"형님?"

"일단 문중 애들 올라오라고 하고, 이 사람들 휴대폰 수거해. 그리고 사장하고 김 과장이라는 자 휴대폰 번호 알아 놔."

이철로는 미간에 주름을 잡고 사무실 밖으로 나왔다. 그는 휴대폰을 개방했다.

-네. 양승모입니다.

"혹 협박 전화가 왔던가?"

-네. 통화하며 위치를 확인했는데 공중전화였습니다. 일단 접선 장소

를 정했고 끌려가는 형태를 취하고 있습니다. 그런데 그쪽은 어떻게 되었습니까?

"잘 풀리지 않았네. 일단 휴대전화 번호 두 개를 문자로 찍어 줄 테니까 기지국 위치와 협박 온 공중전화 위치가 얼마나 되는지 확인해 주게."

–알겠습니다.

이철로는 통화가 끝나자 휴대폰을 끄고 다시 사무실 안으로 들어왔다.

그러자 전화번호가 적힌 A4 용지를 이승로가 그에게 건넸다.

이철로는 바로 양승모에게 문자로 휴대전화 번호를 보냈다.

봉고 차 안.

11인승 차 안이 비좁기만 했다. 사내 아홉 명이 탔지만 큰 덩치로 인해 그렇게 느껴졌다. 그 안에 김 과장, 김충만은 당혹스러운 얼굴로 조정상을 바라봤다.

"뭐냐?"

조정상 역시 심각한 얼굴로 물었다.

"오안영이 앵두 상황이랍니다. 자세한 상황은 곤란한지 말을 못 하고 사장님을 찾았습니다."

"이런 개 같은."

김충만의 대답에 조정상은 욕설부터 내뱉었다.

2년 전 춘식이파는 홍두영이라는 딴 세상 사람을 만났다. 그 후 조직은 그에게 똘마니 노릇을 하다가 와해되기까지 1년도 걸리지 않았다.

그리고 홍두영 같은 사람들이 조직적으로 활동하고, 그들 스스로 쟁천이라 칭하는 사실도 알게 되었다.

물론 춘식이파 내에서 그 실체를 아는 사람들은 셋에 불과했고, 나머지는 무협지에 나오는 고수도 있구나 하는 정도였다.

어쨌든 춘식이파에서는 홍두영 같은 사람과 엮이는 상황을 앵두라는 말로 약속해 놓았다.

그 앵두라는 말이 이 상황에서 튀어나와 조정상을 당황스럽게 했다.

"야, 일단 공구리에게 전화해서 죽통이 뭐 하고 있는지 알아보고, 죽통 일행까지 담가졌는지 확인해 보라고 해."

한참을 생각하던 조정상이 김충만에게 말하고는 의자에 등을 기댔다. 그는 머리가 복잡해졌다.

'일성그룹 쪽은 확실히 아닌데……'

협박 전화를 하고 10분도 지나지 않은 시간에 사무실이 털렸다고 전화가 왔다. 일성그룹이 경찰에게 신고를 했을 가능성까지 염두에 두고 작업을 진행하고 있다.

아무리 생각해도 그쪽에 허점이 노출되었을 가능성은 없

었다.

"으드득."

'어디서부터 일이 꼬였지?'

조정상은 어금니를 깨물었다.

공구리 왕일구는 아침부터 무척 바빴다.

출근하기 무섭게 조정상의 호출을 받고 그는 오춘식을 면회하라는 지시를 받았다.

조직 내에서 매달 두목 오춘식과 두 차례 면회는 월례 행사였지만 그가 직접 간 적은 한 번도 없었다.

더구나 전하라는 말도 특별한 내용 없이 돈 1백만 원을 주며 오춘식에게 사식을 넣어 주고 안부를 묻고 오라는 내용이었다.

무슨 일이 있냐고 조정상에게 그가 물었더니, 조직 내에서 왕일구의 위상이 올라갔으니 오춘식이 출소했을 때를 대비해 간간이 얼굴을 비치라는 답을 줬다.

그리고 오전에 준비를 하고 서울남부교도소에 있는 영등포로 갔다.

하지만 면회는 짧게 끝났다.

어릴 때부터 모셨던 큰형님 오춘식과 그는 의외로 접점이 별로 없었다. 둘 사이에 신뢰 관계가 끈끈하지도 않았다.

지금도 춘식이파가 몰락하지 않았다면 대화는 1분도 이어지지 않았을 것이다.

심도 없는 조직 이야기와 오춘식 가족에 대한 몇 가지 잔 심부름을 받고 그는 면회실을 나왔다.

담배를 물고 서울남부교도소 문을 뒤돌아보는데 면회하며 진동으로 놔두었던 벨이 덜덜 떨렸다.

－오 상무님, 저 충만입니다. 어디십니까?

전화를 받기 무섭게 다급한 목소리가 전달됐다.

"큰형님 만나고 나오는 길이지. 왜 무슨 일 있냐?"

－사무실에서 전화가 왔는데 일이 터졌나 봅니다. 오안영이 전화가 와서 앵두랍니다.

"사무실에 통 형님이 있는데 그럴 리가 있나? 알았다, 내가 확인하고 전화를 넣으마."

전화를 끊은 공구리는 상욱에게 전화를 했다. 그러나 통화가 연결되지 않아 불안감이 들었다.

그렇다고 사무실에 들어가자니 앵두라는 말이 턱 걸렸다.

그는 다시 휴대폰을 들었다.

"빨리 받아라, 새끼야."

전화 컬러링 소리가 1분이 되어 가자 공구리 입에서 욕설이 튀어나왔다.

－여~ 개부랄로 짤짜리하는 공구리가 씨팔 전화를 다 주네. 이자 잘 내고 있는데 조까 왜 전화질이야.

전화를 받는 상대편 사내는 말 반 욕 반이다.

"학두야, 부탁 하나 하자."

조정상은 어릴 때 춘식이파였다가 손 씻고 포장마차를 하는 친구 이학두에게 전화를 했다. 그는 1년 전까지 음식점으로 잘나가다 폭삭 망해 신용불량자가 돼서 정상실업 사채를 쓰고 있었다.

─맨입으로?

"이번 달 이자 까 주마."

─까기는 너나 조까세요. 세 달 치.

"두 달."

─말씀하시죠. 왕 상무님.

"우리 사무실 가서 이자 갚으러 왔다고 하고 사무실 분위기 좀 보고 와라."

─니기미, 뭔 일인데? 나 오늘 회 떠지는 것 아니지?

"꼬질꼬질하게 입고 가 봐라."

─조또, 200에 호랭이 아구지에 대구빡 쳐 넣는 것은 아니냐?

"들이밀 놈이냐, 네가?"

─알았다, 습새야. 15분 후에 전화해서 엉아 살았는지 확인해라.

전화를 끊고 공구리는 기다리지 않고 차에 탔다. 사무실 가까이 가서 주변이라도 확인해 봐야 직성이 풀릴 것 같았다.

자동차로 서울남부교도소가 있는 영등포에서 정상실업이 있는 종로까지는 금방이었다.

그는 사무실에 도착할 때쯤 이학두에게 전화를 걸었다.

"나다."

─야, 씨블 디질 뻔했다.

"어딘데?"

─긴말 않는다. 너희 사무실 가지 마라. 앞을 막고 있는 놈들 보통이 아니다. 빚 갚는다고 들어가려다 젊은 놈 한 놈에게 1초도 안 되서 털렸다.

"학두야, 만나서 이야기하자."

─야, 뒤를 밟히고 있는 것 같으니까 나중에 만나서 이야기하자. 일단 전화 끊는다. 참, 두 달 이자 깠다.

띠─이.

이학두는 단단히 당했는지 바로 전화를 끊었다.

"으─음."

왕일구는 침음을 삼켰다. 유도 4단인 이학두다. 그런 놈이 통화에서 털렸다고 분명히 말했다. 그것도 한 놈에게.

복잡한 머릿속을 정리하는 사이 차는 정상실업 앞을 지났다. 잠깐 스치며 본 빌딩 입구에는 검정색 양복의 건장한 사내들이 막아섰는데 자세가 예사롭지 않았다.

왕일구는 한 블럭을 지나 차를 세우고 김충만에게 전화했다.

그가 이학두를 시켜 보고 느낀 상황과 사무실 입구를 막고 있던 사내들에 대한 이야기를 전달하자, 전화를 바꾼 조정상은 저녁나절에 사무실을 정리하라는 명령을 내리고는 전화를 끊었다.

왕일구가 어떻게 되든 그는 상관없었다.

"여우 같은 새끼."

조정상은 전화를 끊고는 김충만에게 전화를 건넸다.

"네?"

전화를 돌려받은 김충만이 의문부호를 날렸다.

"너보고 한 말 아니야. 그보다 강응삼은 왜 이리 늦어?"

짜증만 가득한 조정상이다.

머릿속은 완전 뒤죽박죽이고, 일의 중심을 잡기 힘들어졌다.

'앵두라니······.'

조직을 말아먹은 홍두영 같은 쟁천에 엮인 놈과 척을 진 기억이 없다.

게다가 중요한 시점에서 일이 쌍으로 터지자 골치기 지끈 거렸다.

그리고 한주먹 쓸 것 같은 죽통 일행은 사무실에 쳐들어온 인간들에게 힘 한번 못 쓰고 주저앉았는가 보다.

'개새끼들······ 공구리가 하는 일이 그렇지. 그동안 쓴 돈이 아깝다.'

그는 고개를 흔들어 잡생각을 털어 버렸다.

일단 빨리 일성그룹에서 삥을 뜯고 협박 건을 먼저 정리하

두 개의
심장을
가진 자

려니 마음이 급했다.

뜨드르르륵.

봉고 차 문이 열리며 조정상의 생각이 깨졌다.

"사장님, 먹혔습니다."

문이 열리기 무섭게 조정상의 행동대장 강응삼이 들어오며 말했다.

"크크크, 작전대로 됐다 이거지."

"네."

"다음에는 공중전화 말고 준비된 휴대폰을 쓴다. 이제 공중전화 주변에 CCTV 없는 곳이 없다. 김 과장."

"네, 사장님."

"준비한 것."

조정상의 말이 끝나기 무섭게 김충만은 조수석 차량 서랍에서 휴대폰을 꺼내 줬다.

"쓰고 알지?"

"당연히 폐기하겠습니다."

"흔적 남기지 말고."

"애들에게도 다른 곳에 연락하는 멍청한 짓 못 하게 막아놓겠습니다."

조정상의 말에 강응삼은 고개 숙이고 일어났다.

"돈은 수거하는 대로 인천으로 오고."

"알겠습니다, 사장님."

강응삼은 일행 다섯과 함께 봉고 차에서 내렸다. 그리고
그들은 준비된 차를 타고 사라졌다.

　양승모는 이철로가 나가고 30분이 지났을 때 비서실로 맹
철현 회장에게 걸려 온 협박 전화를 받았다.

　비서실장인 맹향아와 그는 전화를 두 개 수화기로 동시에
받으며 피트 프로그램에 따른 성문 녹음과 함께 진행했다.

　영국에서 시작된 납치 사건 성문 분석 프로그램 피트는,
실시간으로 분석되어 전화를 건 남자의 음역대와 주변의 소
리를 분류했다.

　또한 통화하는 장소를 실시간으로 역추적해 나갔다.

　장소는 부평역 공중전화였고 성문을 통해 40대 중후반의
남자임을 밝혀냈다.

　전화 통화는 불과 1분 남짓 이어지다가 끊겼지만, 주변 남
자들의 비속어가 섞여 오가는 말에서 일행이 적어도 일곱 명
이상이라는 것까지 파악했다.

　물론 통화 내역은 간단했다.

　현금 20억과 개인 휴대폰 번호를 요구했다. 협박범은 꽉
막히지 않아 어쭙잖게 맹 회장과 통화는 요구하지 않았다.
확실히 놈들은 돈에 목적이 있음을 알 수 있는 대목이었다.

그리고 10분 후 다시 전화를 건다고 일방적으로 통보하고 전화를 끊었다.

얼마 후 이철로에게 전화가 왔고, 다시 2분이 안 돼서 문자가 찍혀 확인을 했다.

두 개의 전화번호를 통신 3사에 연락했다.

그사이 협박범에게 다시 전화가 왔다. 이 전화도 역시 공중전화였다.

그러나 협박하는 자는 전혀 다른 목소리였다.

-보소, 짧게 말하겠소. 현금 준비됐을 것으로 알고 말하겠소.

양승모는 전화를 받고 있는 맹향아를 향해 고개를 흔들었다.

"서류는 받았지만 기업이라고 20억이란 현금을 도깨비방망이로 뚝딱 만들 순 없어요."

-지금 나랑 말장난하자는 것 아니면 10원 한 푼도 빠지지 않는 20억을 현금으로 준비해야 할 거요. 그 서류가 내일 아침 각 신문사와 각 검찰청 그리고 경찰서에 뿌려지지 않게 하려면 말이오.

"아, 알았어요. 하지만 우리 일성그룹은 비자금으로 현금을 따로 두지 않아요. 그래서 그러는데 현금 10억, 나머지는 금으로 지급하겠어요. 더불어 이것은 엄연히 기업 차원이 아닌 일성물산의 맹한영 사장의 사재 출현이란 것을 명심하세요. 그룹 차원의 협박은 이번이 마지막이란 뜻입니다. 다음은……."

맹향아는 뒷말을 아꼈다.

어떻게 됐든 다음에 협박하면 죽음을 각오하란 뜻이나 마찬가지였다. 강응삼이 그 뜻을 모르겠는가?

—거참 말 많은 아가씨네. 무슨 뜻인지 알았으니까 휴대폰 번호나 불러. 그리고 좀 있다 장소를 정해 줄 테니까 일성그룹 건물에서 나와. 참 나올 때는 빨간색 점퍼에 파란색 치마나 입고 나오라고. 전화번호 불러 보쇼.

딸깍.

공중전화가 그렇게 끊어지자 맹향아는 얼굴이 붉어졌다.

언제 어디서 이렇게 당해 봤겠는가. 주먹이 파르르 떨렸다.

"잘 참았습니다."

그때 양승모가 다가와 맹향아의 어깨를 두드렸다.

"그 협박한 놈 꼭 잡아 주세요. 법으로는 안 되겠지만 다른 방법이 있잖아요?"

맹향아의 눈에 독기가 넘치다 못해 흘렀다.

"원하는 대로 될 것입니다."

짝. 짝.

"자, 빨리 빨리 준비하자고."

양승모는 맹향아에게 말하고는 손뼉을 쳐 주위를 환기시켰다. 그러고는 기획 2팀 직원들을 지목했다.

"김 대리는 빨리 가서 빨간 점퍼하고 파란 치마 구해 오고, 이 대리 GPS 맞춰 놨어?"

비서실 입구에 서 있던 여직원이 김 대리인지 '네.'라는 대답과 함께 밖으로 나갔고, 비서실 한쪽 응접탁자에 앉아 있던 사내는 작은 금괴를 들어 보였다.

"작동 여부 확인했고?"

"이 안에 있는 놈은 최신 위성 추적 시스템이라 반경 0.5미터까지 찍어 줍니다."

"준비는 도 과장만 끝나면 되겠어."

마지막으로 양승모는 점검을 하려는 듯 체크리스트에 적힌 사항을 빠르게 그어 나갔다. 그 일이 끝날 때쯤 사옥 경비를 맡던 젊은이 다섯 중 하나가 다가왔다.

"팀장님, 도 과장님이 택시 두 대 입구에 대기시켜 놓았답니다."

"좋아. 일단 다들 차에 타서 대기하고 있다가 연락 가는 순간 교차 미행을 한다. 출발."

양승모가 먼저 자리를 떨치고 일어났다. 그 뒤를 맹향아가 쫓았다.

사옥을 나온 맹향아는 기획 2팀 김 대리가 준비한 빨간 점퍼를 걸쳤다.

띠리링. 띠리링.

그녀가 점퍼에서 팔을 빼자 전화벨이 울렸다.

"여보세요."

-파란색 치마는 왜 안 입었습니까?

공중전화와는 전혀 다른 남자의 목소리다.

"이봐요, 지금 시간이나 주고 그런 말을 해. 그리고 돈만 주면 되지 당신들이 내 남자 친구라도 돼?"

맹향아가 결국 참았던 분노를 터트렸다.

　-씨팔, 성깔질은. 혼자 이대입구로 와 이년아.

협박범도 만만치 않았다. 일방적으로 욕설과 요구 사항을 늘어놓고 전화를 끊어 버렸다.

분노가 화근이 되었을까?

맹향아는 준비된 택시를 타고 이화여대와 잠실 롯데월드를 거쳐 63빌딩까지 근 2시간을 뺑뺑이를 돌아야 했다.

그사이 강응삼 일행은 각 구간별로 망을 보며, 혹은 두 대 차량으로 맹향아가 탄 택시를 미행하며 꼬리를 달았는지 확인을 했다.

결론은 꼬리를 달지 않았다는 결론을 내렸다.

준비가 잘된 일성그룹의 작전이 먹혀들었다.

그것을 모르는 조정상의 행동대는 맹향아에게 마지막 지령을 내렸다. 한강나루지구에서 접선을 하자는 문자를 보냈다.

일성그룹 기획 2팀은 비상이 걸렸다. 택시운전을 하던 양승모는 한강나루지구로 인원을 집결시켰다.

한강나루지구는 둔치를 끼고 도로와 먼 산책길이 쭉 이

두 개의
심장을
가진 자

어졌고 주변이 횅해서 준비된 가방을 맹향아 혼자서 넘겨줘야 할 뿐 아니라, 이로 인한 그녀의 신변 문제도 만만치 않았다.

하지만 짧은 시간에 기획 2팀은 연인과 산책로를 따라 운동하는 사람으로 분장을 했다.

그리고 자전거 도로의 중간중간에 사람을 풀었다.

불과 20분 만에 한강나루지구에 일성그룹 사람들이 쫙 깔려 만반의 대비를 마쳤다.

맹향아는 바퀴 달린 여행용 캐스트 백을 달달거리며 한참을 걸었다. 어디서 누가 가방을 달라고 할지 몰라 제법 긴장감마저 들었다.

그 산책길을 20분가량 걸어 다리가 아플 때였다. 전화벨이 울렸다.

"여보세요."

─앞으로 50미터만 더 오시오.

또 다른 젊은 사내의 목소리가 수화기 너머로 들렸다.

멀리서 맹향아를 바라보던 양승모는 맹향아가 멈춰 서서 전화를 받자 긴장의 끈을 바짝 조이며 무전을 날렸다.

"긴급사태. 일단 대기. 그리고……."

갑자기 무전을 하던 양승모의 눈이 커졌다. 아차 싶었다.

그의 눈에 광진교 아래에 선 맹향아가 보였다.

이 순간 맹향아는 난처한 얼굴로 주변을 둘러보고 있었다.

"뭐 해, 안 걸고."

광진교 다리 위에서 세 명의 사내가 고개를 내밀고 고함을 쳤다. 그들은 갈고리가 달린 밧줄을 다리 아래로 내려놓고 있었다.

"후—우."

길게 허탈한 한숨을 쉰 맹향아는 갈고리를 잡아 가방 손잡이에 걸 수밖에 없었다.

다다다닥.

멀리서 달려오는 발소리가 들렸지만 가방은 이미 다리 위 너머로 사라져 버린 후였다.

"하하하, 잘 쓰겠다!"

사내 목소리가 다리 아래로 울려 퍼졌다.

"하—아."

어이없이 당한 맹향아가 한숨을 쉬는데 옆으로 양승모를 비롯한 기획 2팀이 모여들었다.

그들 눈에 허망한 빛이 가득 찼다.

다리 밑에서 놈들을 쫓기에는 너무 먼 거리였다. 공원을 한참 뛰어 도로로 나가 다시 광진교 1/3 지점까지 가는 데만 15분 이상이다.

양승모와 맹향아는 서로 얼굴만 쳐다보며 얼굴이 굳어졌다.

차에 올라탄 강응삼은 비웃음을 지었다.

미행을 예상했고 예상의 허를 제대로 찔러 줬다.

"동수야, 돈 가방 열어서 확인하고 옮겨 담아라."

그는 뒤돌아서 뒷좌석에 앉은 사내에게 말했다.

"네, 형님."

막둥이처럼 대답하는 사내는 이미 캐스트 백을 열고 그들이 준비한 가방에 돈을 옮겨 담고 있었다.

그러며 지폐 뭉치를 일일이 안까지 확인 중이다.

사내는 이내 확인이 끝나자 손가락만 한 금괴들이 가방 바닥에서 드러나자 그중 하나를 들어 이빨로 깨물어 봤다.

"뭐 하냐?"

강응삼이 피식 웃으며 물었다.

"형님, 이거 금붙인가 확인해 봐야 하는 것 아닙니까? 확인 들어가고 있습니다."

"야, 병신 새끼야, 돌덩이를 깨문다고 그것이 금인지 은인지 네가 아냐?"

"헤헤헤, 하긴 그렇습니다, 형님."

동수는 머리를 긁적이며 실실거렸다.

"좀 가다가 가방 버려. 가방에 뭔 짓을 했을지 모르니까."

"당연한 것 아닙니까요."

강응삼에 동수는 말대꾸를 하면서도 열심히 가방에서 금괴를 옮겨 담았다.

끼이-익.

10분가량을 달리던 차는 골목길에 들어섰고 그들은 봉고차로 차량을 바꿔 탔다.

캐스트 가방만이 골목의 쓰레기봉투 옆에 덩그러니 놓였고 사내들은 바람과 같이 사라졌다.

양승모는 곧장 이철로에게 전화를 했다.

-그쪽은 어떻게 됐나?

전화를 받은 이철로가 대뜸 물어 온 말이다.

"돈만 털리고 놈들은 놓쳤습니다."

-목소리가 아쉽지가 않군.

"놈들이 요구한 돈의 일부를 대신해 금괴를 넣었는데 그것에 작업을 해 놨습니다. 그보다 정상실업 쪽은 어떻게 됐습니까?"

-사무실에 남은 놈들은 아무것도 모르고 있다. 하지만 사장 조정상이란 작자가 이 건을 작업하는 모양이야. 아무튼 조심성이 대단한 놈들이야.

"그럼 그쪽 일은 접어야 하는 것 아닙니까?"

-일단 우리가 합류해서 이야기를 나누어야 접점이 나올 것 같다.

"그럼 저희가 그쪽으로 가겠습니다."

-그래 주겠나? 참, 올 때 여기 사람 좀 처리해야겠어. 이쪽 관할 경찰서에 연락 좀 하지.

"네?"

이철로의 말에 양승모가 반문을 달았다.

협박 사건으로는 일성그룹 쪽이 뇌물죄가 걸려 있어 신고를 할 처지가 못 됐다.

−이놈들 사채놀이 하는 놈들이잖아. 범죄단체 구성한 놈들이 여수신업법 위반을 저지르고 있었다. 이런 레파토리까지 짜 줘야 되나? 어차피 오늘 하루 입막음하려고 그러는 일이니까 엮어 놓기만 하라고.

"알았습니다. 그리로 경찰들과 같이 가겠습니다."

−애송이도 아니고 왜 그래? 이놈들 사업체가 불법이기는 하지만 구속 수사할 정도는 아니니까 내가 적당한 증거 좀 만들어 놓지. 자네는 경찰 윗선과 협조만 얻어 놓고 범단(범죄단체구성)으로 긴급체포 해서 하루만 잡아 놓고 이들과 조정상이 통화만 못 하게 만들어 놔. 그래야 밖에서 보는 놈들도 경찰들이 이놈들 손쓴 줄로 알지.

"아− 이제 무슨 말인지 알겠습니다."

−그럼 30분 후에 종각에서 만나지.

"네, 그럼 그때 뵙겠습니다."

양승모는 전화를 끊기 무섭게 다시 통화 버튼을 눌러야 했다.

30분 후.

정상실업 내부와 앞이 깨끗하게 비워졌다.

정상실업 사무실 안에는 남녀 십여 명이 케이블 타이로 손목과 발목이 의자에 묶인 채 있었고, 사무실 입구에는 불법 여수신한 문서 더미 위에 범죄단체 구성을 보여 주는 춘식이파 행동 강령이 적힌 문서가 놓였다.

그리고 빌딩 입구를 막고 있던 이씨 가문의 청년들 십여 명은 건물 안의 방범 카메라를 깨끗하게 삭제해 증거를 인멸하고 유유히 사라져 버렸다.

그런 그들을 지켜보는 눈이 있었다.

공구리 왕일구는 건너편 식당에서 청년들이 사라지고도 10여 분이나 정상실업 빌딩을 지켜보다가 일어났다.

그의 생각에도 확실하게 앵두 상황이 맞았다. 섣부른 행동보다 신중한 판단이 중요했다. 그는 그래서 사내들이 완전히 빠져나간 것을 확인하고서야 이제 움직이려는 것이다.

식당을 나와 횡단보도를 건너가 사무실을 확인하려는데 경광등이 번쩍번쩍 빛나며 형사 차량 세 대가 사무실 입구를 막고 사복 경찰들이 내렸다.

멈칫한 공구리는 횡단보도를 건너더니 건물 옆쪽에 있는 커피숍으로 들어갔다. 그리고 후문을 통해 빠져나왔다.

담배를 문 공구리는 한참을 돌아 차로 향했다. 그리고 종로에서 한참이나 그를 볼 수 없었다.

정상실업 빌딩을 경기 이씨 청년들이 빠져나가는 것을 지켜보는 사람은 공구리만이 아니었다.

공구리가 있던 식당 옆 부동산 사무실에서 세 사람이 밖을 바라보고 있었다.

그들은 한 팀을 이룬 김창진 검사와 특수대 3팀 김관명과 김창진이었다.

셋은 경기 이씨 가문에서 나온 이철로가 탄 차량의 GPS를 쫓았다. 그래서 그들은 경기 이씨 사람들이 정상실업에서 춘식이파를 작업하는 과정을 확인했다.

그리고 경기 이씨 사람들이 정상실업에서 떠나자 상욱에게 전화로 이곳 상황을 전달했다.

매미를 쫓는 버마재비(사마귀)가 있을 줄은 꿈에도 생각지 못하고 있는 이철로였다.

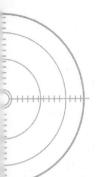

감춰졌던 얼룩 자국

경인고속도로를 빠져나온 소나타 차량은 인천 북항 고가 차로를 타고 가다가 북항 다목적 부두를 지나쳐 배후 단지 앞 방파제에서 멈춰 섰다.

탁─. 탁.

차량 문이 열리고 상욱이 운전석에서 내렸고, 조수석과 뒤에서 이영철과 차동현이 따라 내렸다.

쏴─아.

찬 바닷바람이 세 사람을 할퀴고 갔다.

"싸늘하네요."

이영철이 상욱의 옆에 서며 말했다.

"난 시원하기만 하고만. 지난 한 달 작업이 마무리되어 가니 말이야."

"듣고 보니 바람이 시원하게 느껴집니다."

상욱의 말에 차동현이 대꾸는 그렇게 했지만 웃옷을 여몄다.

"영철이, 조정상 차량과 휴대폰 위치 다시 확인해 보지."

상욱의 시선이 이영철에게 맞춰졌다.

"움직임 없이 그대로입니다."

이영철은 그의 휴대폰에 지정된 GPS와 기지국 위치 P값을 확인하며 답했다.

"잘된 일입니다. 조정상이가 작두파 쪽으로 올 줄은 생각도 못 했는데 말입니다."

"그래 어차피 지원받아 하는 일 처리인데 중국 삼합회 놈들까지 한 번에 처리하니 말이야."

상욱은 차동현과 대화를 하며 주머니에서 휴대폰을 꺼내들고 전화번호를 찾아 눌렀다.

"지원 온다는 곳입니까?"

"그래, 특임수사대야. 아, 박상욱입니다."

-박 경감, 거의 다 왔습니다. 약속 장소가 배후 단지 방파제 맞죠?

"네."

-그렇다면 5분 후에 뵙겠습니다.

"너무 서두르지 않아도 되겠습니다. 의외의 상황이 발생했습니다."

─의외 상황요?

"일단 오십시오. 설명은 그때 하겠습니다."

─아, 알겠습니다.

김경룡이 전화를 끊자 상욱은 빙긋 웃었다.

일성그룹 맹 회장에게 협박범과 정상실업이 연관 관계가 있다고 말해 놨더니 조정상이 협박범이라는 것은 금방 찾아냈다.

그 과정에서 경기 이씨 사람이 개입을 해 상욱을 비롯한 팀원들이 쾌재를 불렀다.

상황은 상욱이 원하던 것 이상으로 진행되었고, 경기 이씨 사람들과 일성그룹은 어떤 수단을 써서라도 조정상을 찾기 위해 혈안이 되었을 것이다.

그리고 일성그룹의 능력이라면 조정상의 행방이 노출되는 것은 시간문제였다.

전화를 끊고 김경룡의 말처럼 5분이 지났을까? 검정색 스타크래프트 밴 차량 두 대가 방파제로 들어서더니 상욱 앞에 멈춰 섰다.

드르륵.

앞선 차량 문이 열리고 특임수사대 김경룡이 홍두영과 사내들 넷을 대동하고 내렸다.

그 뒤 차량에서도 여섯 명이나 내려 김경룡 뒤로 가 섰다.

"오셨습니까? 이거 번거롭게 해서 미안합니다."

상욱은 웃는 낯으로 김경룡과 악수를 나누었다. 그리고 김경룡 뒤쪽에 있는 특임수사 1팀원과도 인사를 나누었다.

"인사도 나누었으니 이제 작전에 들어갑니까?"

김경룡의 말에 상욱이 어색한 미소를 지었다.

"상황이 어제 설명드린 것과 다르게 변했습니다."

이영철은 상욱이 말하는 동안 품 안에서 종이를 꺼내 상욱에게 건넸다.

"어떻게 말입니까?"

김경룡이 인상을 썼다. 돌발 변수로 그의 팀원이 다칠 수도 있었다.

"여기 인원 전부가 알아야 할 상황이니 모이기 바랍니다."

촤락.

상욱이 그의 소나타 차량 엔진룸 위에 접힌 종이를 펴 올려놓자 북항 주변의 항공지도가 보였다.

"여기를 보십시오. 이건 북항의 전체적인 전도입니다. 대상은 여기 북항의 끝인 8번 창고에 머물고 있는 중국 삼합회 내 홍방 조직원이었습니다만, 오늘 상황이 미묘해졌습니다. 여러분도 아시다시피 오늘은 마약 사건으로 중국 무림 쪽을 경계해 나오셨는데, 전국구 조폭인 춘식이파의 두목급이 저들에 합류했습니다."

"춘식이파? 내가 알고 있는 그 춘식이파는 아니겠지? 그런 쓰레기가 끼어들었다고 무슨 변수씩이나?"

두개의
심장을
가진 자

홍두영이 말을 자르고 끼어들었다.

"그가 문제가 아니오. 그를 쫓는 경기 이씨 사람들이 문제지."

상욱은 말을 끊는 홍두영을 보며 면박을 줬다.

"경기 이씨라고?"

그러자 홍두영이 똥 씹은 표정을 했다.

그것은 김경룡과 같이 온 사람들 역시 다르지 않았다.

"거참, 당신 계속 그렇게 말을 끊을 거라면 그냥 가시오."

상욱이 홍두영을 지적하자 홍두영은 얼굴이 붉어졌지만 입을 꾹 닫고 참았다.

그러자 분위기가 차가워졌다.

"계속 이야기하시오."

김경룡이 재빨리 나서서 중재를 했다.

"저간의 사정이 있어서 경기 이씨 사람들과 중국 삼합회 홍방과 충돌이 예상됩니다. 우리는 여기와 여기, 8번 창고에 가려면 거쳐야 하는 5번과 6번 창고에서 대기하고 있다가 추이를 보며 검거 작전을 펼칠 것입니다."

상욱이 북항 전도의 두 곳을 찍었다.

"5번, 6번 창고 관리인에게 협조는 얻어 놓았습니까?"

"이틀 전부터 대검찰청에서 사람이 나와 있습니다."

"따져 보면 크게 바뀐 것도 없군요."

"오는 사람이 늘었을 뿐이죠."

"그 사람이 문제지."

상욱과 김경룡의 대화 중에 홍두영의 핀잔이 들어왔지만 둘은 그것을 무시했다.

"지원은 따로 나오지요?"

"인천경찰청 특공대가 지원 나오기로 했습니다."

"하기는, 인원이 많아 봤자 희생이나 늘릴 뿐이니까요."

"그럼 특별히 질문이 있습니까?"

상욱은 그를 중심으로 모인 특임수사대 1팀과 그의 팀원을 보며 물었다.

"5번과 6번 창고로 갈 인원을 나누지 않습니까?"

김경룡 옆에서 있는 사내가 물었다. 상욱 만큼이나 큰 덩치와 근육을 가진 자로, 특임수사대 1팀을 소개할 당시 그는 이진찬이라 소개했다.

"당연히 나눕니다. 저와 이영철, 김경룡 팀장님 그리고 당신."

마지막으로 홍두영을 지목하는 상욱이었다.

"당신? 끙."

홍두영이 된소리를 냈지만 어찌할 처지가 아니었다. 어제 이빨을 드러냈다가 당한 일이 있어 분노를 삭여야 했다.

"이렇게 6번 창고로 가고, 나머지 인원은 5번 창고로 갑니다. 그리고 우리가 나서면 나머지 분들이 뒤를 맡아 주시면 되겠습니다."

"알았습니다."

"참고로 제 신조는 일하면서 다치지 않는 것입니다. 범인을 놓치면 다시 쫓으면 되지만 함께 일하는 사람이 다치는 꼴은 못 봅니다. 작전 중에 후퇴할 상황이 되면 신호를 하겠습니다. 그때는 곧바로 물러나셔야 합니다."

"……."

김경룡과 특임수사대 1팀은 서로를 바라보며 침묵을 지켰다. 지금까지 작전을 하면서 이런 경우가 없었던 모양이다.

"몸조심하자는데 뭘 그렇게 앞뒤를 재? 자, 갑시다."

상욱이 말한 신조 범위에 포함되지 않은 홍두영이 말을 하고 돌아섰다.

묘하게 그와 홍두영 사이에 각이 섰다.

2시간 후.

이영철은 북항 6번 창고 지붕에서 멀리 보이는 8번 창고를 내려다봤다. 바닷바람에 몸이 으슬으슬하고 무료해진 그가 무릎을 펴려는데 7번 창고 앞에 차량 세 대가 멈춰 섰다.

상욱이 그의 옆으로 와 지붕에 배를 깔고 8번 창고를 봤다.

차 세 대에서 사람들이 우르르 내렸다.

그들 중 앞에 선 깡마른 중년 사내가 창고를 향해 허허롭게 걸어갔다. 그 뒤를 사내 십여 명이 따르는데 역시 기세가 예사롭지 않았다.

그들을 바라보던 상욱은 앞선 중년 사내의 모습을 보며 등골에 솜털이 섰다.

"허, 오늘 이가의 호랑이를 보게 되다니…… 중국 애들 피 좀 보겠는데."

상욱의 옆에서 홍두영이 흥미로운 표정으로 말했다.

"저자를 알고 있소?"

상욱은 홍두영이 중년인을 가리켜 이가라고 말하자, 저 중년인이 이황우 변호사를 살해한, 경기 이씨에서 나온 암살자임을 직감했다.

"그는 경기 이씨 주류다. 이름은 이철로, 나랑은 접점이 별로 없다."

"걷는 길이 다르다?"

"그런 것은 모르겠고, 나와 그가 웃는 낯으로 인사하고 지내는 사이도 아니고, 설혹 만난다 해도 그가 날 알은척이나 할지 모르겠다."

"그 정도요? 혹 손을 섞어 본 적이 있소?"

상욱의 말에 홍두영의 이마에 핏대가 솟았다.

어린놈의 하오체 말에 신경이 계속 거슬렸다. 하지만 실력이 전부인 쟁천이라 울컥 올라온 분노를 재웠다.

"없다. 맞아 죽을 일 있느냐?"

"그럼 그와 싸운다면 얼마나 버틸 수 있겠소?"

두 개의
심장을
가진 자

"……기껏해야 3, 4분이다."

자존심 깎이는 질문에 울컥한 홍두영이라 말을 한참 끊었다가 대답했다.

"당신이랑 나와 같이 그와 붙는다면 어떨 것 같소?"

"시간문제다. 무조건 진다."

홍두영의 말에도 상욱은 표정에 변화가 없었다. 막말로 홍두영의 말에 신뢰가 가지 않았다.

그의 내심에는 천중상과 그의 일행이 있었다.

중국 깡패들과 저 중년인 사이에 싸움이 예상됐다. 그럼 중년인의 실력을 가늠해 보고 한번 엉겨 볼 작정이다.

창고로 간 이철로를 대신해서 양승모를 비롯한 여섯 명이 창고 셔터를 강제로 걷어 올렸다.

드르르륵.

그러자 창고 안에서 짱깨 깍두기들이 우르르 몰려나왔다.

그 수가 30명이 넘었는데 칼과 창 같은, 한국에서는 엄두도 나지 않는 흉기를 들었다.

6번 창고 지붕에서는 상황이 거칠게 변하자 김경룡과 홍두영이 상욱을 봤다.

그들의 눈은 어떻게 할 것인지 묻고 있었다.

그러나 상욱의 시선은 둘의 눈빛을 무시하고 창고에 고정되어 있었다. 내공을 눈과 귀로 집중하자 오감이 깨어났다.

그러자 창고 앞에 선 이철로 뒷모습의 기세가 확연해져 상욱에게 중압감이 전달됐다.

8번 창고에서 나온 사내들은 그들이 하룻강아지인지 모르고 있었다.

이철로는 인천 북항까지 와 협박범을 찾았는데 생뚱맞은 떨거지들의 등장에 얼굴이 심각하게 변했다.

일단 애들 하는 말과 행동거지가 딱 삼합회다. 이놈들이 협박 문서를 보냈다면 문제가 복잡해진다. 한국 조폭과 달리 삼합회는 앞뒤를 재지 않는다.

중국에서도 그러할진대 한국에서야 말할 것도 없다.

게다가 삼합회에는 무림의 홍방이 깊게 관여하고 있다. 물론 무력이야 무림의 누가 오든 상관없지만, 삼합회가 걸리는 이유는 어마 무시한 숫자에서 나오는 입이었다.

그렇다고 여기에서 물러날 정도로 무르지 않았다.

이철로는 칼과 창부터 휘두르는 놈들을 보며 양승모에게 턱짓을 했다.

그러자 양승모가 눈에 띄지 않을 만큼 눈살을 구기고, 그 밑에 있는 다섯 사내와 같이 나섰다.

월국 양씨는 내가권을 기반으로 한 수박手搏의 한 가지인 회린권回閼拳을 계승했다. 이 무공은 공방 내외 일체로 독문 신법 독랑보獨狼步에 따라 매서운 공격이 일품이다.

팅. 팅. 팅.

이 내가권을 온전히 전수받은 양승모는 양손으로 칼 면과 창대를 쳐 내며 길을 열었다.

칼과 창을 쥐고 있던 자들은 손끝이 울리며 전해지는 진동
에 손목을 잡고 물러났다.

양승모의 한 수 한 수가 발경의 진수였다.

이 몇 수로 양승모와 삼합회, 작두파 조직원들 간에 거리
는 벌어지고, 삼합회와 작두파들의 간격은 조밀해졌다.

양승모와 그 일행의 운신 폭이 넓어지자 무자비한 공격으
로 이어졌다.

일류 끝자락에 있는 양승모와 그에게 배움을 받은 일행이
다. 삼합회나 작두파 조폭과는 애초 실력이 천양지차였다.

더구나 이들은 창고를 지키는 문지기에 불과했으니 결과
는 이미 나와 있었다.

퍽. 퍽. 퍽.

"크흐."

"으아악."

살과 뼈가 꺾이며 비명이 창고 주변을 장악했다.

30이란 숫자가 10으로 줄어들 때 비로소 이를 제지하는 목
소리가 있었다.

"멈춰라!"

홍방의 홍곤 천중상을 선두로 열 명의 사내들이 나왔다.
이들은 기세부터 남달라 널브러져 있는 어중이들과는 차원
이 달랐다.

그렇다고 멈출 양승모가 아니었다. 오히려 손을 더 과하게 썼다. 일단 숫자를 줄여 놓을 심산이다.

눈먼 무기 중에는 총도 있어 어디서 뭐가 날아올지 모르는 상황까지 대비해야 했다.

조폭들의 양팔이 꺾이며 비명은 연속됐다.

이것을 보며 참고 있으면 조직폭력배들이 아니다. 천중상 뒤에 있던 천문정이 큰 걸음으로 달려오더니 양승모의 하체를 가위치기로 쓸었다.

양승모가 훌쩍 뛰어 뒤로 물러나자 천문정 역시 오른손으로 땅바닥을 치며 일어나 대치 상황을 만들었다.

천중상의 의도가 고스란히 드러난 행동이다. 그리고 그가 나섰다.

"물었다, 너희들이 누구냐고."

이철로는 그 어투에 앞으로 나서려는 양승모 앞을 막아섰다.

전형적인 중국 말 어순이다. 게다가 일류를 넘어 양승모와 호각을 이룰 실력을 보이는 사내다. 그가 아는 한 삼합회 내에서 이런 무공을 지닌 자들은 홍방뿐이다.

이렇게 되자 상황이 묘하게 흘러갔다. 충돌이 아닌 대화 모드로 변했다.

"홍방이 언제 한국에 들어와 기업까지 좌지우지했지?"

"우리가 홍방이 맞지만 한국 내 기업을 좌지우지한다는 소

두 개의
심장을
가진 자

리는 무슨 말인가?"

천중상의 말에 이철로가 입을 다물었다.

'삼합회가 이 일에 개입을 안 했다?'

의문이 크게 일어났다.

그렇다고 중국 조폭 놈의 말을 단번에 믿을 그가 아니다. 여러 경우를 따졌다.

'의뭉을 떨거나 이놈들 중 누군가 협박했을 가능성이 농후해.'

이철로가 잠시 상황을 판단하는 시간이 천중상의 분노를 부채질했다.

가차없이 쳐들어왔을 때는 뭔가 이유가 있었는데 그 예상이 틀어지자 고민하는 모습이 역력했다.

애먼 돌에 찍힌 개구리 꼴이 아닌가?

"일단 정체를 밝혀라. 그리고 사람을 다치게 했으니 사죄와 함께 배상을 받아야겠다."

"흥, 깡패 놈들에게 무슨 사과…… 일단 본때를 보여 줘라."

이철로는 양승모에게 말을 하고는 내공을 끌어 올려 기감을 확장했다. 창고 안에 모든 것들의 움직임이 그의 통제 안에 들어왔다.

그의 의중은 힘의 논리에 있어 왔고, 지금도 충분히 그렇게 처리할 생각이었다.

그사이 양승모와 그의 일행이 이번에도 나섰다.

이철로의 기감이 창고를 파고들었다.

창고 벽 너머로 쥐새끼처럼 움직이는 놈들이 있었다. 손 안에 든 공깃돌처럼 지금 이 상황을 쥐락펴락할 수 있지만, 쥐새끼들이 차를 타고 도망칠 수도 있어 은근히 신경 쓰이는 것은 어쩔 수 없었다.

이철로는 이놈들부터 확인해 보기로 했다.

중국 홍방에 빌붙어 협박하는 자가 저들 속에 있을 개연성이 더 많아 보였기 때문이다.

그는 창고 안으로 걸음을 옮겼다.

그러자 천중상이 바짝 긴장하고 좌우로 눈치를 했다.

싸움에 가담하지 않고 있던 천문정을 비롯한 홍방의 홍곤 여섯 명이 이철로의 앞을 가로막았다.

이철로는 느긋하니 앞을 막은 자들을 쳐다봤다. 그는 손을 더럽힐 생각이 전혀 없었다. 다른 손이 없으면 모를까 그에게는 그를 대신할 손들이 양승모 말고도 다섯이나 있었다.

눈치 빠른 이승로가 앞으로 나서며 그 뒤를 향해 명령했다.

"창고 안으로 들어간다 길을 열어라."

그의 말이 끝나기 무섭게 이씨 가문 방계들이 뛰어들었다. 네 사람의 손에는 목검이 들려 있는데 둔탁하게 보였다.

하지만 6대4의 싸움은 일방적이었다.

두개의
심장을
가진자

어중간한 숫자는 실력을 감당하지 못했다. 이씨 방계의 사람들이 일순간 홍방의 인물들을 밀어붙였다.

그러자 이승로가 이철로 앞으로 나서서 길을 열었다.

"멈춰라! 누군지 모르지만 뒤를 생각해라. 홍방이 이대로 당하기만 할 것이라 생각했다면 오산이다."

천중상이 주춤주춤 물러나며 뒤에서 70센티미터 길이의 막대를 꺼내며 말했다.

"誰也說不淸楚(누군지 모른다며)."

이승로는 중국 말로 천중상을 놀리며 다가섰다.

"小狗(개새끼)."

욕으로 말을 돌려준 천중상이 막대 삼절곤의 끝을 잡고 앞으로 던졌다. 창두가 화살처럼 이승로의 목을 찔러 갔다.

픽─.

방심하고 있던 이승로는 기습 공격에 깜짝 놀라 고개를 옆으로 틀어 창두를 피했지만 완전하지 못했다.

창두의 옆 날이 그의 목에 생채기를 남겼다. 핏방울이 튀었지만 이승로는 혁대를 잡아당겼다.

핑.

연검이 뽑히며 그 검 면이 목덜미를 막았다.

탕.

앞으로 찔러졌다 돌아오는 창두가 천중상의 손목 힘을 따라 낫처럼 꺾여 목덜미를 베었다. 이것이 이승로의 연검에 막혔다.

"홋, 궁지에 몰린 쥐에게 물렸군."

뒤에서 들리는 이철로의 비웃음에 이승로의 비윗장이 어긋났다.

"이얏!"

짧은 기합과 함께 이승로의 움직임이 달라졌다.

간뢰섬보間雷閃步로 천중상과 거리를 좁히며 난검亂劍의 일종인 도룡광검의 난도삭룡亂刀削龍이 위에서 아래로 갈지자를 그렸다.

손목만을 이용한 검은 횡으로 천중상의 얼굴과 가슴에 이어 다리를 베었다.

창. 창. 창.

천중상은 창을 들어 검을 막는데 속도를 쫓아가지 못했다.

"으윽."

가슴이 길게 베이며 혈선이 그어졌다.

기세가 꺾인 천중상은 뒤로 물러나며 허리를 숙이고 연미창을 돌리며 회전해 공간을 만들었다. 그리고 오른손으로 창끝을 쥐고 앞으로 길게 찔렀다.

구명절초 관천재연觀千在燕의 이 한 수의 끝에 창기가 넘쳐 이승로 50센티미터 앞까지 미쳤다.

창기를 예상치 못했던 이승로는 주저앉으며 머리카락 몇

올이 잘려 나갔다.

천중상의 공격은 여기서 끝이 아니었다. 이승로 뒤에 선 이철로의 기세에 들었던 주눅을 털어 내고 상대할 내공까지 염두했다.

연미창의 연미횡찬 초식으로 창날에 파란 기를 담고 벼락같이 열 번이나 찔러 갔다.

그러나 이승로를 너무 얕게 본 처사였다. 이승로는 검기를 일으켜 연꽃을 피워 올렸다.

이 도룡광검 연화도룡蓮花渡龍은 대단한 위력의 공간검이다. 검기의 잔재를 허공에 남겨 중첩시키고 또 시켰다.

이승로의 검기로 핀 연꽃 기막 덩어리가 방패처럼 창기를 막았다.

퍼버버벅.

벽을 때리는 소리에 천중상은 창을 거두어 좌측으로 이동했다.

하지만 내공의 차이는 감각의 높이로 나타났다.

이승로는 천중상의 움직임을 꿰뚫었다. 그는 천중상의 이동 경로를 선점해 검을 밀어 넣었다.

"큭."

천중상은 마치 이승로가 찌르는 검의 공격 경로로 뛰어든 것처럼 보였다. 급히 멈춰 선 천중상이지만 오른 가슴에 이승로의 검이 파고든 후였다.

그러나 검끝은 피륙을 찢었을 뿐 뼈는 상하지 않아 부상은 가벼웠다. 하지만 움직이면 이승로가 쥔 검 끝이 따라 움직여 감히 저항할 의지를 일으킬 수 없었다.

더구나 그의 부하들 역시 이미 무기를 떨어트리고 제압당한 상태였다.

"오늘 여기에 찾아온 쥐새끼들이 창고 안에 숨어 있는 놈들인가?"

이철로가 다가와 이승로의 검을 엄지와 검지로 걷어 내며 천중상에게 물었다.

"……."

천중상은 이 패배를 치욕으로 받아들였다. 그리고 굳이 적에게 대답할 의무감을 못 느꼈다.

"죽고 싶나?"

이철로는 동네 동무에게 안부 전하듯 물었다.

"什麽(뭐)?"

"아차차, 당신 중국 사람이었지. 그래도 한국말을 하고 듣으니까 내 말을 알아먹었어. 그렇지 않나?"

천중상은 대답 대신 고개를 끄덕였다.

"그래, 그렇게 헛힘 쓰지 않게 대답해. 뭐 건방지기는 하지만. 자, 다시 묻겠다. 오후에 창고에 온 놈 있지?"

"춘식이파 조정상이라면 그렇다."

"나오라고 해."

이철로는 요 며칠 그를 고생하게 만든 놈의 행방을 찾자 진한 미소를 지었다. 무척 잔인한.

"그는 홍방 손님이고, 홍방은 손님을 쫓지 않는다."

"누가 손님을 쫓으라 했나. 대화를 나눠 보자 이런 뜻이 지."

"못 하겠다."

"반말에, 비협조적이라, 쯔쯔쯧."

혀를 차며 이철로가 천중상에게 다가갔다.

그러자 천중상은 그만큼 거리를 물러났다. 그렇게 네 걸음을 더 물러나다 창을 들어 방어 자세를 취했다.

퍽.

"크아악."

이철로의 공격은 순식간이었다. 공간을 도약해 천중상의 앞에 섰다. 그리고 오른발로 균형을 잡고 천중상의 정강이를 툭 걷어찼다.

그랬을 뿐인데 천중상의 정강이뼈가 희나리처럼 꺾이며 복합골절이 되어 살을 비집고 돌출됐다.

이승로와는 격이 달랐다.

"사람은 말이지, 의외로 약한 동물이야."

여전히 담담히 말하는 이철로는 천중상의 부러진 오른발 허벅지에 오른발을 올려놓고 움직임을 제한했다.

"뼈가 부러져 몇 분만 공기 중에 노출되면 세균에 금방 감

염되지. 피를 타고 병균이 근육으로 들어가면 부러진 곳이 괴사를 해. 그러면 나중에 병원을 가서 발을 잘라 내고 뼈를 톱으로 썰어 낸 다음 그만큼 인공뼈를 심어야지."

이 말에 천중상이 온몸을 틀어 이철로의 발에서 벗어나려 했지만 콘크리트에 묻힌 철심처럼 움직일 수 없었다.

"너무 힘쓰지 마. 아무튼 계속 말하지. 신경과 근육은 그대로 있느냐? 그것도 아니다 이 말씀이야. 시간이 지날수록 무시무시한 통증을 줄 거야. 벌써 인상 쓰면 안 되지. 이 이야기는 재미없어서 그만하려고 했어. 다른 말을 하지. 네가 다시 걷기까지 얼마나 걸릴까? 네 정강이뼈가 공기 중에 노출되어 있는 시간만큼 늘어나겠지."

"원, 원종현-."

천중상은 이철로의 말을 들을수록 고통이 더 밀려왔다. 비명에 가까운 소리로 조정상과 같이 있는 작두파의 두목을 불렀다.

끼-이익.

창고 문이 열리고 원종현이 나왔다. 체념한 얼굴로 조정상이 뒤를 따랐다.

어찌 조정상이라고 이 자리에 나오고 싶었겠는가?

그는 창고 안쪽에서 구멍을 통해 상황을 다 본 이후였다. 그래서 도망가고 싶은 마음은 굴뚝과 같았지만, 8번 창고는 작두파에서 있던 뒷문마저 폐쇄한 상황이라 출구는 입구 하나였다.

독 안에 쥐가 된 조정상이라 창고로 나오지 않을 수 없었다.

"이놈의 발을 좀 봐주고, 나머지는 묶어라."

이철로가 이승로를 보며 말했다.

이승로는 천중상에게 다가가 혼혈을 짚어 기절시킨 후 다리로 통하는 혈도를 막았다.

그리고 억지로 발을 맞췄다.

기절해 있는 천중상의 몸이 움찔거리는 모양이 보는 사람으로 하여금 고통이 절로 전해지게 했다.

특히나 조정상에게는 말할 것도 없었다.

"갑시다."

5번 창고 위에서 8번 창고를 바라보던 김경룡은 망원경을 접고 상욱과 홍두영을 보았다.

"경찰 특공대 지원은 언제 오기로 했소?"

홍두영이 김경룡에게 물었다.

"빨라야 20분 아니겠습니까?"

"그러면 조금 더 기다리지요."

"저쪽에서 이철로가 조정상과 짱깨들을 좀 다져 놓으면 그때 나서죠."

김경룡과 홍두영 두 사람은 의견을 조율했다.

"그럽시다."

홍두영은 이철로와 부딪치는 것이 영 껄끄러운지 뺐다.

하지만 상욱은 달랐다. 강자를 보자 심장이 질투를 하는지 거침없는 펌핑을 했다.

이기고 싶다. 나를 확인하고 싶다. 이런 감정이 아니었다. 지금 당장 이철로와 싸우고 싶은 투쟁심 그 자체였다.

천둔갑의 내공이 저절로 온몸을 휘감고 빠르게 뛰던 심장은 급격히 차가워졌지만, 본성 깊숙한 곳에서 계속 자극을 했다.

─싸워라.

─저자를 짓밟고 서 너의 오만함을 보여 줘라.

상욱에게서 기의 방사가 심해져 옷깃이 펄럭였다. 그러자 홍두영과 김경룡이 흠칫 놀라 물러났다.

"으음, 초절정이 맞군."

홍두영이 중얼거렸다. 그 말투 속에는 지난날 이천 물류 창고에서 상욱에게 속았다는 확신이 가득 찼다.

"이러면 저쪽에서 눈치를…… 챘군."

상욱을 말리던 김경룡은 8번 창고에서 뛰어나와 이쪽을 바라보는 이철로가 눈에 들어왔다.

"김 팀장님, 뒷일을 부탁드립니다."

"이보시오, 박 팀장."

김경룡은 상욱을 불렀지만 10미터 높이 창고 위에서 훌쩍 뛰어내린 이후였다.

"이 형사, 저쪽을 부탁하네. 갑시다."

그도 이영철에게 일을 넘기고 홍두영을 재촉해 뛰어내렸다.

상욱은 구변속보 비응천리로 바람처럼 달려가 이철로 앞에서 박차 올랐다.

붉은 매가 하늘로 솟구치는 형상으로 이철로의 머리를 뛰어넘던 상욱이 오른발로 왼발을 걷어차 허공에서 도약했다. 홍매비상의 초식은 묘기 같은 모습으로 비쳤지만, 후속수가 존재했다.

발과 발이 부딪치며 흙먼지가 이철로 머리로 떨어졌고, 상욱은 말로도 이철로를 도발했다.

"따라와 보시오."

그 말과 함께 상욱은 방향을 꺾어 북항의 맨 끝으로 향했다.

이철로는 눈살을 잔뜩 찌푸리며 떨어지는 먼지를 보더니 오른발을 굴렀다.

팍-.

그는 상욱만큼이나 빠른 속도로 뒤를 쫓았다. 그 자리에서 먼지를 뒤집어쓰고 싶은 마음도 없거니와 이런 도발을 그대로 넘길 자존심이 아니었다.

두 사람은 순식간에 사라졌다.

"창고를 정리하시오. 형제들은 나를 따라라."

그러자 이승로는 양승모에게 창고 일을 맡겨 버리고, 그역시 이씨 가문의 청년들을 데리고 이철로를 쫓아갔다.

남겨진 양승모가 창고 밖으로 나왔을 때 김경룡과 홍두영이 바람처럼 그 앞을 지나갔다.

북항의 끝 방파제 역할을 하는 네발 시멘트 구조물 테트라포드를 넘어선 상욱은 바닷물이 빠진 단단한 모래밭에 섰다.

그리고 뒤를 돌아서자 뒤따라온 이철로가 걸음을 천천히했다.

"누군가?"

이철로는 의문이 크게 일어나 물었다.

상당히 먼 창고 위에서 느꼈던 기의 방사가 처음 보는 젊은이의 것이라는 점, 이만한 인물이 쟁천에서 알려지지 않았다는 것, 그리고 의외의 장소에서 시비를 거는 무례함이의문이었다.

"묻고 싶은 것이 있소."

상욱은 이철로에게 굳이 예를 표하지 않았다. 일방적으로물음표를 날려 주었다.

그의 입장에서 본 이철로는 이황우 변호사 등의 살인자로 추정되는 자였다.

"있소라…… 그대는 꽤나 무례할 뿐 아니라 오만하기까지 하군. 어디 가문이나 단체에 속해 있고 내게 용건이 뭔지는 모르지만, 내가 그대 같은 사람에게 하대를 받을 정도는 아니라고 생각하네. 더구나 용건이 있다면 예의를 정중히 갖추는 게 사람의 도리일세."

"흥."

상욱은 이철로의 일장 연설에 콧방귀로 대응했다.

그러자 이마에 잔주름이 잡히는 이철로다.

"뭐, 자네 태도를 보니 그럴 의사가 없어 보이는군. 내가 도덕 선생은 아니지만 오늘 예의가 뭔지 가르쳐 주겠네."

이철로는 존재감을 드러낸 상욱이 좋은 의도가 아니라는 것만은 확신했다. 그리고 쟁천에서 힘이 전부는 아니지만 때때로 매가 필요할 때는 엄히 다스려야 한다는 지론을 갖고 있는 그다.

"열여덟 이후로 누구에게 인생을 가르침받지 못했소. 당신이 어떻게 날 가르칠지 궁금하군."

"……."

이철로 눈이 가늘어졌다.

처음 보는 젊은 놈이 기를 방사할 정도다. 이 정도로 초절정 경지에 안하무인이라면 국내에서 모를 이유가 없다. 게다가 댓거리를 해 오는 모양이 필시 까닭이 있어 보였다.

'아무튼 나에게 잔뜩 화가 난 짱깨인가?'

그는 주먹을 꽉 쥐었다. 이제는 말이 필요 없다.

그때 테트라포드 위쪽이 시끄러웠다. 이쪽으로 오려는 김경룡, 홍두영을 이승로와 이씨 가문 청년들이 막으며 소란이 일어났다.

"일행이 있었나?"

이철로 말에 상욱의 시선이 위로 향했다. 그때.

"찻."

이철로가 오른손을 앞으로 내밀며 기합을 토해 냈다.

그러자 소매 안쪽에서 검이 쏘아져 상욱의 미간을 꿰뚫어 갔다. 그 길이도 1.2미터나 되는 검이라 이철로의 몸에 어떻게 숨겨졌는지 의심이 들 정도였다.

이 숨겨진 무기에 대해 이철로는 남다른 자부심이 있었다. 그는 강적을 만났을 때 항상 이 한 수로 적의 의표를 찔렀다.

그러나 놀랐을 거라는 이철로의 예상과 달리 상욱은 고개만 옆으로 움직여 검을 피했다.

그러자 이철로는 손목을 까닥거려 검의 방향을 조정했다. 검끝이 살아 있는 뱀처럼 상욱의 목을 휘감았다.

"연검?"

이 한 수는 의외였고 검의 정체에 의문을 담았다.

하지만 여전히 자리를 지키는 상욱은 자라가 목을 숨기듯 어깨를 움츠려 검을 회피하며 주먹을 내질렀다. 권기를 담은 장풍이 이철로의 가슴을 때렸다.

이철로는 크게 놀라며 뒤로 껑충껑충 물러났다. 그와 동시에 검을 휘둘러 검기를 만들었다.

텅.

바윗돌을 해머로 내려치는 충돌음과 함께 두 사람의 기가 소멸됐다. 뒤로 물러나 선 이철로는 고개를 갸웃거렸다. 눈앞 젊은이의 초식을 분명 어디서 봤는데 떠오르지 않았다.

상욱은 이철로가 기습에 이어 연검이라는 기병을 들고 나오자 그 역시 처음부터 무기로 싸우려고 작정을 하고 거리를 벌렸다.

품 안으로 손을 넣은 그는 수투갑을 꺼내며 내공을 불어넣었다.

이 한 쌍의 수투갑을 위와 아래로 살짝 겹쳐 둥글게 말았다. 그러자 1미터 길이의 단봉으로 변했다.

"기병?"

그의 검, 연검 담옥潭獄은 상욱의 단봉과 같은 기병이다. 이 기병에게 먹히지 않고 능란하게 다룰 실력이라면 쟁천의 몇 인사들은 초절정의 경지라 단언하곤 했다.

예상처럼 젊은 적은 초절정이었다. 이철로의 어금니에 힘이 잔뜩 들어갔다.

'피를 보는 날이 되겠군.'

물론 이철로 그의 피라고는 생각하지 않았다.

이철로가 이룬 초절정은 10년 과거지사였다.

그리고 벽에 크게 막혔다가 그 벽을 허물기 일보 직전인 그는 눈앞 어린놈이 기를 방사할 초절정이라지만 비교 자체가 불가하다고 여겼다.

내공을 정비했다.

쩡―.

담옥이 울며 짙푸른 검기를 내보였다.

경기 이씨 직계에게만 전해지는 풍뢰일검風雷一劍이 개방됐다.

상체를 좌우 전후로 흔들며 요란한 움직임으로 검의 방향을 짐작하기 어려운 풍뢰일검 운뢰방전雲雷放電 1초식이 상욱의 상체를 노렸다.

이 1초식은 검으로 공격할 수 있는 모든 특징을 담았다. 서른두 개의 동작으로 때리고 찌르며 때로는 찍거나 베어 갔다.

상욱은 단봉을 들어 침착하게 막았다.

단봉술 팔모곤방의 절切과 방防의 초식을 이용하여, 찔러 오는 검은 걷어 내고, 베어 오는 검은 부딪쳐 밀어 냈다.

창. 창.

신랄한 검을 단봉으로 방어하던 상욱은 그가 원하는 결투 방향으로 흘러가자 방어에서 공격으로 전환했다.

단봉을 갈수록 무겁게 하더니 붕崩의 요결로 간결하지만 무겁게 맞받아쳤다.

이철로는 두 번째 풍우합뢰에서 다섯 번째 풍운번천 초식까지 펼쳤음에도 시나브로 밀리다 공격까지 받자 내공을 더욱 끌어올렸다.

그러자 연환 검식의 무서움이 검 끝에 서렸다. 검기는 더욱 커지고 초식은 더 흉험해졌다.

그럼에도 상욱은 침착했다.

팔모곤방의 단봉술은 초식이라기보다 요결에 가까웠다.

군부에서 온 무술인 만큼, 전투 경험을 통해서 무술 향상으로 성장하는 것을 추구했다.

그것이 공간지각 인지능력과 결합해 최절정의 방어와 공격술을 보였다.

직直 변變 방防 붕崩 경傾 폐閉 등 전 열한 개 초식을 섞어 가며 방어에 치중하다 벼락처럼 급습을 했다.

오히려 공격하던 이철로는 눈살을 찌푸렸다. 싸움을 할수록 상욱의 단봉술이 완성되어 가는 느낌을 받았다.

그는 이 느낌을 일소하려는 듯 검을 머리 위로 쳐들었다 대지를 쪼갤 기세로 내리쳤다.

풍뢰일검 12초식 중 마지막 초식인 뇌격진천雷擊震天이다.

상단에서 중단세로 이르는 과정에서 검의 중동에 무게중

심이 쏠려 검 끝이 휘어졌고, 검 끝의 검기가 뚝 끊기더니 빛살처럼 상욱에게 쏘아졌다.

어기충검御氣衝劍.

기를 제어해 쏘아 낸 이 검은 초절정의 끝에 자리한 검격이다.

검기의 압박을 받자마자 상욱은 구변속보 중 망량독보로 몸을 흔들며 팔모곤방의 방防과 패閉의 요결로 봉을 좌우로 회전하며 어기충검을 막았다.

펑. 펑. 펑.

어기충검의 묘리가 담긴 한 가닥 검기는 무서웠다.

상욱은 단봉을 열 차례나 휘둘러 검기를 막다 못해 몸으로 흘리고서야 겨우 막아 냈다.

"호-. 제법이구나. 풍뢰일검의 12초식을 다 막다니."

이철로는 오른손에 든 검을 등 뒤로 옮겨 뒷짐을 졌다. 그리고 상욱이 온전히 막는 모습을 보며 적지 않게 감탄했다.

그의 나이 40 이래로 초절정에 이른 고수 중 그의 열두 초식을 온전히 받은 자는 다섯 손가락을 넘지 않았다. 눈앞 젊은이의 나이를 감안했을 때 경기 이씨 문중 어떤 젊은이보다 진전이 빨랐다.

그래서 그는 손을 멈추고 말을 붙였다.

그러나 이철로 생각만큼 상욱은 이철로를 존중하지 않았다.

두개의
심장을
가진자

"흥, 12초식이 아니라 120초식도 막을 일. 이번에는 내가 먼저."

의외의 선공을 당해 맺힌 것이 있는 상욱이다.

이철로의 갑작스러운 검에 담긴 공격 초식과 힘에 내공을 적지 않게 소비하며 상쇄했다.

상욱 그가 원하는 싸움이었지만 급습으로 시작될 줄 몰랐던 터라 약이 바짝 올랐다.

"찻."

기합과 함께 상욱은 단봉을 좌에서 우로 휘둘렀다.

그러자 이철로는 기막에 쌓인 단봉을 피해 훌쩍 물러났다.

상욱은 예견이라도 한 것처럼 뒤쫓으며 상체를 숙여 이철로의 가슴을 들이받아 갔다. 그사이 등 뒤로 돌아간 오른손의 단봉을 위로 던졌다.

핑─.

기막이 실린 단봉은 상욱의 뒤통수를 지나며 암수가 되어 이철로의 미간을 찔러 갔다.

"사악한 수."

창─.

이철로는 상체의 요란한 움직임과 함께 검격의 방향을 종잡을 수 없게 하는 운뢰방전과 양손으로 무겁게 내리치는 풍우합뢰 두 초식을 연환식으로 한 호흡으로 펼쳤다.

검식이 풍우합뢰로 들어가며 단봉은 튕겨 나갔다. 상욱은 핑그르르 도는 그 단봉을 잡아채며 원심력을 더해 되돌려 던졌다.

핑-.

2미터가 되지 않는 짧은 거리에서 팔모곤방 후 3초식 중 1초식 은룡비천은 살기를 머금고 이철로의 머리를 노렸다.

그러나 이철로가 각각 한 초식씩 펼쳤던 풍뢰일검의 초식과 두 개가 연환된 풍뢰일검의 초식은 현격한 차이를 보였다.

이철로의 검은 살아 있는 생물처럼 단봉을 걷어 냈고, 상욱은 벽에 반발해 나온 공을 잡아 던지듯 다시 단봉을 던져 공격을 했다.

이런 방어와 공격이 잠시 이어지다 상욱이 단봉을 잡고 먼저 훌쩍 뒤로 물러났다. 연환이 끊임없이 이어져 헛된 공격으로 내공만 허비할 뿐이었다.

"흥. 120초식? 두 초식도 막지 못하는 놈이."

이철로는 상욱을 보며 비아냥거렸다. 절망감이 뭔지 젊은 놈에게 단단히 심어 줄 요량이다.

그러며 검을 들어 상욱을 향해 까닥거렸다.

본래 12초식으로 된 풍뢰일검은 풍뢰12검이라 불려야 마땅하지만, 그 한 수 한 수가 치명적인 살수이고, 1초식에서 12초식까지 긴 연환 검식으로도 펼칠 수 있어 풍뢰일검이란 명칭을 얻었다.

이것은 대외적으로 알려진 바이고, 풍뢰일검이란 명칭에

는 숨겨진 비밀이 존재했다.

열두 초식을 일로로 연환해 일검으로 전개하는 풍뢰일검은 천하제일검이라는 전설이 있었다.

즉, 이 검법의 명칭에 비밀이 담겼다.

풍뢰일검을 처음 배운 이후로 열두 초식이 여섯 초식으로, 여섯 초식이 네 초식으로, 네 초식이 세 초식으로, 세 초식이 두 초식으로, 종국에 가서는 408로 12초식을 한 초식으로 한 번에 펼치는 수련 방식을 취했다.

하지만 인간의 호흡에는 한계가 있다.

특히나 강력하거나 격렬한 초식을 펼칠 때는 그만한 힘이 들어가기 마련이다. 그 힘은 물론 내공에서 나왔다.

그런 풍뢰일검 초식 열둘을 여섯으로 줄였다는 것은 초식을 온전히 꿰뚫고 내공을 싣고 펼친다는 뜻이다.

이러다 내공과 초식의 이해가 깊어져 3초식을 한 묶음으로 네 호흡에 이를 경우 풍뢰일검을 소성했다고 한다.

이때부터 검기를 넘어 검사를 사용할 수준에 이르렀다고 보면 된다. 즉 초절정에 해당된다.

이후 풍뢰12초식의 어떤 초식이든지 간에 네 개를 연환으로 세 호흡에 펼칠 수 있다면 대오각성했다고 한다.

그리고 두 호흡에 풍뢰12초식을 수발할 경지에 이르면 내공 수발이 자유로워져 검강을 사용할 수 있는 현경이라 칭해도 무방하다.

여담으로 경기 이씨의 전대 가주 이세창은 이 경지로 오존의 한자리를 차지했다.

그러다 내공이 초인지경에 들어 비로소 열두 개의 초식을 한 호흡으로 펼칠 수 있으면, 모든 초식을 마음에 담은 심검의 경지에 다다른다.

이 경지는 전인미답으로 경기 이씨에서 꿈에 그리는 경지였다.

어쨌든 이철로는 풍뢰일검 열두 초식 중 세 초식을 네 호흡에 연환해 펼치는 소성과 네 초식을 세 호흡에 펼치는 대성의 중간 단계였다.

경지가 이러하니 상욱을 향한 도발은 아이를 놀리는 어른의 행동과 같았다.

상욱은 약간의 수치심과 함께 분노를 느꼈다.

혈류가 빨라지며 공간지각 인지능력이 극도로 올라갔다.

상욱의 두 눈동자가 붉어지며 안구의 일곱 개의 근육이 벌 떼처럼 움직여 세상이 느려졌다.

천둔갑의 내공은 바짝 올라서며 잔근육들이 벌크 업 되었다.

"마공?"

이철로는 상욱의 눈이 붉어져 기세가 달라지고 기의 방사가 광폭하게 거칠어지자 상욱이 다른 사람으로 다가왔다. 꼭 마공을 익힌 모양새다.

게다가 단언할 만한 것이 젊은 놈의 나이에 비해 내공이나 그 경지가 심상치 않다는 점이다.

"덤벼."

상욱은 다시 도발했다.

"흥, 어디서 마공 나부랭이를 얻은 모양이다만 내 발끝이나 잡을까."

"마공 같은 소리하고 있군. 한칼 먹고도 그런 말이 나오나 보자."

"너 따위에게 한칼이라. 가소롭군."

두 사람은 말을 하며 기세를 끌어올렸다.

"가소롭다고? 한칼 먹으면 어쩔 건데?"

"어린놈이 반말 짓거리는."

"십팔, 살 먹은 이후로 내 버르장머리를 고친 인간이 없다니까?"

"하하하, 내가 네놈의 싸가지를 고치지 못하면 네놈의 종이라도 되마."

"그 말 지켜랏-!"

상욱은 말끝에 기합을 넣으며 이철로에게 달려들었다.

그의 눈에 이철로의 혈관과 근육이 보였고, 단전의 푸른색 내공은 혈도를 따라 루틴을 형성해 가는 것이 들어왔다.

상욱은 홍두영과의 싸움에서 이런 경험을 한차례 했고, 또 언제든지 공간지각 인지능력을 극대화할 능력을 유지하기 위해 노력했다. 그 결정체가 지금 상황이다.

"크-아."

미친놈처럼 계속 고함을 지르며, 단숨에 구변속보 홍매비
상으로 4미터나 공중으로 솟구쳐 상체를 역전했다.

머리가 지상을 향하고 기막을 두른 단봉을 아래 이철로 머
리를 향해 열 번 찍었다.

대지와 수평을 이루며 적을 찌르는 팔모곤방 은하유성이
변형된 공격이다.

"흥."

이철로는 도발된 이 공격이 가소로웠다.

그는 바람을 탄 연처럼 뒤로 주르르 미끄러지며 검을 벼락
처럼 위로 걷어 올리며 내리쳐 끊는 연환 동작을 반복했다.

이 검은 방향이 미묘하게 엇갈려 기막을 두른 상욱의 봉을
쳐 냈다.

쩡. 쩡. 쩡.

쇠막대로 얼음을 찍는 소리와 함께 검과 단봉이 부딪쳤다.
풍행전사와 풍우합뢰 그리고 비격진천의 세 개 초식이 연환
된 검식이다.

하지만 이철로는 콧방귀를 뀌고 검을 들었을 때와 다른 표
정을 지었다.

본시 고수일수록 몸을 띄우지 않고 초식이 간결한 법이다.
그래야 공수 전환이 용이하고 운신의 폭이 커지기 때문이다.

그리고 공중에서 공격은 한계가 있어 땅에 내려서야 하는데, 그때 빈틈이 발생하기 마련이다.

마땅히 그래야 할 상욱이 그의 검격에서 반발력을 얻어 체공 시간을 늘였다.

그의 96로 3초 연환 검식이 먼저 끝났다.

별수 없이 이철로는 한걸음 물러서서 내공을 정비해야 했다.

당연히 짜증이 밀려왔다.

짜증이 난 것은 상욱도 마찬가지였다.

이철로의 혈행과 근육의 움직임 그리고 내공의 행로를 읽었다. 그래서 검의 반발력을 타고 긴 체공을 하며 공격을 했음에도 연환 검식을 넘지 못했다.

자존심에 상처를 입은 두 사람은 다시 부딪쳐 갔다.

10여 분의 싸움이 지속되며 일진일퇴를 거듭하던 두 사람이 상대를 밀어 내며 각자 5미터 거리를 벌렸다.

상욱의 상의는 검에 너덜너덜해졌고, 이철로의 머리는 산발이 되어 머리카락 일부가 잘려 나갔다.

"군부 충정회 소속이더냐?"

이철로는 싸우던 내내 참았던 질문을 던졌다.

"왜, 군부 사람이라 손 속에 힘이라도 뺏던가?"

상욱이 비아냥거렸다. 단봉과 검을 맞대던 순간순간 이철로의 검에는 살기가 가득해 있었다.

"정말 무례하구나. 일단 주둥이를 뭉개 놓고 손으로 쓰게 만들어 주마."

"글쎄? 내가 먼저 한칼 먹인다니까."

"노-옴!"

결국 이철로가 분노하며 검을 가슴 앞으로 뒀다. 방금 전에도 그의 검은 무시무시한 위력이었지만 지금은 가공스럽게 변했다.

검 끝에서 피어오른 검기에 뾰족한 가시가 돋아나며 그 주변을 잠식해 들어갔다.

"검사劍絲?"

상욱이 좀 전과 달리 바짝 긴장했다.

검사를 발출하기 위해서는 검에 근 한 갑자의 내공을 방사해야 한다. 그래야 검기가 정형을 잃고 가시처럼 기를 뿜어냈다.

여기서 검식을 통해 정형을 잃은 검기를 정련하고, 압축되어야 실과 같은 형태를 유지하는데 이를 검사라 한다.

50대 초반인 이철로가 이 나이에 이르러서야 다다른 경지였다.

즉, 화가 잔뜩 난 이철로가 내공을 한계에 가깝게 끌어올린 것이다.

"쓰흡-."

긴 호흡과 함께 이철로의 검이 움직였다.

작정한 그의 검은 예상과 달리 유려하게 움직였다. 풍뢰일검의 4초식. 운뢰방전, 전격폭풍, 풍행전사, 뇌격진천의 128로 4초식이 연환된 검은 한 폭 그림의 산수화를 그리는 붓이 되어 상욱을 배경으로 발라졌다.

상욱은 혈행을 가속했다. 혈류를 빨리해 내공을 상승시켜 육체의 능력을 더욱 끌어올렸다.

이 상태에서 단봉을 단전 앞쪽으로 놓았다가 오른쪽 옆구리로 잡아 뺐다가 앞으로 밀었다.

단봉 끝에는 상욱의 천둔갑 내공에 극성으로 끌어올린 공간지각 인지능력의 힘이 더해졌다.

우-웅.

그러자 투명한 유형의 기운이 유리 막대처럼 솟아나 이철로의 연환 검식을 무시하고 이철로를 꿰뚫어 갔다.

쾅-.

상욱의 팔모단봉 후 3초식의 끝인 현룡출세와 이철로의 연환 4초식이 충돌했다.

"크-윽."

신음과 함께 상욱이 밀려 났다.

쿵.

10여 미터나 밀려 나 테트라포드에 부딪치고서야 상욱은 멈춰 섰다.

이철로는 제자리에 서 있지만 검 끝이 떨렸다. 그 역시 충격에서 벗어나지 못했다.

하지만 입에 묘한 미소가 걸렸다. 완벽에 가까운 4초식 연환 풍뢰일검은 그의 부친 이세창과의 비무에서도 나오지 못한 결과였다.

분노하며 전력으로 펼친 풍뢰일검이 검식을 벗어나 마음이 가는 대로 움직였다. 검이 마음 길을 따라 움직였다.

이철로는 상욱과 싸움에서 심득을 얻은 것이다. 벽의 일부가 허물어졌다. 이러니 미소를 감출 수 없다.

그와 반대로 상욱은 혼미한 정신을 차리려 혼신의 힘을 쏟는 중이다. 기혈이 무너진 둑을 넘는 와류처럼 날뛰었고, 심장에서는 찢어지는 고통이 찾아왔다.

"으드드득."

어금니를 깨물고 코로 긴 숨을 들이마셔 천둔갑의 법문에 따라 호흡을 했지만 육체와 정신이 상욱을 따르지 못했다. 아니, 기혈을 잡는 것은 고사하고 심장이 터질 듯 뛰며 귀에서 이명까지 생겼다.

"으에에액."

심장이 입으로 토해질 것 같다. 헛구역질이 나오고 침이 질질 흘러내릴 뿐이다.

그것도 잠시 상욱의 등이 시위를 당긴 활모양으로 뒤로 재껴졌고, 가슴이 빠개지는 소리가 났다.

으드득.

두개의
심장을
가진자

지금 상욱은 죽을 맛이었다.

허리가 끊어지는 고통과 가슴이 빠개지는 감각에 머릿속이 온통 하얗게 변했다.

왜 아니겠는가?

심장 깊은 곳에서 음습한 검은 기운들이 밀려 나와 검은 돌덩이로 변해 굳어지더니, 폐가 있는 중앙에 떡하니 자리 잡았다.

이것이 마치 심장처럼 벌떡벌떡 뛰니 고통으로 변해 인정사정없이 밀려왔다.

본시 상욱의 유년기에 모종의 일로 인해 심장에 악마의 돌 자마트라가 심어졌고, 그 일로 기억을 상실했다.

그리고 이 자마트라는 마왕의 정수와 다르지 않았다.

그런데 30년이 다 된 지금, 이 돌이 지박령 박경덕으로부터 전수된 도가의 비전이자, 파사현정의 진수가 담긴 내가기공 천둔갑에 의해 상욱의 심장에서 밀려 났다.

상욱과 과거에 깊은 인연이 있는 지박령 박경덕은 상욱이 심마에 빠지게 될 경우에 대비해 최후의 수단으로 천둔갑을 상욱의 등에 봉인했다.

그것이 길을 돌아 이 싸움을 계기로 천둔갑의 정수가 실현된 것이다.

여기에는 이철로의 정심한 내공이 한몫을 했다.

풍뢰일검을 이겨 내기 위해 상욱은 천둔갑의 내공을 운기하며 뼛속과 혈관 깊이 돌렸다.

그래서 파사현정의 기운은 돌고 돌아 심장 안으로 모여들어, 음습하고 사특한 자마트라가 버티지 못하고 가슴 중앙으로 이동할 수밖에 없었다.

그리고 폐가 있는 가슴 중앙에서 서서히 안착하며 자리를 잡았다.

불과 1분 내외로 자마트라가 주었던 죽음보다 더한 고통이 가라앉자 상욱은 서둘러 내공을 운기했다.

한데 단전과 더불어 가슴에서, 정확히 말하면 폐의 앞 자마트라에서 음습하고 거친 기운을 내뿜었다.

이 기운은 다시 혈행을 따라 날뛰며 복부로 내려와 오른쪽으로 돌았고, 단전에서 나온 천둔갑의 내공은 복부 중앙에서 왼쪽으로 돌았다.

두 기운은 서로의 꼬리를 잡으려 했다. 이도 잠시, 서로 반목하는 기운은 혼합되지 않고 태극 모양을 이루더니 빙빙 돌았다.

상욱은 이 기묘한 현상에 적지 않게 당황했지만, 특별하게 육체에 이상이 발생하지 않고 내공이 임맥과 독맥의 기경팔맥을 따라 충돌 없이 움직이자 테트라포드에 의지하던 등을 밀어 앞으로 한 걸음 나섰다.

이철로는 곧 죽을 것 같은 내상을 입었던 젊은 놈이 움직이자 움찔했다.

불과 2분도 안 되었다. 내상을 다스리기엔 어림도 없는 시간이었다. 그 역시 들끓는 내공을 온전히 다스리지 못한 상황이었기에 당황했다.

"후-우."

그렇다고 물러나기에는 자존심이 허락하지 않았다.

긴 호흡으로 단전에 있는 내공을 건곤일여심법에 따라 억지로 운기하자 들끓던 기혈이 조금은 자리를 찾았다.

하지만 이것은 신체에 무리가 가는 어쩔 수 없는 선택이었다.

"아주 죽자고 덤비는구나."

이철로는 다시 검기를 발산했다.

비록 신체에 무리가 갔지만 깨달음의 단초를 확인하고픈 마음도 있었다.

상욱은 걸음을 옮기며 내공을 점검했다.

활인심방과 천둔갑의 정순한 내공이 사라지고 끈적이고 거친 내공이 온몸을 휘감았다.

내공이 문제를 일으켰지만 일단 날뛰던 진기는 가라앉았고 통증이 없어진 것만으로도 만족했다.

오히려 거친 내공은 강력한 활력을 일으켰다.

그는 단봉을 풀어 수투갑으로 변형시켰다. 몸에 익은 단수장권18세가 위력이 강한 팔모곤방보다 낮다는 것을 깨달았다.

굳이 몸에 맞지 않는 무기술로 억지를 부린 격이다.

탕. 탕.

단봉을 분리해 수투갑으로 변형해 상욱은 주먹을 쥐고 부딪쳤다. 자신감이 물씬 풍겨 났다.

그리고 내공을 운기할수록 미증유의 거력이 온몸을 휘감았다. 뭐든지 뜻대로 가능할 느낌이 정수리를 관통해 발끝까지 전해졌다.

통증 이후 이질적으로 변해 버린 내공과 미증유의 거력이다. 이 넘치는 힘에 상욱은 잠시 멈칫 걸음을 늦추었다.

그 틈을 이철로는 놓치지 않았다.

풍뢰일검이 어기충천검의 형태로 연환되어 상욱에게 휘몰아쳤다.

상욱은 이해가 되지 않는 몸 상태에 눈살을 찌푸리며 일단 조심스럽게 내공을 방사했다.

수투갑이 회갈색 반투명한 기막을 발산하는 순간, 주먹이 장뾰으로 변하며 검을 걷어 냈다.

챙. 챙. 챙.

이철로는 상욱이 수투갑으로 그의 검을 쳐 내자 놀람이 눈에 들어찼다. 그러나 연환 검식은 여전히 검사를 유지하며 상욱을 베고 찔러 갔다.

상욱은 무표정한 얼굴로 이철로의 검을 상대했다. 싸움이 시작되었을 때 호전적이던 모습은 찾아볼 수가 없었다.

이제는 이철로가 풍뢰일검을 어떤 방법으로 펼쳐도 방어할 자신이 생겼다.

상욱의 길어진 호흡과 강력해진 내공은 답답하게만 느껴지던 풍뢰일검에 호흡이 끊어지지 않게 했고, 검사에 밀렸던 압박감은 한 줌 연기로 변했다.

너무나 급작스러운 성장이다.

깨달음이 있었던 것도 아니고 내공이 상승할 원인도 없었다.

단지 심장에서 빠져나온 무엇이 가슴 중앙에 위치했을 뿐인데 이런 힘이라니.

어쨌든 상욱은 이 싸움을 빨리 끝내고 몸을 살펴보고 싶었다.

천둔갑의 내공과 가슴 중에서 나오는 끈적이는 기운은 분리되어 각기 사용할 수 있는지, 공간지각 인지능력은 또 어떻게 변했는지 알고 싶어졌다.

그래서 이철로의 검을 막는 와중에 전신 감각을 개방했는데 가슴에서 엄청난 기운이 쏟아져 나왔다.

홍두영과 싸움 이후에 심장에서 나온 기운으로 공간지각 인지능력이 생성되는 경로를 알았지만, 이렇게 확연히 느껴지기는 처음이다.

그럼에도 친숙한 촉각같이 만져지는 이 기운은 상욱의 주변 공간을 점령하더니 넓게 확장되었다.

그러자 이철로의 근육과 혈행 그리고 내공의 운기에 따른 유동이 일로 관통했을 뿐 아니라 다음 행동까지 예측이 가능했다.

공간지각 인지능력의 진화였다.

더불어 이 능력을 가감 없이 발산하자 살기와는 다른 끈적거리는 억누름으로 이철로를 압박해 갈 수 있었다.

일종의 의형진기였다.

이철로의 풍뢰일검은 상욱의 회갈색 기막에 점점 눌리더니, 상욱이 의형진기까지 발산하자 검의 진로가 완전히 막혀 버렸다.

이철로가 호흡을 가다듬으려고 구명신법 간뢰섬보로 간격을 벌리며 검을 크게 털어 냈다.

이것이 실수였다.

상욱은 단수장권18세 단회장착 초식으로 이철로의 검을 말아 걷어 내고는 뒤로 물러서는 이철로를 구변속보 만궁일섬으로 사선으로 비껴 나며 왼발로 호미걸이로 쭉 잡아당겼다.

밀려 나는 속도와 반대로 왼발에 축을 둔 이철로는 그대로 양발이 일자 뻗기로 찢어지며 사타구니가 땅에 닿았다.

그러자 이철로는 검을 든 오른손을 재빨리 잡아채 반대로 베어 상욱과 거리를 만들려 했다.

하지만 상욱은 광궁돌파로 반걸음을 늦게 디뎌 검을 지나가게 만들고 오른 주먹을 아래로 내질렀다.

우-웅.

자마트라에서 나온 강력한 기운과 천둔갑 내공이 꽈배기처럼 꼬여 어깨와 손을 통해 방사됐다.

주먹을 쥔 수투갑 끝에서 방출된 내공이 엄청난 변이를 일으켰다.

끈적이며 음습한 기운과 청명한 천둔갑의 내공은 상극으로 그 궤를 달리하다 외부로 방출되자 음전하를 띤 자마트라기운과 천둔갑의 내공이 충돌하며 폭발을 일으켰다.

그 형태가 마치 플라스마를 연상케 했고 회갈색 대리석 기둥처럼 매끄럽고 반투명했다. 마치 혼원강기를 연상시켰다.

툭.

강기와 유사한 진기에 싸인 상욱의 주먹은 이철로의 얼굴 30센티미터 앞에서 멈추었다.

그럼에도 풍압에 의해 이철로의 얼굴 살이 두부처럼 밀리다 결국 코뼈를 무너트렸다.

"윽."

짧은 신음과 함께 이철로가 검을 떨어트렸다.

그리고 그는 망연자실한 눈으로 상욱을 올려다봤다.

의형진기와 괴이한 강기는 그의 부친인 북검 이세창이 와도 과연 막아 낼 수 있을지 의문이 들었다.

"졌다. 네 마음대로 해라."

그는 패배를 자인하고는 눈을 감아 상욱을 회피했다.

"흥, 내가 누구처럼 사람을 막 죽이는 인두겁을 쓴 마귀 종자인 줄 아시오?"

"내 비록 너보다 하수라는 것은 인정하나 자존심마저 버리진 않았다. 빈정거리지 말고 네 말대로 한칼을 먹이든 어쩌든 맘대로 해라."

이철로는 고개마저 돌려 버렸다.

"좋소. 하나만 물어보겠소. 답변을 꼭 듣고 책임이 있으면 그 책임을 다하시오."

"……말을 해 봐라."

이철로가 잠시 침묵을 지키다 입을 열었다.

"이황우 변호사를 아시오?"

"변호사?"

"사람을 죽여 놓고 모른다고 시치미를 떼는 거요?"

"후─우, 그 변호사!"

이철로는 긴 한숨을 토했다.

"이제 기억이 났소?"

"왜 내가 그들을 죽였다고 생각하지?"

"당신이 범인이 확실하군, 으드득."

상욱은 이를 갈았다.

"내가 손을 쓰지 않았을 것이라고는 전혀 하지 않는군."

"난 이 변호사를 지목했을 뿐 그들이라고 말하지 않았다.

그런데 당신은 이 변호사와 같이 일하며 죽은 사람들까지 지목했다. 그럼 누가 범인이겠는가?"

"뭐, 그렇게 생각할 수 있겠군. 하지만 내가 그들을 죽일 이유도 없고, 지금까지 쟁천이 아닌 사람에게 살의를 느껴본 적도 없다. 앞으로도 그럴 것이다."

이철로는 체념이라도 한 듯 대답을 했다.

"그럼 그들은 누가 죽였단 말이오?"

"난 그것을 그대에게 말할 의무가 없다고 보네. 뭐 개인적으로 변호사의 죽음은 안타깝지만…… 그리고 특임수사대 쪽인가? 그도 저도 아님 죽은 변호사와 연관 있는 군부 사람인가?"

이철로는 역시 산전수전 다 겪은 노회한 호랑이였다.

그는 말을 하며 상욱의 의표를 찔러 표정을 살폈다.

이 젊은이가 사용한 무술은 틀림없는 충정회 것이 맞으나 처음 사용한 내공은 도가 계열이 분명했다. 그리고 나중에 사용한 괴이한 내공까지 복잡한 사연이 얽힌 자라는 것을 짐작하고 떠봤다.

그러나 상욱은 얼음장 같은 얼굴로 요구했다.

"약속을 지키시오. 누가 죽었소?"

그의 눈은 오직 분노로 번들거렸다.

"약속이라……."

이철로의 얼굴이 굳어졌다.

상욱의 도발에 넘어가 분명 머슴이 된다고 말했다.

"후~우."

한숨을 토한 그는 입을 열었다.

"내가 내 입으로 한칼을 먹으면 머슴이 된다고 자처하긴 했다. 그러나 내 입으로 뭘 말하겠다고는 안 했다. 하늘과 땅에 우러러 천륜과 도의에 벗어나지 않는 일이라면 네가 하라는 대로 하겠지만, 지금 내가 입을 여는 것은 천륜을 거스르는 일이다."

"당신이 머슴을 자처했으니 그럼 한 가지 일을 하시오. 분명 당신은 이 변호사의 주검을 이야기하자 죽은 세 사람을 지명했소. 그 말은 이 변호사를 죽인 사람을 알고 있다는 뜻이오. 나는 당신에게 그 세 사람을 죽인 자를 죽이라고 명하겠소."

상욱의 말에 이철로는 고개를 숙였다. 혈족을 죽일 순 없는 일이었다.

"한 입으로 두말을 하려는 것이오?"

"난…… 한 입으로 두말을 하는 후레자식이 되겠다."

이철로의 얼굴이 검붉어졌다. 치욕을 느꼈다.

"그래서 어떻게 하겠단 말이오? 당신은 분명 살인범을 알고 그를 지목할 수 있는데 하지 않겠단 말이오? 차라리 내가 죽였다고 말하시오. 그럼 깨끗이 단전을 부수고 폐인을 만들어 죗값을 치르게 해 주겠소."

두 개의 심장을 가진 자

"차라리 죽겠다."

이철로가 목을 들이밀며 버텼다.

"흥, 그렇게 나온다면 나한테도 방법이 있소. 그 잘난 무공을 쓰는 여기 경기 이씨 사람들의 단전을 모조리 부숴 버리면 그만 아니겠소. 당신을 포함해서 말이오."

상욱은 반협박, 반진심을 담았다. 그러며 테트라포드 쪽 상황을 보았다.

특임수사대 김경룡과 홍두영의 앞을 막고 있던 대치 상태는 이미 풀려 있었다.

이승로를 비롯한 이씨 가문의 사람들이 상욱에게로 향했다.

이철로가 싸움에서 패배할 줄은 꿈에도 생각지 못했던 그들이었기에 놀람이 이만저만이 아니었다.

그런데 이승로는 상욱이 단전을 부순다고 하자 분노가 치솟았다.

아니, 목숨을 걸고 싸웠다고 하나 당연한 권리처럼 상대의 모든 것을 빼앗겠다는 말은 수긍을 할 수 없었다.

그래서 이승로는 한걸음에 달려와 이철로 앞을 가로막았다.

"호, 한번 엉겨 보시겠다."

상욱은 이승로를 향해 기를 방사했다.

창─.

이승로도 거칠게 검을 뽑아 들었다.

비록 경기 이씨 방계지만 가문의 절정비기를 전수받고 절정의 경지에 오른 그다.

그리고 이씨 가문에 풍뢰일검만 있는 것은 아니었다. 그가 익힌 도룡광검屠龍光劍도 절정 검식으로 만만치 않았다.

게다가 눈앞의 어린놈은 가문의 형님 이철로와 싸우다 테트라포드까지 튕겨 내상까지 입는 모습을 봤다.

그 후 어찌어찌 승리를 했겠지만 그것을 요행이라 치부했다.

"아서라."

이철로가 말렸다.

하지만 그는 적극적으로 나설 몸 상태가 아니었다. 상욱과 싸우며 스며든 끈적이는 한 가닥 내공이 그의 진기를 끊임없이 꼬이게 만들었다.

이승로는 이것을 허락으로 생각했다.

약한 부정으로 적극적인 의사 표현을 하지 않는 자체가 그에게는 허락의 의미였다.

지난날 그러한 일들이 숱하게 있어 왔다. 특히나 지금처럼 부정적인 일을 할 때면 그랬다.

쉭ㅡ.

침묵의 기습으로 이어졌다.

검은 살기마저 숨겨 몸 안쪽으로 밀착해 베어 갔다. 안쪽의 거리가 짧은 만큼 검 끝은 빠르고 은밀했다. 여기에 옆구리에서 사선으로 베어 올라가 사각을 파고드는 궤적은 흉측한 암수였다.

탕-.

그러나 암수는 상욱에게 위협이 되지 않았다.

팔목을 감싼 수투갑이 방패가 됐다. 이어지는 그의 오른발이 앞으로 짧게 뻗었다.

퍽.

상욱과 이승로 사이에 속도와 힘의 차이가 확연했을 뿐 아니라 무공의 실력 차이는 더 컸다.

짧은 발길질에 이승로는 오른발 고관절이 뒤로 밀리며 앞으로 푹 고꾸라져 이철로 옆까지 가 뒹굴었다.

상욱은 더 손을 쓰지 않고 내려다봤다.

"배고픈 호랑이 앞에 토끼처럼 얼쩡거리지 마시오. 안 그래도 당신들 이씨를 다 짓이기고 싶은 놈이니까."

입을 다문 이승로는 멍한 눈으로 상욱을 올려다볼 뿐이었다.

"멍청한 놈. 안 된다고 했잖아. 꼭 똥인지 된장인지 찍어 먹어 봐야 직성이 풀리지, 크크크. 우엑!"

이철로는 그의 옆으로 넘어진 이승로를 비웃다가 검붉은 피를 토했다.

"형, 형님."

이승로는 크게 놀랐다.

이철로가 이리 내상을 입었을 줄 몰랐던 까닭이다. 형님과 젊은 놈의 싸움에서 숨겨진 차이가 있었다는 뜻이다.

상황이 더욱 어려워지자 경기 이씨 가문 청년들은 긴장해 우르르 몰려와 이철로 앞을 막아섰다.

"다들 비켜서거라. 울혈을 토해 냈을 뿐이다. 그리고 너, 죽은 그들과 어떤 관계인지 모르지만 그 죽음에 대한 책임은 나에게 있으니 네 말대로 단전을 부수든 죽이든 맘대로 하라."

이철로는 상욱을 지목해 말하고는 눈을 감아 버렸다.

"책임이 있다면 죗값을 치르면 될 일."

상욱은 빠르게 이철로 앞에 다가가 단전을 향해 손을 뻗었다.

"잠깐! 나다, 내가 그들을 죽였다!"

이승로가 다급하게 외쳤다.

"신파극을 하자는 것이오?"

상욱이 손을 멈추고 이승로에게 물었다.

"노회길은 집에서 머리에 건전지에서 빼낸 염화암모늄과 소금물을 주사했고, 형사는 한강부지. 형사 차에서 내공으로 절맥을 끊었다. 마지막 변호사는 변호사를 선임한 놈과 그놈이 불륜을 저지르던 여관에서 나오는 불륜들을 이용해 교통사고 사망으로 위장했다. 형님은 오히려 그 일을 꺼려 변호사를 설득하자고 하셨다."

이승로의 말이 끝나자 상욱이 사라졌다.

퍽–.

"으애액."

이승로가 선홍색 피를 토하며 상욱의 옷을 적셨다.

상욱은 부검을 통해 사망한 세 사람의 주검에 대한 이유와 정황을 알고 있었다. 그리고 그 정황을 이승로가 한 치의 오차도 없이 말했다.

상욱은 분노했고, 그 결과로 상욱의 오른손이 이승로의 배에 닿아 있었다. 그의 말처럼 단전을 깨 버렸다.

이승로가 수십 년 동안 쌓아 온 적공이 일순간에 깨졌다.

"죗값은 따로 교도소에서 치를 것이오."

이승로는 산공으로 희미해지는 정신 속에 상욱의 말이 귓가에서 윙윙거렸다. 그리고.

웨–앵. 웨–앵.

경찰 차량 사이렌 소리가 멀리서 들리며 가까워졌다.

"당신들을 이황우 변호사 등 세 사람에 대한 살인죄로 긴급체포 합니다. 변호사를 선임할 수 있고 변명에 기회가 있음을 고지합니다."

상욱은 경기 이씨 사람들을 향해 미란다원칙을 고지했다. 꽉 쥔 주먹을 부르르 떨며 분노를 삭인 채로.

대검찰청 형사 1부.

넓은 사무실이 좁아 보일 정도로 사람들로 가득 찼다.

그들 대부분은 수갑을 차고 흰 포승줄에 손과 팔뚝을 거쳐 등까지 매듭이 지어진 포박을 받았다.

검찰사무관과 관계자들은 들어서는 그들을 관리하며 호통으로 통제했다. 그 관리자 중에는 상욱을 비롯한 특수대 3팀이 있었다.

"오랜만에 한 팀이 다 모였습니다."

상욱이 김관명과 오영길을 봤다.

"수고했어. 그리고 고맙네."

김관명이 먼저 손을 내밀어 악수를 청했다.

"이제 팀이 제대로 완성된 것입니까?"

상욱이 손을 맞잡으며 웃었다.

"머슴처럼 부려도 됩니다."

오영길이 머쓱하게 머리를 긁으며 답했다. 그동안 상욱에게 미안했던 감정을 그렇게 풀었다.

"인사는 이만하고 오늘은 일로 회포를 풀어야 할 것 같습니다."

이영철이 뒤에서 끼어들었다. 그 옆에서 김창진이 엄청난 눈짓을 했다.

긴급체포 만료 시간이 48시간이라 쉰 명에 이른 인간들을 조사하기가 장난이 아니었다.

이들을 구속해 놔야 차분히 조사를 할 수 있고, 그 전에 구속적부심을 위한 법 의율도 제각각이라 태산 같은 일이 쌓여 있었다.

사람과 사람이 부딪히는 일이라 묻고 답하는 실랑이는 계속됐다.

그리고 날이 어두워져 자정이 지날 때쯤, 서일국 커넥션과 마약 사건 그리고 살인 사건 가르마가 타져 주범이 확정됐다.

진실의 발자국들

상욱은 앞면은 거울이고 뒷면은 유리처럼 안을 살필 수 있는 범인 식별실에서 바깥쪽을 봤다.

영상 조사실에서 김창진이 이승로를 상대로 조사하고 있었다. 그 모습을 지켜봤다.

"우리 쉽게 갑시다. 몇 시간 전에 살인 사건과 관련한 자술과 다르지 않게 말이오."

김창진은 사무적으로 말했다.

그의 앞에 이승로는 엄청 피곤한 얼굴이었다.

단전이 깨지며 내공을 잃은 상실감은 그를 무기력하게 만들었다.

"맘대로 하시오. 인정할 것은 인정하고, 아닌 것은 아니라고 말할 테니까."

상욱은 스피커를 통해 들려오는 두 사람의 대화를 들으며 살짝 짜증이 올라왔다.

"좋소. 당신은 이황우 변호사, 노회길, 민영국 형사를 살해한 것을 인정합니까?"

"그렇소."

"살해 동기는?"

이승로는 이 대목에서 입을 다물었다.

"서일국 의장이 일성물산과 부당 거래를 한 증거를 갖고 있었기 때문이 아니오?"

"······."

이때부터 이승로는 묵비권을 행사했다.

상욱의 짜증이 올라온 이유가 여기에 있었다.

본래 조사란 조사자가 짧게 물으면 피의자가 말을 길게 해 사건이 발생한 당시 상황을 청취하는 데 목적이 있다.

그런데 이승로는 조사를 받기 전부터 벽을 정해 놓고, 할 말과 하지 말아야 할 말에 선을 긋고 조사를 받을 작정으로 나왔고, 그렇게 행동했다.

그러나 김창진은 느긋했다.

"진술을 하지 않으면 침묵을 긍정으로 여기겠소. 지금 진술 녹화를 하고 있고, 녹화 내용은 재판 과정에서 이승로 씨에게 불리하게 작용됨을 고지합니다."

기계음처럼 김창진은 딱딱해졌다. 일단 말을 하지 않으면 불리하다는 것을 고지했다. 그리고 살인의 동기를 들이댔다.

"이것 보았습니까?"

탁자 위에 사진으로 촬영된 일성물산과 서일국의 거래장과 비밀 장부가 A4 용지로 인출되었다.

"……."

서일국 커넥션과 관련된 일이라 역시 침묵하는 이승로다.

"이것은?"

포도주가 보관된 서일국의 지하실에 포도주 창고였다.

"……."

"이것? 이것."

그리고 마지막으로 김창진은 두 장의 사진을 내보였다.

노회길이 서일국 측으로부터 협박해 돈을 건네받은 사진으로 돈 가방을 든 사람이 찍혀 있었다. 그 돈을 건넨 사람은 이승로였다.

그의 눈이 사정없이 흔들렸다.

"이 사진, 당신 맞지 않습니까?"

"으음."

이승로는 신음을 토했다.

검찰이 이 사진을 갖고 있다. 그것은 한 가지 사실을 적시한다.

그들, 그가 죽였던 세 사람은 돈이 목적이 아니라는 것.

저들은 서일국과 일성물산의 커넥션에 대한 완벽한 증거를 확보하려고 함정을 팠고, 경기 이씨는 그곳에 발을 디뎠던 것.

그 결과가 그에 의한 죽음이었다.

따지고 보니 그의 행동은 죽은 자들의 진실을 모르고 가문을 위해서 한, 맹목적한 우둔한 행동에 불과했던 것이다.

그리고 모든 사실을 알게 되니 죽은 자들이 승자였고 진실에 가까웠던 것이다.

이승로는 고뇌했다.

그의 마음은 가문의 수치와 양심 사이에서 갈등이 심해졌다.

김창진은 말없이 이승로를 한참을 지켜보았다.

"논어에 면이무치面而無取라 했습니다. 인간만이 얼굴이 붉어져 수치를 느낄 뿐이지요."

그러다 이승로가 마음을 결정지을 말을 한마디 해 줬다.

이승로는 그 말에 얼굴이 붉게 변했다.

지난날 가문에서 공부하며 하늘을 우러러 부끄럼이 없기를 바랐다.

하지만 방계란 태생은 한계를 그었고, 어느 순간 가문에서 우뚝 서는 것만이 인생의 목표가 되어 버렸다.

목적이 수단을 넘어섰으니 주객이 전도된 셈이다.

"휴-우, 찬물 한 잔 주시오."

두 개의
심장을
가진 자

이승로의 요구에 김창진이 범인식별식 거울 쪽을 봤다.

그러자 상욱은 이영철을 봤다. 영상 조사실에 들어가 이승로를 자극하고 싶지 않았다.

이영철이 가져다준 찬물을 들이켠 이승로는 김창진을 봤다. 그리고 입을 열었다.

"서일국 의장은 저와는 사촌인 매형으로……."

그렇게 이승로는 서일국 커넥션과 그와 관련된 살인 사건의 진실을 밝혔다.

2시간 후, 김창진만 남은 영상 조사실.

탁. 탁―.

상욱이 영상 조사실 안으로 들어가자 김창진은 이승로에게 받은 피의자 심문 조사 서류를 정리해 탁자에 두드려 각을 맞추고 있었다.

"고생했다. 용을 잡은 기분이 어때?"

"너야말로 너희 팀 원한을 갚은 기분이 어떠냐?"

김창진이 지지 않고 대꾸했다.

"인간이 눈치는 빨라 가지고. 언제 알았냐?"

"내가 용의 눈이 어쩌고 수염이 어쩌고 할 때부터 수상했었다. 그러다 커넥션보다 초점이 그 전날 발생한 살인 사건 부검에 맞춰져 안달 났을 때부터 알아봤다. 이걸로 거래 좋난 것이다. 너는 원한 풀고, 나와 부장님은 용 잡고. OK?"

"처음부터 알고 있었다고? 졌다, 이 인간아. 콜이다."

상욱은 말하며 속으로 웃었다. 김창진이 이 일을 하면서 눈치챌 여지를 일부러 남겨 놨더니 으스댄다.

"그래도 특진 한 명과 검찰청장상은 내려갈 테니까 공적이나 잘 챙겨 놔."

"크크크, 이거 고맙다고 해야 할라나."

"할라나? 고맙지."

"생색은 일한 내가 내야 하는데."

"말장난은. 지금부터 네 똥을 다 치워야 할 사람이 나라고."

"그 똥, 금똥이니까 잘 치우고, 우리 팀은 복귀할 테니까 수고해 줘."

상욱이 오른손을 내밀었다.

"이 일 끝나고 부장님이랑 찐하게 쐬주 한잔하자. 그리고 이 건 고맙다."

김창진이 악수하며 멋쩍게 웃었다.

상욱은 영상 조사실을 나와 형사 1부장 강필중과 직원들과 인사를 나누었다. 정말 정신없이 달려온 두 달이었다.

도심의 불빛이 잦아든 심야.

거리는 가로등의 미온만 남았다. 그리고 골목길은 싸늘한 한기로 사람을 내친 듯했다.

더구나 부슬비마저 내리는 날임에야 말할 것 없다.

그와 반대로 혜화동 서일국의 집은 이 모든 것이 무색할 정도로 바쁘게 돌아갔다.

대문이 열리고 집 앞까지 대형 냉동 탑차가 들어왔다.

"빨리빨리 움직여!"

"지금도 최선을 다하고 있습니다."

열 명에 이르는 사람들이 아이스박스를 들고 현관문 옆에 위치한 지하 계단을 열심히 오갔다. 그 입구에서 양복을 걸친 중년인이 일하는 사람들을 독촉했다.

어제저녁부터 와인을 아이스박스에 포장해 넣었는데도 한참이나 남았다.

어차피 기한을 하루가 아닌 이틀로 잡기는 했지만, 일파만파 퍼지는 소문과 수일 전에 들어온 협박 편지를 생각하면 한가할 틈이 없었다.

일꾼들을 부리는 강태범은 요즘 들어 회의가 잔뜩 들었다.

서일국 국회의장 밑에서 경호비서관으로 10년째 있는 올해만 두 번째 온 협박에 서일국의 운이 기울어 가 있음을 느꼈다.

본시 어려서 신동이라 불렸던 그는 경기 이천 태어나 일찍이 이씨 가문의 눈에 들어 이씨 방계에 들 배웠을 뿐 아니라, 이 댁의 장학금으로 서울대학교를 졸업했다.

그 당시 경기 이씨의 방계인 아내와 결혼하며 경기 이씨의 일원이 되었다.

그리고 정치외교학과 석사라는 학벌과 더불어 족벌이 그를 국회의장 서일국의 보좌관으로 만들어 놨다.

영재였던 그의 머리가 어디로 가지는 않을 일.

하지만 서일국이 파멸은 그의 예상보다 훨씬 빨리 진행되다 못해 이미 지나쳐 있었다.

끼이익.

평소 같으면 부드럽게 열려야 할 대문이 이틀간 내린 구슬비로 비명을 토했다.

이 문 사이로 냉장 탑차가 서일국 저택을 미끄러져 나왔다.

그러나 좌회전을 받아 나가려는 냉장 탑차 앞을 승합차가 막아섰다.

"야, 미친 새끼야!"

운전사가 사고가 날 뻔해 운전석 창문을 내리며 욕설을 내뱉다.

말이 끝나기 전에 도로 좌우로 승용차 두 대가 더 끼어들어 냉장 탑차를 막아섰다.

이내 도로는 완전히 차단이 되어 버렸다.

냉장 를 막아선 승용차에서 중년인이 내리자 나머지

두 개의
심장을
가진 자

차에서도 사람들이 내렸다.

강태범은 냉장 탑차 조수석에 앉아 있다 눈살을 찌푸렸다.

막아선 승용차 앞 유리창에 공무 수행 중이라는 붉은색 풋말이 눈에 들어왔다.

그는 앉은 채 유리창을 내렸다. 그리고 다가오는 중년인을 봤다.

"대검찰청 형사2부 강필중 부장검사다. 이 주택에 대한 압수 수색 검증 영장이다. 일단 차에서 내리길."

강필중이 강태범 눈앞에 영장을 내밀었다.

"여기가 서일국 국회의장님 집인 것은 알고 있습니까?"

강태범이 강필중을 직시했다.

"아니까 영장을 발부받았지. 지금 이 차까지 압수 대상이다. 내려."

강필중이 명령을 내렸다.

"기다리시오. 일단 무슨 일로 나온 압수 수색 검증 영장인지 알아야겠소. 그리고 의장님이 기침하시면 그때 말씀드리겠소."

강태범은 차에서 내리며 강필중을 막아섰다.

"국회의장이 깨면 달라질 줄 아나 보지? 오늘부로 국회회기가 끝났다. 오늘을 얼마나 기다린 줄 아나? 서 국회의장, 아니 서일국 씨는 바로 뇌물수수 및 이황우 변호사 등 3인에 대 살인교사죄로 긴급체포 될 것이다. 뭣들 해, 당장 들어 가지 않기!"

강필중은 귀를 향해 외쳤다.

"네."

힘찬 대답과 함께 김창진 검사와 수사관 십여 명이 서일국 저택 안으로 뛰어 들어갔다.

"이-익."

강태범이 어금니를 깨물었지만 지금은 그의 능력 밖이었 다. 아니, 지금 검사의 말처럼 서일국 의장 권한 밖의 일이 벌어졌다.

국회회기 동안이라면 불체포 동의안으로 어떻게 버텨 볼 힘이 있지만, 오늘 00:00시부로 국회 회기가 끝났다.

그는 두 눈을 질끈 감았다. 멀리서 공영방송 3사의 보도 차량까지 오는 것이 보였기 때문이다.

이 정도면 아예 작정을 하고 왔다.

경기도 이천 경기 이씨 가문.

TV 아침 6시 뉴스를 켜 놓고 귀로 방송을 들으며, 화선지 에 난을 치고 있던 북검 이세창의 손이 우뚝 멈춰 섰다.

─속보를 알려 드리겠습니다. 일성물산에서는 2000년 초반부터 2015년까지 15년 동안 기업합병을 하며 일어났던 잡음을 무마하는 대가

로 100억 상당의 뇌물을 서일국 국회의장에게 건넸다는 증거를 대검찰청에서 확보했다고 합니다. 본 기자는 지금 서일국 국회의장 저택 앞에 나와 있습니다. 자, 보시는 바와 같이 증거는 서일국 국회의장이 매입한 건물 지하실에서 나왔는데요…….

현장 기자의 설명을 들으며 이세창은 붓을 놓았다. 그의 얼굴은 붉어질 대로 붉어져 홍시가 되었다.

"게 있느냐?"

"네, 할아버님."

이세창의 둘째 손자인 이학겸이 여닫이문을 열며 들어섰다.

"네 작은아버지는 어디 있느냐?"

"세 분 중 어떤 작은아버님을 말씀하시는지요?"

"지금 가문에서 출타한 놈이 철로밖에 더 있더냐?"

이세창은 평소 내지 않던 역정을 냈다.

"첫째 작은아버님은 어제부터 연락이 되지 않는다고…….."

"네 아비를 들라 이르고, 너는 상경할 채비를 갖춰라."

"알겠습니다."

방을 나서는 이학겸의 발걸음이 빨라졌다.

"도대체 무슨 일이 일어난 게야?"

옷고름을 매는 그의 눈은 뉴스에 고정되어 사정없이 흔들렸다. 감히 일어나지 않아야 될 일이 일어난 것이다.

화선지에 치다 만 난처럼 그의 마음은 비틀렸다.

서울에 도착한 북검 이세창이 찾은 곳은 일성그룹 회장실이었다.

그의 방문이 예고된 터라 맹철현은 이세창을 맞아 마주 앉았다.

"오랜만에 보는구려. 북검."

맹철현은 엉덩이를 반쯤 뗐다 앉았다.

"불편을 끼쳐 드려 안부를 묻기가 송구합니다."

그에 반해 이세창은 말만 미안하지 않은 그대로 찻잔을 들었다.

말을 빼면 주객이 전도됐고, 나이로 따져도 맹 회장이 더위의 연배였지만 조심스럽기는 그가 더했다.

"앞뒤 자르고 본론만 묻겠습니다. 둘째 아들놈이 여기 있다는 연락이 마지막이었습니다. 그런데 큰일이 터졌는데도 코빼기도 볼 수가 없군요. 어떻게 된 일입니까?"

"모르셨소? 나는 검찰청에서 연락을 받을 줄 알았건만……."

"검찰청이라니요?"

이철로 손에 쥐인 찻잔에 물이 끓어올랐다.

"크흠."

맹철현이 헛기침을 하며 난감한 얼굴이다.

"이거 이거 집 안에서 새던 바가지가 밖에서 깨졌다 하니…… 다 늙어서 감정을 주체하지 못했습니다, 허허."

이세창이 마른 웃음을 지었지만 말속에 뼈가 심어져 있었다.

당신 정도 되는 사람이 바가지를 쓰면서 뭘 했냐라는 추궁이다.

늙은 생강이 맵다고, 맹 회장은 그 뜻을 알고 입을 열었다.

"짧게 저간의 상황을 말하리다. 영식 이철로 군이 먼저 우리를 찾아왔소. 일성물산과 서일국 의장의 사정은 이미 알고 계실 터, 영식과 말을 섞다 보니 우리나 그쪽이나 협박받기는 매한가지였소. 그래서 철로 군이 여기서 대기하다가 협박범을 쫓아갔소. 그곳이 인천에 있는 북항인데 그때 우리 측 사람 몇과 같이 갔던 모양이오. 그런데 범인이 중국 삼합회를 거느린 홍방과 한 패거리였던 것을 알고 실랑이가 있었다 하오. 철로 군이 그들을 제압했는데 그 과정에서 마약 수사 때문에 잠복수사를 하던 형사와 언쟁이 있었다는데, 무슨 일인지 모르지만 철로 군과 그 형사가 크게 다퉜다고 하오. 이 말을 믿을지 모르겠지만 철로 군이 싸움에서 다쳐 패하고, 몇몇 죄명이 붙어 구속되었다고 들었소. 그리고 그 장소에 있던 우리 측 사람뿐 아니라 나중에는 내 둘째 아들놈까지 잡혀 들어갔소. 그것도 변호사를 통해서 들었소. 여기까지가 내가 알고 있는 전부요."

"……."

북검은 여전히 말이 없다. 정작 들어야 할 말을 못 들었기 때문이다.

"음, 북검도 알겠지만 검찰에서 긴급체포를 하면 통지를 하게 되어 있는데 연락을 받지 못했다는 게 나로서도 이해가 되지 않는구려. 참고로 둘째 놈은 긴급체포 통지를 전화로 받았소."

할 말을 다 한 맹 회장은 찻잔을 들어 목을 축였다.

"썩을 놈."

이세창은 한참 침묵을 지키다가 대뜸 욕설을 내뱉었다.

둘째 아들놈은 분명 체면 때문에라도 가문에 연락을 하지 않았을 것이다.

보지 않아도 눈에 선하다. 자존심 문제도 문제거니와 가문에 누가 되니 스스로 연락을 거부했을 가능성이 농후했다.

그는 둘째 아들의 걱정이 일단 사그라지자 이제 사위가 눈에 밟혔다.

그러나 여기서 아쉬운 소리를 하려니 자존심이 허락지 않았다.

그가 무릎을 펴려는데 맹철현이 그의 아쉬움을 잡아 주었다.

두개의
심장을
가진자

"대한민국에서 손가락에 꼽는 변호사가 댁네 사위와 내 아들을 변호할 것이오. 의혹이 있을지언정 구속은 없을 게요. 일단 모레 있을 구속적부심부터 변호사들이 투입될 것이오."

일어나는 이세창이 다시 고개를 숙였다.

"이리 신경 써 주니 고맙습니다."

"별말씀을. 살펴 가시오."

맹 회장 역시 자리에서 일어났다.

짧은 만남이 끝나고 나가는 이세창의 뒷모습을 보며 맹 회장은 고개를 흔들었다.

'자식 앞에서 장사 없는 법이로구나.'

둘째 아들 걱정이 그의 심정과 다르지 않은 이세창의 어깨가 무거워 보였다.

이세창은 일성그룹 빌딩을 나와 위를 올려다봤다.

맹 회장의 말에 어폐가 없지만 들어갈 때보다 오히려 나올 때 의문이 더 쌓였다.

'흐름상 이 일을 지배하는 놈이 있는데…… 누군가?'

그때 그의 상념이 깨졌다.

"아버님, 어찌 되었습니까?"

"길거리에서 무슨 말을 하겠느냐. 차에 타 말하자."

이세창은 말을 끊고 주차되어 있는 차량으로 갔다.

"어디로 모실까요?"

두 부자가 차에 타자 이세창의 둘째 손자 이학겸이 행선지

진실의 발자국들 261

를 물었다.

"여의도로 가자. 한국당 박 대표부터 만나자꾸나."

꼬장꼬장한 목소리로 이세창이 말했다.

그는 어느새 쟁천의 북검으로 돌아와 있었다.

"아버님."

이병로가 옆자리에서 이세창을 바라봤다.

"그래, 네가 알아야 할 일이지. 그게 말이다……."

이세창은 이병로에게 맹 회장이 했던 말을 전달했다.

한참을 듣던 이병로는 얼굴이 심각하게 변했다. 그리고 부친의 말이 끝나자 물었다.

"철로 일은 의외입니다. 정부 쪽에 누가 있어 철로를……. 그래도 제 앞가림을 하는 녀석이라 크게 걱정은 안 됩니다만."

"왜, 일국이 놈이 걱정되느냐?"

"네. 처남이 앞으로 어찌 될지 그게 더 걱정입니다."

"미욱한 놈을 거둬 주고 내 누누이 분수에 맞게 처신을 하라 일렀거늘. 쯔쯔쯧, 욕심이 목까지 찬 게지."

"처남 정치 인생은 끝났다고 봐야겠습니다."

이병로의 얼굴에 짜증이 묻어났다.

미우나 고우나 여동생의 남편이다. 그래서 가문에서 서일국을 얼마나 밀어줬는지 그만은 소상히 알고 있다.

가문의 연줄과 주머니에서 권력과 돈이 얼마만큼 나갔으

니 말이다.

"아무튼 너는 혜화동 서 서방과 네 동생에게 가서 좀 다독거리고 대검찰청으로 가 봐라. 그쪽에 철로가 있다니까."

"네, 알겠습니다."

"특히 철로 일은 소상히 알아보고 일 처리를 하여라."

"그렇지 않아도 철로를 곤란하게 만든 이가 누군지 궁금하기까지 합니다."

"가 보거라."

"네. 학겸아, 차 세워라."

이병로는 둘째 아들에게 말하고 차가 정차하자 곧바로 내렸다.

뒤를 따르던 차가 섰고, 이병로는 그 차로 옮겨 탔다.

여의도 대상빌딩에 도착한 이세창은 한국당 대표 박영준 사무실 앞에서 전화했다.

"이세창이올시다."

―아이고, 이거 북검께서 다 전화를 주시고.

휴대폰 너머로 깐깐한 목소리가 전달됐다.

"만날 수 있겠소?"

―허험, 안 그래도 먼저 연락을 드리려 했소. 서 의장 일로 머리가 아픕니다.

"그럼 내가 올라가리다."

―혹 아래에 계시오?

"그렇소만."

─아무래도 지금은 보는 눈들이 많으니 내일 정오에 사민회 회원들과 식사하는 형태로 뵙겠습니다.

"알았소."

이세창은 떨떠름한 얼굴로 전화를 끊었다.

문전박대를 당할지 모른다고 생각은 했지만 현실이 그리 되니 입맛이 무척이나 썼다.

불과 사흘 전만 해도 그가 온다면 버선발로 튀어나왔을 인간이다.

새삼 세상인심이 힘의 논리에 따라 변화무쌍함을 느꼈다. 사위 서일국의 날개는 곧 그의 정치적 영향력과 같았다. 이 날개가 꺾이니 아랫것이 이빨을 드러냈다.

이 상황을 뒤집으려면 시간과 공이 필요한 시점이다.

물론 그의 힘은 다른 곳에 있지만 다시 권력의 정점에 서기 위해서 들일 공을 생각하니 서일국에 대한 짜증이 나지 않을 수 없었다.

그는 주먹을 꽉 쥐었다.

이날 늦은 오후.

대검찰청 차장실에 손님으로 간 이병로는 찻잔을 빙빙 돌리며 침묵으로 일관했다.

그의 앞에는 배한수 차장이 난색을 표하며 이것저것 장황

설을 늘어놓았다.

그리고 배한수의 말이 끝나자 이병로가 입을 열었다.

"그러니까 결론은, 강필중이라는 형사부장 검사가 반골 기질이 있어 자네 선에서 어쩌질 못한다는 말이 아닌가?"

"그뿐 아니라 청장이 강필중을 끼고돌아 지금은 사건 내막 조차 파악하기 힘듭니다."

"아버님의 상심이 크시네."

"저 역시 이씨 문중의 밥을 먹고 큰 사람입니다. 왜 처 백부의 심려를 모르겠습니까?"

배한수 역시 경기 이씨에 숟가락을 걸치고 있었다. 당연히 난처한 얼굴일 수밖에 없었다.

"그럼 철로는 어떻게 되고? 승로는 또 어찌한단 말인가?"

"승로 형님이 걱정입니다. 어찌 된 일인지 윗동서가 행한 모든 일을 자백해 버렸습니다."

"자백? 그 아이가 왜?"

"김창진이라고 똘방진 후배 검사가 있는데, 승로 형님 양심을 후벼 팠다고 합니다."

고개를 흔든 배한수는 윗동서 서일국에게 원망이 뻗쳤다.

그는 경로를 달리해 서일국의 공소장에 기재된 범죄 사실을 보고받았다.

그 내용은 가관도 아니었다. 차마 입에 담기에도 민망할 정도로 후안무치한 행동의 연속이었다.

"철로는?"

"철로 형님은 아마 지금쯤 무죄로 풀려났지 싶습니다."

"그나마 다행인가? 그럼 매제, 서 의장은 어찌 될 성싶은가?"

"처 백부님께 포기하라고 말씀하십시오."

"아버님께 포기하라고 말씀드리라고?"

이병로의 얼굴이 붉어졌다. 화가 단단히 치민 탓이다.

"어떤 일이 있었느냐 하면요……."

배한수의 긴 이야기가 다시 이어졌다. 그의 말이 이어질수록 이병로의 얼굴은 시꺼멓게 죽어 갔다.

그리고 이병로는 대검찰청을 나서며 고개를 푹 숙이고 나가다 고개를 들어 하늘을 봤다.

'나무뿌리가 흙 밖으로 나오면 나무가 죽듯, 욕망이 세상에 드러나면 자멸은 당연한 것이거늘……. 아버님, 서 서방은 너무 나갔나 봅니다.'

그의 어둡기만 한 얼굴이 가시질 않았다.

'이놈 철로야, 너까지 왜 그러느냐?'

거기다가 동생 이철로마저 대검찰청에서 석방되고 난 이후 사라져 연락이 되질 않고 있다.

답답한 마음은 그의 발걸음을 옭매었다.

다음 날 정오, 서울 여의도에 위치한 중국집 홍보성.

중국요리 맛집으로 정평이 나 있는 이 집은 넓은 홀과 대형 룸이 구비되어 각종 모임이 많았다.

그중 루비 방에 여덟 명의 사람들이 원형 회전 탁자를 두고 앉았다.

그들 앞에는 각종 요리가 놓여 있었고, 사람들은 테이블 위에 놓인 요리 접시에서 음식을 작은 국자로 퍼 작은 접시로 옮기며 젓가락을 부지런히 움직이거나 옆 사람과 격의 없는 대화를 나누었다.

드르륵. 탁.

이세창이 방문을 열고 들어섰다.

"어서 오시오, 북검."

테이블 가장자리에 앉아 있던 70세가량의 노신사가 일어나 이세창을 맞이했다.

그러자 몇몇은 일어나고 몇은 앉은 자리에서 손을 들어 이세창을 알은체했다.

하지만 방금 전까지 음식을 들며 화기애애했던 만찬장은 이세창의 등장으로 싸늘히 식었다.

이세창은 자신이 문을 열고 들어서자 와자지껄 소음이 없어지고 침묵으로 이어지자 얼굴이 굳어졌다.

"안녕들 하십니까?"

"그만들 하지요. 일단 앉으시죠. 모두들 북검을 기다리고 있었습니다."

한국당 대표 박영준이 이세창에게 옆자리를 권했다. 그러자 이세창이 자리를 잡고 한동안 인사치레를 했다.

사민회思民會.

이 모임의 정체다. 본래는 쟁천과 그와 연관된 사람들이 나라의 대의를 좇아 만든 모임이었다.

그러다 시간이 지나면서 그 취지가 빛이 바래 사익을 추구하며 변질되어 가고 있었다.

오존의 일인인 북검 이세창은 이 모임의 중심, 한 축이었다.

10분 후.

회의 시간이 지날수록 이세창의 얼굴이 붉어졌다.

"그러니까 정치적으로는 손을 쓸 수가 없다?"

보통 반말을 하지 않는 그다. 하지만 감정이 격해져 회원들을 무시하는 처사까지 서슴지 않았다.

"이봐, 북검. 오늘 신문 봤지 않았나?"

대머리 중년인이 냉소적으로 말했다.

양진국.

북검에 비견되는 인물로 쟁천에서 남독두南毒頭란 별명과 오존의 일인으로서 무명을 떨쳤다.

본시 독두禿頭란 대머리란 뜻인데 고약한 성격을 빗대어 쟁천에서는 독두毒頭라 불렸다.

더구나 북검과는 동갑내기로 때로는 뜻을 같이하기도 하고 반목을 했지만 인생에서 동반자와 같은 사이였다.

"양진국, 그런 표정이라…… 경기 이씨 가문이 사민회를 나가기 바라는가?"

"그래서 북검이 좀생이별이라는 말을 듣는 거야. 양보해야 할 때는 넌지시 발을 빼는 아량도 가져 봐."

"흥, 나 좀생이인 것을 이제 알았나? 그리고 내가 뭘 양보하란 말인가?"

"몰라서 하는 말인가? 네 사위와 일성물산 때문에 나라가 시끄럽다. 신문에 대문짝만 하게 나왔고, 종편에서는 연일 한국당 때리기를 하고 있다. 이런 와중에서 누가, 어떻게 편들기를 하겠느냐? 같이 죽어 주기라도 하랴?"

양진국이 신랄하게 꼬집어 말하자 이세창의 얼굴이 더욱 붉어졌다.

"아닌 말로 정치권에서 이런 커넥션이 1년에 몇 번씩 일어나는데 이 정도까지 수세에 몰려야 하냐고? 막말로 언론 쪽은 강판구 회장이 맡고 있잖소? 미리 막을 수 있었고."

이번에는 화살의 끝이 강판구에게 향했다.

강판구는 언론 재벌이라는 대한일보와 종편 DHTV의 사주이자 함평 강씨의 당대 종손이었다.

그는 이세창의 말에 불편한 심기를 그대로 드러냈다.

"그 말은 내가 하고 싶은 말입니다. 증권가 찌라시로 서일국 의장과 일성물산 간에 물밑 거래가 있다는 소문이 진즉에 돌았는데, 그것을 막지 못한 책임은 경기 이씨의 몫이지요. 나중에 일이 터졌다고 어떻게 대한일보와 DHTV가 언론의 입을 다 잠글 수 있단 말입니까?"

"끄응, 그럼 검찰 쪽은?"

이세창의 화살은 여기저기로 남발됐다.

"아무래도 서일국 의장이 누구에게 단단히 미운털이 박혔나 봅니다. 확실한 증거를 빼도 박도 못하게 캐 놨습니다. 그 증거는……."

대검찰청 차장인 배한수는 심각한 표정으로 말문을 텄다. 하지만 이세창의 짜증으로 말을 끝맺질 못했다.

"누가 증거 따위를 듣자고 했나. 검찰 쪽에서 서일국과 일성물산이 빠져나갈 구멍을 찾아봤냐는 말이지."

"지금 검찰청장과 저와의 사이를 알고 계시지 않습니까? 찔러도 피 한 방울 나오지 않을 깐깐한 사람이 지금 청장입니다. 청와대 쪽에서도 말을 듣지 않아 머리를 쥐어짜게 만드는 양반이 직접 챙기는 일이라."

"됐네."

털썩.

이세창은 사민회가 발을 빼며 그의 뜻과 달리하자 의자에 등을 기대고 눈을 감았다.

'아들놈 병로 말마따나 가문을 벗어난 일인가? 도대체 어

떤 놈이 이 일을 이따위로 꼬이게 만들었단 말인가?'

의문이 꼬리를 달았다.

"허흠, 이보게 북검."

지금까지 침묵을 지키고 있던 노인이 입을 열었다.

"네, 임 노사님."

눈을 뜬 이세창은 지금까지와 달리 의자에서 등을 떼고 엉덩이를 반쯤 들었다.

임방운.

세수가 백수白壽에 이른 노인은 안동 임씨의 전대 종주로 머리 하나로 세상을 움직인 비운의 천재였다.

왜냐하면 대대로 단명하는 그의 가문 때문이었다.

물론 그는 예외였지만 그것이 불행의 시작이었다. 차례로 자식과 자손을 저 건너로 보내고 여태 증손자들을 훈육하고 있으니 당사자는 가슴이 미어질 일이다.

어쨌건 그는 사민회의 고문으로 이세창에게 방안을 제시했다.

"이미 일어난 일. 주워 담을 수 있겠나?"

"……."

이세창이 침묵하자 계속 말했다.

"아닐세. 물병이 넘어졌을 때 바로 세웠으면 모를까 깔아놓은 솜이불 위로 넘어졌으니 물은 이미 흠뻑 스며들어 버렸네. 물을 짜낸다고 이불을 덮을 수 있는 단계는 지났다고 보네."

노인은 잠시 말을 멈추고 이세창의 눈치를 봤다. 속 좁은 성깔이 나중에 어디로 튈지 모를 일이다.

"듣고 있습니다."

"매를 맞더라도 시원하게 잘못을 인정하게."

"사위를 버리라는 말입니까?"

"누가 감히 경기 이씨 문중 사람을 버리라 말할 수 있겠는가? 단지 소낙비는 피하자는 말이지."

"그런다고 무슨 수가 있습니까?"

"일단 서일국과 일성물산에 멍에를 지운 사람을 찾아야 할 게야. 그자든 그들이든 간에 재판에 증인으로 나오는 것만은 막아야 하니까. 그리고 다른 이유가 하나 더 있네."

"무엇입니까?"

"그들이 갖고 있는 폭탄이 이것 하나뿐인지 다른 뭐가 또 있는지 확인해야 하네."

"말씀 다 하셨습니까?"

"그렇네."

임방운은 가슴이 덜컥 내려앉았다. 이세창의 눈빛과 말에 불편함이 잔뜩 꼬였다.

"그 폭탄에 우리 이씨만 아니라 여기 있는 다른 누구도 포함되어 있을지 몰라 하는 말은 아닌지요?"

"그, 그 무슨 당치도 않은 말인가?"

속이 찔린 임방운이 말을 더듬었다.

"저 역시 그렇지 않을 것이라 믿겠습니다."

하지만 이세창은 임방운을 탓하지 않고 자리에서 일어났다.

어제까지 그의 발을 핥고 손잡아 주기를 원했던 머슴 같은 동무들이 아니었다.

저들은 승냥이같이 어떻게 든 그의 뒷발을 물어뜯고자 하는 짐승이었다.

불편한 마음이 들어 도저히 이 자리에 앉아 있을 기분이 아니었다.

"다음에 봅시다."

거침없이 돌아선 그는 그대로 문으로 나가 버렸다.

"아무리 북검이라지만 이거 너무 안하무인 아닙니까?"

"그런 소리 말게. 그가 진짜 앞뒤를 보지 않고 덤볐다면 나라가 시끄러워졌을 일이야."

"무슨?"

"그가 사위 일을 덮기 위해 그보다 더 큰 사건을 못 만들 것 같은가? 그는 최소한 애국심과 양심의 선을 넘지 않으려는 사람이야. 아직 이 사건의 본질을 몰라 저렇게 사위를 구명하고 다니지 며칠만 지나 봐, 그는 서울에서 물러나 칩거할 테니까."

강판구의 투덜거림을 임방운이 일축했다.

'본질? 내가 모르는 것이 있나?'
이세창은 그가 나가고 난 다음 사민회의 뒷말을 듣고 싶었다. 예상대로 몇 걸음 걷지 않아 투덜거림이 들렸고, 문을 나서는 순간 원하는 말이 튀어나왔다.
그는 휴대폰을 들었다. 저들이 그에게 말을 하지 못하는 그 본질이 무엇인지 아들에게 확인해야 할 일이었다.

상욱은 김창진과 강필중에게 서일국 커넥션과 이황우 변호사 등 살인 사건 공소 유지를 맡기고 팀원들과 대검찰청에서 빠져나와 특수수사대로 복귀했다.
그리고 사건 종결 뒤풀이 자리를 만들었다.
비록 수사비 카드로 지출하는 부대찌개에 소주가 전부인 회식이었지만 팀원들은 불만이 없었다.
더불어 상욱이 특수수사대로 부임 후 첫 회식 자리 이후, 진지하게 갖는 전체 모임은 처음이기도 했다.
첫 회식 당시는 팀원들이 그를 무인도로 만들어 놓고 갈매기처럼 잠시 앉았다 떠나 버렸는데 오늘은 달랐다. 연거푸 소주잔을 채웠다.

"일이 이렇게 끝나서 서운하지 않습니까?"

상욱은 팀원을 대표해 김관명에게 물었다.

"친구 가는 길에 한 줌 의혹을 남기지 않게 해 줘 고맙소."

김관명은 이황우 변호사 변사 사건을 해결한 자체만으로도 불만이 없었다.

"맞습니다. 그까짓 공을 보고 이번 서일국 커넥션 사건을 맡은 것이 아니잖습니까? 오히려 팀장님이 섭섭하지 않을까 걱정입니다."

오영길이 스스로 먼저 상욱에게 말을 걸어오기도 처음이다.

"말 놓으십시오, 영길이 형님."

상욱이 잔을 비우고 오영길에게 넘겼다.

그는 직장 내 직책을 무시했다. 상대의 말로 관계가 역전됐지만 사석이고, 한 팀의 형사란 특수성은 가족만큼이나 진한 유대감을 줬다.

"그럴까?"

오영길이 잔을 건네받으며 상욱의 말을 받아들였다. 그리고 가벼운 말을 이어 갔다.

"난 말이야, 팀장을 봤을 때 그냥 팀원으로 왔으면 어땠을까 생각도 해 봤었지."

"왜 그런 생각을?"

"자전거 같았거든. 위로는 고개를 숙이고 아래로는 페달을 죽도록 밟아 자전거를 끌고 가는."

"왜?"

"그런 스타일 있잖아. 시쳇말로 팀원으로는 능력이 좋아 믿음직스럽긴 한데 팀장으로는 무척 갈굴 것 같았거든."

"하하하."

"크크크."

팀원들이 오영길의 농담에 웃었다.

"저는 영길이 형님이 모범생인 줄 알았습니다. 역시나 모범 형사더군요."

상욱은 오히려 오영길을 칭찬했다.

"뭐, 틀린 말도 아니네."

오영길이 자찬하며 웃었다.

"어, 이러면 말이 달라지는데."

이영철이 끼어들었다.

"왜 내가 욕이라도 할 줄 알았나?"

담담히 말하는 상욱이다.

"크크, 욕까지는 아니어도 면전에서 타박하는데 발끈할 줄 알았죠."

그러자 차동현까지 한마디를 얹었다.

술자리를 빌려 오영철, 차동현, 이영철 세 사람은 형사들이 가끔 하는 바보 만들기 놀이를 상욱에게 했다.

"사람들이 말이야 대범하치 못하게 농담을 진담으로 새겨야 하나. 내가 이런 말을 안 하려고 했는데 부처 눈에는 부처만 보이는 법이야."

상욱은 웃으며 소주잔을 털어 넣었다.

"에?"

"이—잉."

"설마 개 눈에 개만 보인다. 이런 것 아니죠?"

눈을 동그랗게 뜬 오영길과 차동현은 의문사를 남발했고 이영철은 확인 사살을 시도했다.

상욱은 위아래로 가볍게 고개를 움직여 줬다.

오영길과 이영철 그리고 차동현의 몇 마디는 상욱의 한마디 말에 한몫에 싸잡혀 털려 버렸다.

세 사람은 왜 상욱이 점잖게 말했는지 당하고 나서야 깨달았다.

"하하하, 이놈들아, 너희들에 비하면 팀장은 진짜 부처님이지. 어, 그리고 보니 네놈들은 손오공, 저팔계, 사오정이구나, 크크크."

김관명이 웃으며 상욱의 술잔을 채웠다.

"그러면 김 주임은 삼장법삽니까?"

"그리고 보니 내가 여태 이놈들을 이끌었으니 삼장법사 맞네그려, 허허허."

불콰하니 오른 술에 김관명이 상욱에게 농담까지 했다.

시간이 흐르며 술자리는 사람의 관계를 격의 없이 풀었다.

"팀장님, 아니 상욱이 형."

술자리가 슬슬 끝나는데 이영철이 상욱을 불렀다.

"왜? 할 말 있나? 아까부터 왜 똥 마려운 강아지처럼 미적거려."

"일전에 거병연수 육자결과 활인심방에 대해서 말씀드렸잖아요."

"그랬지."

대답하는 상욱의 얼굴이 굳어졌다.

퇴계 이황이 창시한 이 호흡법과 도인법은 평범하나 법문이 있는 경우는 달랐다.

그래서 이영철은 상욱이 기억을 잃기 전에 온전한 거병연수 육자결과 활인심방을 익히고 있었던 것을 미뤄 짐작해, 상욱의 부모가 쟁천의 도가 계열의 가문이나 단체 소속의 사람이 아닌지 추정했었다.

이러니 이영철의 말이 겉도는 것이 필시 부모와 관련된 것일 터였다.

"제가 어제 전화로 유학과 도가 계열의 가문이나 단체를 스승님께 여쭤 봤습니다."

"그럴 필요 없었는데."

아니나 다를까 예상했던 말이었다.

상욱은 스스로 뛰쳐나왔던 가문에 불상사가 있든 어쨌든 자식을 보살피지 않은 부모를 굳이 찾고 싶지 않았다.

그만큼 부모에 대한 원망이 깊었고, 이제 그런 부모를 만나 관계만 우습게 되기 싫었다.

"그래도 천륜이지 않나?"

김관명이 이영철에게 이미 이야기를 들었는지 거들었다.

그러자 상욱은 술잔을 내려놓고 침묵을 지켰다.

"계속하죠. 도가의 가장 큰 도량은 전북 순창 어암서원 훈몽제이고 가문으로는 대곡 한씨가 큰 세력을 구가하고 있습니다. 다른 도량과 가문들은 고만고만한데 열 곳이 됩니다. 자, 여기."

"뭔가?"

상욱은 A4 용지을 받고 살폈다. 종이에는 빼곡히 적힌 도량과 가문의 위치와 연락처가 적혀 있었다.

"……고마워."

그는 한참을 보다 상의에 종이를 접어 넣고 소주잔을 들었다. 그리고 회식이 끝날 때까지 침묵으로 일관했다.

회식 자리는 싸늘하게 식어 끝나 버렸다.

"괜한 일을 했나?"

이영철이 뒤통수를 긁적이며 떠나는 상욱의 뒷모습을 봤다.

"아니다. 잘했다. 결정은 팀장 몫이지만 그래도 기회는 줘야지."

김관명이 이영철의 등을 툭 쳤다.

"이대로 끝납니까?"

"아니다. 한잔 더 하자."

3팀원들은 뒤돌아섰다. 상욱에 대한 연민의 감정을 담고서.

다음 날 저녁.

"왜 네 누이 집이 아니라 외거에서 기거하자는 것이냐?"

이세창은 이천에 거주하는 방계들이 서울에 나오면 기거하는 외거 가옥이 있는 세곡동으로 그를 부른 큰아들이 탐탁하지 않았다.

"세간에 눈이 많습니다. 서 의장 집에 머물기에는 말입니다."

"……이제는 사람들 눈치까지 봐야 하는구나."

아들의 말에 잠시 말이 없던 이세창은 씁쓸한 말을 했다.

"송구스럽습니다, 아버님."

"네게 무슨 허물이 있겠느냐? 그런 말 마라. 그보다 어제 시켰던 일 알아보았느냐?"

"커넥션을 진행했던 자들 말입니까?"

"그래, 그들이 누구인지 알아봤더냐?"

"네."

두개의
심장을
가진자

"어떤 세력이더냐?"

"세력이라 말할 것까지도 없습니다."

"그럼 개인적인 원한을 가진 놈이란 말이냐?"

"그것이 묘하게 꼬여 있습니다."

"잔말로 묻지 않을 테니 쭉 설명을 해 보아라."

이세창은 아들의 말이 끊어지자 입을 다물었다.

"오래전에 일성물산의 둘째 아들 맹한영이 비자금을 모아 사모펀드 회사를 만들었다고 합니다. 이 투자회사가 특허를 갖고 있는 우량 중소기업을 노렸던 모양입니다."

"우량 중소기업이 그리 호락호락하나?"

"대출금이 많은 우량 중소기업을 노렸답니다. 일단 내부 협조자를 만들어 놓고 핵심 기술을 빼돌렸고, 그것을 대기업에 일부 제공했답니다. 그럼 중소기업에서는 대기업을 상대로 법정 분쟁을 진행할 수밖에 없습니다. 그사이에 중소기업청에서 압력을 행사해 그 중소기업 평가를 진행하고, 대출 은행에는 중소기업 대출 상환 기일 연장에 제동을 걸도록 손을 썼던 모양입니다."

"뭐라? 그럼 서 서방이 중소기업청과 은행에 압력을 행사하는 데 개입했다는 말이야?"

"그렇습니다."

"이런 쳐 죽일."

이세창이 얼굴이 붉어지며 손을 부르르 떨었다.

"그런 다음에는 부실 기업 정리 차원에서 중소기업에 정부 지원마저 끊으면 법정 분쟁에 지친 중소기업 창업주는 대체적으로 손을 들었고, 맹한영의 사모펀드 회사는 헐값에 특허 기술을 매입해 대기업에 비싸게 팔았습니다. 그런데 몇 년 전 그 중소기업 사장 한 명이 자살을 하면서 이런 일들이 불거져 경찰에서 수사에 들어갔습니다."

이병로는 부친의 화에도 개의치 않고 계속 말했다.

"설마 몇 년 전에 있었던 한남전기 합병 건은 아니겠지?"

"그 건이 맞습니다."

"병로야, 당시 서일국이 연루가 된 일이지만, 무고라며 끝나지 않았더냐?"

이세창의 입에서 서 서방의 호칭이 서일국으로 바뀌었다.

"그때까지는 그렇게 알고 있었습니다."

"그럼 언제 알게 되었단 말이냐?"

"석 달 전 승로 손에 세 사람이 죽임을 당했을 때 철로가 저에게 말해 줘서 알게 되었습니다."

찰싹.

이병로의 뺨이 왼쪽으로 돌아가고 입에서 피가 흘렀다.

아들의 뺨을 때리고 오른손을 꼭 쥔 이세창의 손이 부르르 떨렸다.

"어째서, 어째서 그런 말을 하지 않았느냐?"

고함에 가까운 이세창의 말이 방 안을 점령했다.

"하―아, 아버님, 당시 서 서방이 방문해 있었고 철로가 경위를 이야기하려 하자, 서 서방에게 이미 말을 들었다고 말을 끊으셨습니다. 그래도 재차 철로가 이를 고하자 호통을 치시며 승로를 불러서 경위를 들으시지 않으셨습니까?"

이병로가 탄식을 했다.

"그랬지…… 그랬어. 그래도 서일국과 일성물산 간에 거래가 정치적 문제라고 했지, 그런 썩어 빠진 쓰레기들의 거래라고는 하지 않았다."

"아버님께 철로가 그리 말했습니다. 매제가 쓰레기라서 협박범이 파리처럼 꼬였다. 이리 말씀드렸는데도 일을 덮으려고 하셨잖습니까."

"그래…… 그건 그렇다고 치고 누가 이 일을 행사했느냐?"

힘이 빠져 말을 하는 이세창은 기우杞憂 많은 노인에 불과했다.

"죽은 세 사람과 관련이 있답니다."

"쓰레기에 낀 파리 따위들을 말하는 게냐?"

"모든 것이 오해였습니다. 죽은 세 사람 중 한 사람이 특수수사대에서 근무할 당시 서 서방을 쫓던 형사였습니다. 그가 특수수사대에서 전출되고, 팀 동료가 일성물산 비리를 수사했는데 서 서방이 덮어 버리고 징계 조치를 해 버렸던 모양입니다. 그리고 몇 년 잠잠해 묻힌 줄 알았는데 계속 서 서방을 수사해 왔고, 그러다 서 서방과 일성물산의 비리에 대한 결정적인 증거를 찾았습니다."

"그것이 비밀 장부 사진이다?"

"네. 노회길이라는 자가 서 서방 집의 담을 넘어 들어와 비밀 장부를 사진을 찍어 갔던 것 같습니다. 그런데 이들은 서 서방과 일성물산의 비밀 장부 사진만 갖고는 그들이 법망에서 빠져나올 것 같으니 협박을 해 비밀 장부와 돈을 거래하는 모습을 사진으로 찍어 남겼습니다."

"그, 그걸 모르고 이승로가 세 사람을 죽였단 말이냐?"

"네, 승로가 검찰에 진술한 내용입니다."

"그럼 그놈은 서일국의 일을 알고 있었단 말이냐?"

"송구스럽습니다."

"그렇게 해서 얼마나 해 처먹었다고 하더냐?"

"비밀 장부에 적힌 내용과 비슷합니다. 30억 상당의 주택을 일성물산으로부터 다운계약서를 쓰고 10억에 매입을 했습니다. 그리고 그 집 지하 창고에 샤토 샤스 스플린 1961년산 열 병, 샤또 디캠 컬랙션 131병 최고급 와인 등 와인만 7천 병이 있었는데 시가로 1백억 상당이랍니다."

"어쩌다, 어쩌다 가문이 이리되어 버렸단 말이냐?"

이세창은 탄식을 하곤 고개를 들어 천장을 바라봤다.

그가 가문과 그 구성원의 이익을 위해서 무력을 동원했지만, 경기 이씨가 기본적인 양심마저 팔지는 않았다.

당시 그가 이승로에게 보고받기를, 일성물산의 자금 조달

이 원활할 정도의 은행권 업무의 뒤를 봐주는 조건으로 서일국이 이권을 챙겼고, 이를 어찌어찌 알게 된 간이 배 밖으로 나온 변호사가 협박했다고 들었다.

그런데 막상 사실을 알게 되니 기가 막혔다.

죄를 덮기 위해 더 큰 죄악을 불러들인 것이 아닌가.

그 죄악의 역할을 경기 이씨가 했으니 주인이 재주를 부리고 곰이 돈을 챙긴 격이었다.

이세창은 사위가 왔던 그날을 회상했다.

그를 앞에 두고 둘째 아들 이철로는 서일국을 호되게 지탄했고, 그는 매형을 호도하는 이철로를 내쳤다.

둘째 아들이 죄상을 그리 알고 있었으니 매형을 타박했을 터이고, 아비 앞이라 가족의 허물을 낱낱이 까발리지 못해 입에만 머금고 말았을 것이다.

그는 둘째 아들을 떠올리자 답답했다.

'참으로 메론 같은 놈이다.'

속에 칼끝도 들어가지 않게 딱딱한 벽을 쳐 놓았지만, 실상 까 놓으면 무르기가 흐물흐물했다.

"못난 놈, 무른 놈."

절로 탄식이 나왔다. 그리고 서일국과 이승로에 대한 분노가 치밀었다.

"쳐 죽일……."

"아버님."

이병로의 입에서 우려에 찬 말이 나왔다. 세상이 북검, 북검 하며 칭송하지만 그에게는 나이 드신 노인일 뿐이었다.

"휴-우. 짐 싸라. 집에 가자."

"하지만 서 서방은?"

"아직도 쓰레기 역정을 들 게냐! 아니다, 철로가 누구에게 당했다면 그냥 물러나지는 않았을 터. 서울 올라와 뭔 일이 있었는지 그것은 알고 가야겠다."

"아버님, 철로가 며칠 후 찾아뵙고 말씀 올린다고 했습니다."

"그놈이 내빼면 제 발로 걸어 들어온 적이 한 번이라도 있더냐? 연락해."

"알겠습니다."

이세창은 외거 가옥에 다시 주저앉았다.

복귀 신고를 마친 상욱은 대장 나한수에게 수사 진행 사항을 보고했다. 그리고 특별 휴가를 받아 팀원들에게 소식을 전하고 주차장에 내렸다.

"이틀 만일세. 잘 지냈는가?"

뜻밖의 인물이 그에게 인사를 했다. 검찰에서 사라졌던 이철로가 그의 앞에 섰다.

두개의
심장을
가진자

"뭡니까?"

상욱은 눈살을 찌푸렸다. 이철로의 의도를 알 수가 없었기 때문이다.

비록 살인의 혐의를 벗은 이철로였지만, 상욱의 심정상 이철로는 살인의 간접정범이었다.

"머슴이 주인 옆에 붙어 있어야지 어딜 가겠는가?"

이철로는 당연한 말을 왜 묻냐는 얼굴이다.

"그러니까 내 옆에 있겠다는 말입니까?"

상욱은 어처구니없는 표정으로 이철로를 봤다. 싸움을 하며 잡았던 말꼬투리를 이렇게 잡고 늘어질 줄은 몰랐다.

"그러네."

"엿 먹이는 방법도 여러 가지입니다."

멈춰 선 상욱이 싸늘해졌다.

"진심일세. 자네 일을 도와준다니까."

이철로도 상욱 못지않게 굳은 표정이다. 원래 냉소적으로 살아온 그라 그 얼굴이 그 얼굴이기는 했지만 말이다.

"이유가 뭡니까?"

"이유는 무슨 이유. 같이 있다 보면 젊은 나이에 이렇게 강해진 이유와 정체가 뭔지 알게 되지 않겠나."

이철로는 뻔뻔하게 본심을 말했다.

"맘대로 하십시오. 나에겐 스토킹이 경범죄일 뿐이지 심각한 범죄는 아니니까."

상욱은 체념하듯 말하고는 혼잣말로 투덜거렸다.

어차피 이철로가 지금 그에 대해서 알려고 하면 막을 방도가 없었다.

이승로 때문이었다.

그의 신병이 대검찰청으로 넘어가는 상황이라 검거 시 체포자로 이름이 드러난다.

그래도 경기 이씨 쪽에 그의 이름이 들어가려면 몇 달은 걸릴 줄 알았는데 검찰 쪽에서 정보가 샌 모양이다.

물론 정보공개 청구를 하면 검거자 이름은 제공하지 않지만 재판 과정에서 밝혀지기 마련이다. 나중에 검거자를 걸고 넘어가면, 법정에서 신분을 밝히지 않을 경우 불법체포로 이승로가 석방될 수 있다.

이것도 재판장만 비밀 보장을 원칙으로 듣겠지만 기록이 남는다.

정의로 가득 찬 대한민국이라면 신분이 밝혀질 이유가 없겠지만 정의가 승리하는 세상은 아니었다.

그 뒤로 그를 괴롭힐 마음을 먹고 이철로가 귀찮게 한다면 주먹 외에는 별 방법이 없다.

그리고 상욱이 들어가는 건물은 이철로가 들어올 수 없는 곳이 태반이다. 쫓아다녀 봐야 겉돌기일 뿐이다.

한번 주먹을 섞어 봤고, 주의만 하면 별문제 없겠거니 하고 지나갔다.

두 개의
심장을
가진 자

부우–웅.

주차장을 빠져나가는 상욱의 차에 가속이 붙었다.

"가 봐야 집이겠지."

이철로는 느긋하게 차에 올라탔다.

쩍. 쩍. 까까아. 치.치.

산새와 까치의 울음이 어우러져 새벽의 정적을 깼다.

"후–우."

상욱은 호흡을 정리하고 내공을 갈무리했다.

요 이틀 관악산에 오른 그였다. 이철로와 싸우며 얻었던 무리를 되짚고, 폐의 중앙에 자리 잡은 돌에서 나오는 음습하고 끈적이는 기운을 내공에서 분리하고 천둔갑의 기운을 수습했다.

노력이 헛되지 않아 두 개의 기운을 분리할 수 있었다.

따지고 보면 이질적인 두 기운이라 합치는 것이 더 요원한 일이다. 요행인지 필연인지 이틀 만에 두 기운을 합칠 수도, 각각 운행할 수 있게 됐다.

자리에서 일어난 상욱은 내공을 끌어 올리지 않고 단수장 권18세를 펼쳤다.

하지만 두 번째 초식에 들어가려던 상욱이 굳어졌다.

"누굽니까?"

뒤돌아선 그가 울창한 수풀을 향해 말했다.

"고평환과는 어떻게 되는 사이냐?"

이세창이 수풀을 헤치며 나왔다.

"누구냐고 물었습니다."

"어린놈이 뻣뻣하기가 풀 먹인 모시옷이구나. 네놈 손이 매섭다는데 그 맛이나 보자."

이세창은 대뜸 소나무의 썩은 나뭇가지 세 개를 툭 끊어 들었다. 일견 안하무인이다.

"으음."

상욱은 신음을 토했다.

나뭇가지를 든 노인은 지금까지 그와 싸워 온 최고수 이철로와도 비교할 수 없는 기세를 풍겼다.

"일진이 사납네."

새벽에 까치 울음이 아니라 까마귀 울음이었나 보다.

상욱은 어느새 수투갑을 차고 있었다. 생각과 달리 만반에 준비를 끝낸 이후였다.

"배움이 빠른 놈이로세."

이세창은 상욱에 대해 들었던 말이 있어 한마디를 툭 던졌다.

그는 요 이틀 상욱에게 초점이 맞춰져 있었다.

그제 내내 둘째 아들로부터 상욱에 대한 이야기를 듣고, 어제는 어떤 작자인지 확인을 했다.

그리고 어제 이곳에 올랐다고 해서 혹시나 뒤쫓아 와 봤더니 운기행공 중이었다.

조심성이 없는 놈인가 했더니 그것도 아니었다.

운공 중에도 주변에 기감을 느끼는지 산새 울음에도 민감
하게 반응했다.

언제라도 운공을 끊을 경지에 다다른 것이다.

일상은 강물처럼

이세창은 그런 상욱을 한동안 지켜보며 요 이틀을 떠올렸다.

그제 그가 둘째 아들 철로에게 물은 내용은 싸움 당시 정황이었다. 상욱이 사용한 무공은 무엇이고, 어떻게 전개됐는지 물었다.

결론은 충정회에서도 첫째 둘째를 다투는 투술인 단수장권18세로 추정됐는데, 둘째의 말을 들어 보니 내공이 독문 내공인 만기일통과 전혀 달랐다.

그래서 의혹이 있었는데 상욱의 초식을 보니 충정회 사람이 틀림없었다. 아마도 고평환의 숨겨진 제자, 그 정도로 추정됐다.

성격도 상당히 치밀해 보였다. 둘째와 손을 섞는데 강력한 한 수가 있음에도 부상을 자처하면서도 풍뢰일검을 끝까지 살핀 점, 경찰이라는데 이 정도면 군부나 경찰을 떠나 쟁천에서 상당한 두각을 나타냈을 것이 분명해 보이는데 이름이 알려지지 않았다는 점.

이로 미루어 짐작하건대 이놈, 의뭉스러운 성격이다.

다음 날 여기저기 선을 대고 상욱의 과거에 대해 알아봤다.

그의 예상대로였다. 서울광역수사대와 특수수사대에서 발군의 능력을 발휘했지만 보이지 않는 실세로 팀원들 사이에 묻혀 존재감을 드러내지도 않았다.

다만 군대에서 특출하게 두각을 드러내지 않았다. 아마도 고평환에게 일기통천록을 사사받고 실력을 키우는 중이었을 것이다.

이런 것들을 제껴 두고 무엇보다 중요한 것은 청와대 특임수사대 수장 격인 한두전이 상욱을 후임으로 점찍었다는 점만 봐도 알 수 있었다.

쟁천과 정치는 불가분의 관계였다.

정치권력의 정점인 청와대에서 쟁천을 관리하려고 숱한 노력을 해 왔고, 한두전의 뜻대로 상욱이 특임수사대를 장악한다면…… 끔찍했다.

알아본 바에 의하면 상욱의 나이는 삼십 중반을 넘기지 않앉다. 그 역시 이 나이 때는 가문의 중진에 불과했다.

불현듯 살심이 올랐다.

잠시 더 지켜볼까 하던 이세창이 그도 모르게 기감을 드러내 상욱 앞으로 나선 이유였다.

그때 멀찍이 있던 둘째 아들놈이 그의 뜻을 모르고 다가왔다. 그것도 어제 상욱의 정체를 듣고 만나고 싶다고 떼를 쓴 일성그룹의 맹철현 회장을 대동했다.

살심을 가라앉힌 이세창은 나뭇가지를 중단세로 놓았다.

"경기 이씨? 북검!"

상욱은 이철로의 검을 이미 접해 봤다. 이런 기세를 뿜어낼 사람은 유일했다. 북검.

"받아 보아라."

나뭇가지가 유려하게 움직였다.

강기를 머금은 나뭇가지는 삭은 나무토막이 아니었다. 어떤 보검보다 날카롭고 단단했다.

1초식 운뢰방전에서 12초식 뇌격진천에 이르는 풍뢰일검 중 검의 길을 따라 여섯 초식이 하나의 연환 검식이 되어 상욱을 집어삼켜 갔다.

상욱은 이것저것 생각할 겨를이 없었다.

전신에서 힘과 내공을 끌어냈다. 자마트라에서 나온 끈적이고 음습한 기운과 천둔갑의 내공이 혼합되어 수투갑을 통해 혼원강기 같은 회갈색 플라스마가 터져 나왔다.

투로는 풍뢰일검의 연환에 맞춰 단수장권18세 단착장착에서 단투장투의 모든 초식을 쏟아부었고, 미처 방어하지 못한 검은 여러 적을 헤쳐 나가는 구변속보의 광궁돌파와 공간을 뛰어넘는 망량독보로 미친놈처럼 폴짝거려야 했다.

퍽. 퍽. 퍽.

충돌이 있을 때마다 플라스마가 뭉텅이로 깎이며 상욱이 뒤로 물러났지만 결국에는 이세창의 한 수를 막았다.

상욱은 분노가 천장 만장 치솟았다.

본의 아니게 척을 졌다지만, 아이들 싸움이 어른이 나서서 이유 없이 편들고 혼찌검 내는 꼴이 아닌가.

처음 보는 늙은이가 매섭기는 하지만 이대로 참고 넘길 만큼 인내심이 많지도, 너그럽지도 않았다. 공간지각 인지능력이 극에 오르고 두 눈이 붉게 변했다.

"여기까지."

이세창은 훌쩍 뒤로 물러나 나뭇가지를 버렸다. 그의 입장에서는 볼 것 다 보고, 느낄 것 다 느꼈다.

화경의 초입.

어쩌면 그 이상일 수 있으나, 초식 운용으로 보아 딱 그 수준이다. 내공이 괴이하기는 하지만 마공은 아니었다. 마공에 선기仙氣가 섞일 이유가 없었다.

다만 폭발적인 혼원강기는 그도 보지 못한 것일 수 있고, 독문내공이 별 코딱지 같은 게 많은 쟁천이라 넘어갔다.

두개의
심장을
가진자

"나는 아직 안 끝났소."

상욱이 달려들 기세로 다가오자, 이세창은 양손을 벌리고 왼쪽으로 머리를 비틀어 오른쪽 턱을 내밀었다.

"쳐라, 쳐."

황당한 이세창의 태도에 상욱이 잠시 멈칫했다.

"멍석 까니 놀던 흥이 깨지더냐? 잠깐 얼굴 보러 왔으니 이만 간다. 간간이 날 보게 될 게야."

이세창이 그 할 말만 툭 던졌다.

"아니, 이 노친네가?"

상욱이 발끈했다. 자다 날벼락 맞은 격이 아닌가?

"이 말은 나중에 하려 했는데 네놈이 성질내는 것을 보니 해야겠다. 네놈이 내 밥통을 깼으니 네가 그 역할을 해야겠 다. 저놈이 네 곁에 붙어 있다니 잘해 봐라."

이철로를 가리킨 이세창이 훌쩍 날았다. 그는 곧 시야에 서 사라졌다. 그러자 상욱은 이철로를 거쳐 맹철현 회장을 봤다.

"노친네는 또 누구시오?"

"나, 난 말일세……."

"여러 가지로 할 말이 많을 것 같습니다."

상욱은 불청객인 두 사람을 매우 불편한 눈으로 한동안 봤 다.

검정 자단나무로 된 탁자 위 두 잔의 컵에서는 커피 향이
진하게 풍겼다.

그 사이에 두 사람이 앉아 서로를 보며 미소 지었다.

상욱과 가승희였다.

상욱은 구레나룻을 치고, 옆머리를 걷어 올려 깎아 전날
모습으로 돌아와 있었다.

가승희는 여전히 아름다웠고 헌신적인 눈으로 상욱을 바
라봤다.

두 달 만의 만남이었다.

상욱은 서일국 커넥션 건으로 가승희와 전화 통화만 하다
가 만나자 그냥 좋았다.

두 사람은 한동안 약속이나 한 듯 서로 말을 안 했다.

"잘 지냈지?"

상욱이 먼저 웃음기를 머금고 입을 열었다.

"못 지냈어요. 자기랑 떨어져 있는데 잘 지낼 이유가 없
지."

말은 그렇게 해도 가승희는 상욱의 손을 꼭 잡았다.

"볕이 참 좋네."

상욱은 머쓱해져 고개를 돌려 밖을 보았다. 서울에서 얼마
떨어지지 않은 근교의 찻집 밖은 가을 햇살이 완연했다.

두개의
심장을
가진자

"그러네요. 좀 있다가 잠시 걸어요. 지금 할 말도 좀 있고."

"할 말이라…… 가족 소개해 준다는 것?"

상욱은 그 말을 예상했다.

"응. 시간 언제 내줄 거야?"

"쉬는 날 없이 근 두 달 일했으니 유급 휴가가 며칠 더 나올 거야. 그때 승희 부모님 뵙도록 해."

"진짜지?"

가승희의 눈에 희열이 올라왔다.

주인을 옆에 두고 각성할 기회를 빨리 만들고 싶은 욕망이 솟아났다. 상욱이 탈을 벗고 온전한 벨제뷰트가 되어 세상을 탐욕으로 물들일 것을 생각하자 가슴이 벌렁거렸다.

'그 혼탁해질 세상의 중심에 이이가 있고 난 그 옆에서……'

그녀는 나른한 고양이처럼 품에 안겨 있는 상상은 그야말로 꿈과 같았다.

"장소는 이미 정했구. 시간만 맞추면 돼."

"이거 내가 승희에게 장가를 보내지는 것 같은데?"

"뭔 소리야? 내가 좋아서, 자기랑 있으면 너무 행복하니까 그래."

"으구, 이 귀염둥이."

상욱은 졌다는 표정으로 일어나 가승희에게 다가가 일으

켜 세웠다.

"나가자. 바람 쐬면서 좀 더 이야기를 나눠 보게."

"응."

가승희가 일어나 상욱의 팔짱을 끼며 어깨에 살며시 고개를 기댔다. 그대로 커피숍을 나와 한참을 걷다가 상욱이 가승희의 왼손을 잡아당겨 가슴 앞으로 놓았다.

그러곤 품 안에서 테가 가는 반지 한 쌍을 꺼내 하나는 가승희 약지에 끼워 주고, 나머지 하나는 그의 소지에 끼었다.

"뭐든 최고로 해 주겠다고 장담은 못 해. 하지만 널 위해 최선은 다할게."

상욱이 가승희 귀에 대고 속삭였다.

가승희는 여전히 고개를 숙인 채 상욱에게 더욱 밀착했다. 말이 없는 그녀는 마냥 좋을 뿐이었다.

둘은 그렇게 한참을 걸었다.

국회의사당을 빠져나온 K9 검정 차량이 여의대로를 벗어났다.

차량 뒷좌석에서 석간신문을 보던 감운천은 상체를 뒤로 젖혔다.

요 몇 달 피곤을 몸에 달고 살았다.

그 원인은 연판장을 얻기 위해 비토리를 속인 결과였다. 이 미친 마귀 년이 그의 정기를 쪽 빨아먹었다. 그것을 채우

두 개의 심장을 가진 자

기 위해 제대로 고생을 한 셈이다.

'빌어먹을 마녀.'

마음속으로 욕을 토했다.

사실 그는 몸이 예전으로 돌아왔어도 겁이나 감히 비토리에게 연락을 할 수 없었다.

때아닌 국회의장 서일국 뇌물 사건도 한몫했다.

이 일로 국정이 시끄러웠다. 덕분에 분당해 나간 안찬수 신당이 수면 아래로 가라앉기는 했다.

이걸 빌미로 뱀파이어의 추종 세력인 프로피어들의 모임을 한 차례도 참석하지 않았다. 그는 그렇게 해서라도 불만을 표출했다.

하지만 영생의 꿈을 접은 것은 아니었다.

필요에 의해 비토리를 추종했고, 비토리 역시 그를 필요로 했다.

비토리가 반드시 그를 불러 아쉬운 말을 하게 되어 있다. 그 예상은 벗어나지 않았다.

띠리링. 띠리링.

휴대폰 액정에 프로피어들의 총책이자 처남인 가민우 이름이 찍혔다.

하지만 느긋하니 핸드폰을 바라봤다.

근 1분이 되도록 전화를 받지 않자, 앞자리에 보좌관 김기권이 뒤돌아봤다.

그는 그때서야 휴대폰을 연결했다.

"처남."

─…….

"뭐라고?"

감운천은 그의 귀를 의심치 않을 수 없었다.

─…….

"그녀가 결혼을 하고 싶어 한다고? 내 살다 별 희한한 말을 듣는군. 허허."

─…….

"그래, 초청을 받았으니 가기는 해야겠는데…….."

─…….

"이봐 처남, 안 가겠다는 말이 아니잖아. 그 말 너무 노골적인 것 아니야?"

감운천은 협박에 가까운 말을 전해 듣고 분노했지만 보이지 않는 처남을 향해 이내 고개를 끄덕여야 했다. 그리고 곧 불쾌한 얼굴로 처남에게 물었다.

"장소와 시간을 일러 줘. 그래 문자로."

─…….

"알겠어. 그럼 그때 보도록 하지."

감운천은 종료 버튼을 누르며 이를 갈았다.

'이대로는 안 돼. 계속 끌려만 가잖아.'

그는 차오르는 분기를 식히며 소매에 감춰진 염주를 끌어 내렸다.

한 달 전부터 보좌관 김기권이 꼭 지니고 다니라 신신당부해서 차 뒷좌석에 염주를 놔뒀다. 그러던 것을 만지면 마음이 차분해지고 복잡한 머리가 때론 개운해졌다.

'벽조목이라 했던가?'

귀신을 쫓든 마귀를 쫓든 상관없었다. 탐심을 내려놓은 것도 아니고, 그저 그를 위해 어떤 땡초가 대신해 속죄를 비는 대속의 반대급부로 지니고 있을 뿐이다.

감운천은 눈을 지그시 감고 염주를 굴렸다.

띠링.

약속처럼 프로피어들의 총책이자 처남에게 문자가 온 모양이다. 감은 눈을 떠야 하는데 만사가 귀찮아졌다. 퇴근하고 보면 되겠지 생각을 했다.

그러다 두 눈을 번쩍 떴다.

그가 뱀파이어 여왕의 프로피어가 된 이후로 이 요괴에게서 한 번도 약점을 본 적이 없었다.

그런데 남편을 맞이한다?

이것은 비토리에게 생긴 약점이었다. 놓쳐서는 안 될 기회가 왔는지도 몰랐다.

갑자기 나빴던 기분이 풀어졌다.

그는 눈을 감으며 미소를 머금었다. 그냥 마음이 편안해졌다.

지금 그가 이렇게 된 원인은 염주에 있다.

본시 300년이 넘는 주목이 벼락을 맞은 벽조목으로 만들어진 한 쌍의 염주. 그것에는 덕치의 파사현정의 정기까지 깃들어 있었다.

이러니 보통 사람에게는 기물이라 할 정도로 많은 영험을 보였다.

탐욕이 가득 찬 감운천이라지만 그 역시 평범한 사람에 불과했다.

일주일 후.

상욱은 모처럼 사우나에 갔다가 이발을 하고 원룸으로 돌아와 정장을 걸쳤다. 손목시계를 보니 약속 시간이 1시간 남았지만, 차 키를 챙겨 일찍 길을 나섰다.

아스팔트 위로 노란 은행잎 낙엽이 떨어진 테헤란로까지는 금방이었다.

그리고 그가 찾은 곳은 미슐랭 가이드가 추천한 별 하나의 식당 제주 흑웃집 보름쇠였다.

모던한 회색 건물에 어울리지 않는 한옷집이 처음에는 이상했지만, 식당 내부는 홀과 객실로 구분하여 손님들의 공간을 확보해 놓았다. 여기에 깔끔한 실내 장식 하나하나는 사장이 식당을 어떻게 여기는지 알 수 있는 대목이다.

상욱은 가승희가 예약한 방실을 확인하고 식당 입구로 나

두 개의
심장을
가진자

왔다. 가승희의 부모를 처음 뵙는데 방에 앉아서 맞이할 순 없는 노릇이었다.

20분이 훌쩍 흘렀다.

미슐랭의 별을 받은 식당인 만큼 오가는 손님들이 많았다. 들어오는 차들이 전부 고급 차라 그의 새 차가 초라해 보일 지경이었다.

게다가 들어오는 손님 대부분이 그를 힐끔 보며 들어가는 터라 시간이 갈수록 머쓱해지고 있었다.

그때 검정색 벤트리 차량이 들어왔다.

입구에서 정차한 차 앞자리에서 가승희가 내리고 뒷좌석에서 노부부가 내렸다.

그 뒤로 외제 차량과 고급 승용 차량 여섯 대가 줄줄이 섰다. 그 차 문을 대부분 기사들이 열었고 나이 지긋한 부부들이 내려 식당 입구로 왔다.

그 와중에 가승희가 손을 들어 상욱에게 손 인사를 했다.

상욱은 얼굴색을 바꿔 환한 얼굴로 그녀에게 다가갔다.

"먼저 와 있었네? 부모님이야. 엄마, 아빠, 상욱 씨."

가승희는 상욱이 앞에 서자 부모를 소개시켰다.

"처음 뵙겠습니다, 박상욱입니다."

"오, 박 군. 승희에게 이야기 많이 들었네. 일단 안으로 들어가서 인사를 나누세."

손을 내밀어 상욱과 악수한 가승희 아버지는 흰머리에 잔

주름이 있지만 청년을 방불케 하는 에너지가 넘쳐흘렀다.

그가 상욱의 손을 잡고 식당 안으로 이끌었다.

그때 뒤쪽이 소란스러워졌다. 가장 늦게 도착한 젊은 사내 둘이 투덜거리며 식당 쪽으로 걸어왔다.

"아니 왜 꼬질꼬질한 고깃집에서 인사를 하냐고?"

이제 20대 초반의 사내의 목소리가 식당 입구에 있는 종업원에게까지 들렸다.

이 정도니 상욱이 듣지 않으려 해도 안 들을 수가 없었다.

1인분에 7만 원 하는 식당이다. 이곳이 꼬질꼬질하면 어떤 곳이 괜찮은 곳이겠는가?

상욱이 울컥해 가던 걸음을 멈추고 돌아보자 가승희가 팔짱을 끼며 걸음을 재촉했다.

얼떨결에 손과 팔짱을 잡힌 상욱은 식당 안으로 이끌려 갔다.

룸으로 안내된 상욱은 곧 당혹스러웠다.

설마 했는데 방금 외제 차와 고급 승용차에서 내린 사람들은 가승희의 일가친척이었다. 사고무친인 상욱이라 결혼 상견례 자리나 마찬가지로 변했다.

4인용 테이블 네 개가 거의 꽉 찬 열세 명이 상욱을 바라보았다.

"자, 다 앉았으니 소개 부탁하네."

가승희 아버지가 상욱을 보며 말했다.

"아이, 아빠는 사람 무안하게. 제가 소개할게요."

가승희가 일어나 그녀의 아빠에게 반 매달리다시피 했다.

"그러거라."

그는 푸근한 미소를 딸에게 보냈다.

"아닙니다. 제가 말씀드려야 맞을 것 같습니다."

상욱은 가승희를 말리며 말을 이어 갔다.

"이름은 박상욱이며 올해 서른네 살입니다. 직업은 경찰관입니다. 모쪼록 잘 부탁드립니다."

그 외에 특별히 내세울 스펙이 없다 여긴 상욱은 그 자신을 짧게 소개했다.

"나랏일을 하는 사람이었군요! 어쩨 기골이 장대하고 훤칠하다 했더니. 호호호, 저는 승희 엄마 되는 사람이에요."

정숙해 보이는 부인이 상욱을 올려다봤다.

"아니, 이 사람이, 남편이 자기소개도 안 했는데 먼저 나서?"

가승희의 아빠가 짐짓 화를 냈지만 웃는 낯으로 다시 손을 내밀어 악수를 청했다.

"가민우네."

"네?"

상욱이 황당한 표정으로 가승희를 바라보았다.

그녀가 제법 부유한 집이라는 것은 알았지만 재계 50위 안 가문의 사람일 줄은 몰랐다.

가민우는 재벌 2세다.

그의 부친 가진구는 한국제당을 세워 설탕과 밀가루를 기반으로 일어섰고, 그는 유통업과 축산 분야에서 국내 1위를 달리는 성공을 거두며 한국그룹으로 거듭났다.

아버지에 이어 경영 신화를 쓴 한국그룹의 회장이었다.

"승희가 이야기하지 않았던가?"

"네, 아버님이 밀가루 장사를 한다는 말만 들었을 뿐입니다."

"하하하, 애가 원래 소탈한 면이 있어서 말이지. 틀린 말도 아니네. 일단 앉게. 물어볼 말이 여러 가지네."

가민우 회장이 먼저 손을 놓고 앉았다.

상욱이 따라 앉자 이번에는 가승희가 일어났다.

그녀는 가민우가 앉은 테이블을 오른쪽부터 사람을 소개하기 시작했다.

작은아버지, 고모 내외 여섯 분과 외삼촌 내외 네 분을 소개했다. 회사 사장, 교수, 로펌 수석 변호사 등 사회에서 위치에 있는 사람들이었다. 이들 중에는 외삼촌인 국회의원인 감운천 부부도 포함되었다.

마지막으로 젊은 두 남자들은 오빠와 동생이었다.

상욱은 내심 진땀을 흘리지 않을 수 없었다.

가승희 식구들을 소개받는 자리가 상견례 수준이라 너무 일이 커진 분위기였다.

두 개의
심장을
가진 자

그렇다고 비굴해지나 초라해지진 않았다.

앉아 있던 상욱은 다시 일어나 가승희가 소개할 때마다 묵례로 정중히 인사했다.

마지막 젊은 두 사람을 소개할 때 그는 쓴웃음을 삼켜야 했다.

"이 아이 오빠 가현필이오. 나중에 자리를 만듭시다."

가민우 회장을 닮아 혈기가 넘쳤다. 꽉 잡은 손에서 오빠로서 검증이라도 하겠다는 포스가 넘쳤다.

동생은 더했다.

"우리 집 보석을 누가 털어 가나 했습니다. 누나 울리면 나 먼저 보게 될 거요. 가현택이오."

이름을 말하고는 상욱이 내민 악수도 거절하고는 자리에 앉았다. 마치 똥개가 수라상에 발을 올려놓았다는 표정과 행동이다.

상욱은 담담히 가현택을 보며 미소를 보여 주고 자리에 앉았다.

그때 룸이 열리며 카트에 음식을 잔뜩 싣고 식당 종업원이 들어왔다. 음식 세팅이 끝나자 종업원이 물러났다.

문이 닫히기 무섭게 감운천이 입을 열었다.

"박 군이랬나?"

"네, 박상욱입니다."

"그래, 상욱 군, 부모님은 무엇 하시는 분인가?"

"사고무친입니다."

박상욱은 올 것이 왔다고 생각했다.

아니나 다를까 룸 안이 조용해졌다.

오히려 물어본 감운천이 머쓱해져 물 잔을 집어 들었다.

가승희, 아니 비토리도 이것은 물어보지 않았던 말이라 깜짝 놀라 상욱을 바라봤다.

"사람이 좋은 부모를 만나고, 그렇지 않은 것은 본인이 원한다고 되는 일이 아니었습니다. 진작 승희를 통해 말씀 올렸어야 했는데 이 점은 송구스럽습니다."

상욱은 일어나 고개를 숙였지만 당당히 말했다.

"그렇기는 하지만."

가승희의 엄마가 주저하며 한마디 했다.

"이 사람, 앞에 손님을 두고. 그건 그렇다고 하세. 경찰이라고? 부서는 어디인가?"

가 회장은 상욱의 호칭을 박 군에서 손님으로 바꾸었다.

"경찰청 특수수사대에서 근무하고 있습니다."

"계급은?"

"경감입니다."

"그 나이에 경감이라…… 경찰대 출신인가?"

"아닙니다. 경찰특공대로 특채되었습니다."

계속해서 질문을 하는 가 회장 얼굴에 실망기가 돌았다. 경찰 간부라지만 태생이 엘리트 코스인 경찰대학 출신과는 격이 달랐다.

"그럼 우리 승희를 위해서 해 줄 것이 별로 없겠군."

가 회장의 말에 가시가 돋쳐 있다.

"죄송합니다. 승희가 귀한 집 딸인 것은 알고 있지만 염치없게도 제가 가진 것은 별게 없습니다. 다만 확실히 드릴 수 있는 말씀은 누구보다 승희를 행복하게 할 자신이 있다는 것입니다."

가 회장은 잠시 할 말을 잊고 가승희를 바라봤다.

정말 똥구멍 빨간 남자에게 시집을 가려는 이유를 묻고 있었다.

그가 뱀파이어 퀸 비토리의 프로피어로 추종을 하고 있지만, 덩치 큰 이 사내에게서 듬직함은 느낄지언정 비범함을 찾지는 못했다.

"크흠."

그는 여왕의 남자로 영향력이 더 큰 인물과 연결되기를 심적으로 바라 헛기침으로 가승희를 보았다.

가승희의 결정이 모든 것을 좌지우지하기 때문이었다.

창백한 얼굴이 더 하얗게 변한 가승희가 말을 꺼내려는데 밖에서 문을 두드렸다.

똑. 똑. 드르륵.

문이 열리고 화환을 든 여종업원이 들어왔다.

"식사 중에 죄송합니다. 만찬에 꽃을 전달해 달라고 해서

요. 박상욱 씨가 누구세요?"

그녀는 식탁과 식탁 사이에 화환을 놓고 엽서 봉투를 누구에게 줄지 둘러봤다.

"줘 보게."

가 회장은 가족 행사를 누가 알고 화환을 보냈는지 궁금했다. 약간은 무례한 면이 있었지만 여종업원에게 건네받은 봉투를 열고 엽서를 읽어 내려갔다.

문중의 큰손님인 박 경감의 상견례를 축하하네.
경기 이씨 이세창이 이천에서.

엽서를 읽은 가 회장은 눈에 놀람이 차 상욱을 보았다.

"경기 이씨 이세창이란 분을 알고 있는가?"

"네?"

'아니, 이 양반이.'

상욱이 질문을 받고 얼굴이 붉어졌다.

오늘 이철로가 옆에서 어디 가냐고 꼬치꼬치 캐묻더니 그새 뽀르르 연락한 모양이다.

"죄송합니다. 아는 분이기는 한데……."

설명이 복잡한 터라 상욱이 말을 아꼈고 가 회장은 새삼스러운 눈으로 상욱을 바라봤다.

그때 다시 노크 소리가 들리며 그 여종업원이 들어왔다.

두 개의
심장을
가진 자

"화환이 또⋯⋯."

겸연쩍은 얼굴로 엽서 봉투를 가 회장에게 전했다.

하지만 이번에는 상욱의 얼굴을 보며 봉투를 여는 가 회장의 얼굴에 짜증이 어렸다.

근본이 없다더니 별 이상한 방법을 동원한다는 표정이다.

그러나 이내 봉투를 연 그의 눈이 굳어졌다.

내용은 빼놓더라도 엽서 끝에 적힌 맹철현이란 이름이 가진 의미는 남달랐다. 그래서 더욱 의심을 가졌다.

특히 기업가인 그가, 국내에서 재계 10위 안의 회장이 축하 엽서를 보낸다는 게 가당치 않아 보였다. 그 자신만 해도 특별한 인연을 맺고 싶거나 맺은 사람에게나 엽서를 보내지 않는가.

대검찰청 기업 수사를 담당하는 형사 1과 검사도 아닌 일개 경찰에게 맹 회장이라니.

게다가 쟁천에서도 보기 힘들다는 오존 북검 이세창은 허무맹랑하기까지 했다.

"누군데 그럽니까, 아버지?"

장남인 가현필이 가족을 대표해 물었다.

"맹현철 회장님이란다."

"일성그룹의 맹 회장님 말입니까?"

가현필은 어이없다는 표정으로 상욱을 보았다.

쟁천이라는 다른 세상과 접점이 적기에 그는 경기 이씨 이세창의 이름이 갖는 의미는 몰랐다. 그러나 맹철현이라는 이름은 재계에서는 절대와 유사한 이름이다.

그런 사람이 뭐가 아쉬워 축전과 화환을 보낸단 말인가.

상욱은 난처하기만 했다.

권력과 재력의 정점에 있는 사람들의 관심이 마뜩지 않았다. 그들과 엮일 일도 없거니와 그 스스로도 쟁천의 사람이라 여기지 않았기 때문이다.

그래서 불편한 심기가 얼굴에 그대로 전해졌다.

"왜 마음에 걸리는 것이라도 있습니까?"

가현필의 얼굴에 비웃음이 번졌다.

상욱은 불편한 자리가 이제는 껄끄러워졌다. 자격지심은 아니었지만 언어가 귀찮아지는 감정이 들기는 처음이었다.

말하자니 변명 같고 않느니 구차했다.

"죄송합니다. 자리가 불편하게 됐나 봅니다."

상욱은 자리에서 일어나 고개 숙여 사과했다. 어찌 됐든 그의 입에서 여자 친구의 가족과 만남의 자리가 있다는 말이 나왔으니 이 번잡함의 책임은 그에게 있었다.

그런데 이것이 가씨 집안 사람들의 의심을 부채질했다. 그를 바라보는 눈빛이 점점 노골적으로 바뀌어 갔다.

가승희가 참다못해 나섰다.

"이 사람 그런 사람 아니에요. 뭘 과시할 정도로 허영심이 있는 사람이라면 제가 만나지 않았어요. 그리고 제가 상욱

씨 소개할 테니 오시라고 했지, 사람 품평하라고 부른 것 아니잖아요. 상욱 씨, 미안해요."

가승희의 얼굴이 붉어졌다. 진심 화가 난 표정으로 얼굴이 붉으락푸르락이다.

"그래, 그래, 알았다. 미안하구나. 일단 식사하며 좀 더 이야기를 나눠 보자."

가 회장이 가승희를 달랬다.

상욱은 식사하는 내내 상식을 넘나드는 일상에 대한 대화들로 청문회 분위기였지만 꿋꿋하게 버텼다.

그래도 입으로 들어가는 고기 맛은 모래를 씹는 기분이고, 대화랍시고 경제와 정치 전반에 걸쳐 이루어져 난처해지기도 했다.

거기다 입에 음식물을 넣고 대답할 수 없어 먹는 둥 마는 둥이었다. 그렇게 식사가 끝나갈 무렵 가 회장의 비서가 들어와 메모지를 전달했다.

가 회장은 메모지를 봤다.

회장님, 일성그룹 맹 회장님 전화입니다.

'이 노친네가 뜬금없이.'

가 회장은 상욱을 일별하고는 설마 그럴 리가라는 의혹을 갖고 자리에서 일어났다.

"잠시 통화 좀 하고 오겠습니다."

가 회장은 그를 보는 손위 처남 감운천과 가족에게 말했다. 그리고 비서와 같이 나와 안내를 받아 준비된 룸으로 들어갔다. 통화가 연결되어 있습니다.

비서가 전화를 줬다.

"가민우입니다, 맹 회장님."

─가 회장, 잘 지냈던가?

"요즘 경기가 영 아니지 않습니까? 항상 살얼음판이죠. 그런데 무슨 일로?

─내가 가 회장에게 잘 보여야 할 것 같아서 말일세.

"잘 보이다니요?"

뜬금없는 말에 가 회장이 되물었다.

─몰랐던 모양이군. 가 회장 딸이 사윗감 소개시켜 주는 날이지?

"그렇기는 합니다만."

─박상욱 군이 맞지.

"네."

─북검이 그러더군. 다음 세대에 쟁천의 주인 같은 존재가 될 사람을 꼽으라면 그라고 말일세.

"그가 설마요? 그곳이 어떤 곳인데."

─지금 쟁천에 주인 같은 자가 북검일세. 괜한 소리 할 사람도 아니고. 뭐 옛날처럼 무력이 있다고 세상을 지배하지는 못하지만 권력을 업는다면 말이 또 달라지네. 어차피 알게 될 정보일 테니 말하겠네. 자네 청와

대 특임수사대라는 존재를 알고 있나?

"그런 조직이 있다는 것만 알고 있습니다만."

가 회장은 그렇게 대답했지만 왜 모르겠는가.

프로피어들은 영생을 좇는 욕망자들로, 권력보다는 힘을 동경하는 자들이다.

그는 그들 중에 수장이었으니 쟁천과는 본질이 같으면서도 가는 길이 달라 그들이 항상 껄끄럽고 경계의 대상이었다.

─쟁천을 경계한 청와대가 만든 특임수사대일세. 그럼에도 쟁천을 벗어나지 못하고 있지. 그런 곳에 혁신과 같은 새바람을 일으키고 있는 사람이 한두전이라는 경찰 출신일세. 그는 오존 중 중승이라는 원종의 제자이기도 하네. 그런 그가 후계자로 지목하고 있는 사람이 가 회장의 사위가 될 사람일세.

"그래도 젊은 사람에게 필요 이상의 관심을 보이십니다. 맹 회장님."

─딱히 그렇지도 않네. 요즘 거목 중에 스스로 크는 나무가 몇이나 되겠는가? 거의 없다고 봐야지. 그런데 박상욱 군은 다르더군. 그동안 크게 두각을 나타내진 않았지만 이미 쟁천에서는 주목을 하고 있더군. 충정회의 서마西魔 고평환이 자기 사람처럼 대하고, 북검은 그에게 이미 한발 양보를 했네. 부사의암 쪽 사람으로 청와대에 핵심인 한두전까지 그를 안고 가려는 상황이니, 현재 쟁천에서 그만한 나이에 오존五尊 중 셋과 인연을 맺은 사람이 누가 있겠는가? 거듭 말하지만 부럽네.

"별말씀을 다 하시는군요. 어쨌든 딸아이의 안목이 저보다 낫다고밖에 말씀을 못 드리겠습니다."

─쯧쯧쯧, 이 사람 복이 찼구먼. 가 회장 딸 상견례만 아니었으면 향아를 그 사람 집 우렁각시로 만들고 싶은 심정이네.

"아무튼 전화 고맙습니다. 회장님 칭찬을 한 몸에 받고 있는 상욱 군과 자리가 끝나지 않아서 이만 통화를 끊어야 할 것 같습니다."

가 회장은 급히 통화를 마쳐야 했다. 가승희가 들어왔기 때문이다.

"오셨습니까?"

가 회장은 가승희를 향해 허리를 숙였다.

그는 10년 전 뱀파이어 퀸 비토리에게 포섭된 두 번째 사람이었고, 집안에서 그녀는 가 회장의 혼외 처에 숨겨진 딸로 포장됐다.

지금은 가족 내에서 어느 정도 인정을 받고 있지만 활동을 위해 겉도는 모양새를 취하고 있었다.

"누구 전화인데 나와서 받는 것이지?"

"일성그룹 맹철현 회장입니다."

"그가 왜 전화를 해?"

"박상욱 군에 대해 이야기했습니다. 쟁천에서 상당한 능력자라고 하더군요. 쟁천과 인연을 맺는 것을 싫어하시더니 그는 언제 만나신 것입니까?"

"만난 지 얼마 안 됐어. 그리고 아까는 잘했어."

"현필이와 현택이가 잘난 처남일 뿐이었습니다. 그보다 맹 회장의 말을 들어 보니 그 스스로 대기만성해 대단한 위치에 오른 친구로 보이는데, 왜 그리 폄하하라 하십니까?"

"그분은 앞으로 나와 네가 모셔야 할 분이다. 그리고 감히 언제부터 내 일에 토를 달았더냐?"

가승희의 얼굴이 싸늘하게 변했다.

"죄, 죄송합니다."

가 회장은 심장이 덜컥 내려앉았다. 가승희의 성질머리와 권능이 어떠한지 10년을 봐 왔다.

그 10년을 가승희 밑에 있으며 중견 기업에 불과하던 기업이 재계 50위 안에 들었고, 그 와중에 배신자들이 얼마나 처참하게 사라졌는지 봐 왔다.

평소 같으면 물고가 나도 진즉에 날 만했지만 날이 날이니만큼 그냥 넘어가는 모양이다.

그는 가슴을 쓸어내리며 다시 룸 안으로 향했다.

가승희는 치솟았던 화를 풀었다. 아니, 화를 낼 수가 없었다.

상욱이 온전한 각성이 아니었지만 지독할 정도의 사악한 향기를 풍겼다. 이 향기는 벨제뷰트, 즉 악마들의 왕의 것이고 종들이 아니면 결코 맡을 수 없는 고유의 냄새였다.

시각으로 표현하자면 깊이를 알 수 없는 블루 홀 같은 무저갱을 보며 마치 빨려 들어가 헤어나지 못할 것 같은 음습함이 상욱에게서 풍겼다.

지금 이 순간은 상욱이 억겁의 주검을 품은 것처럼 너무 사특해, 따르지 않으면 몸이 찢겨 나가 버릴 환장할 아슬아슬함에 감히 화를 낼 엄두를 못 냈다.

이 찌릿한 감정이 꽉꽉 차기 위해서는 상욱의 자존심을 자극하고 비틀어서 각성의 끝을 봐야만 한다. 그래서 그녀는 가 회장을 통해 상욱을 압박하는 중이다.

가승희는 지금 감정이 영원하기를 빌며 나섰다.

그 뒤로도 상욱은 가슴을 후벼 파는 말들을 적잖이 들었다. 가문을 떠나니 금전적인 문제부터 신혼집 등 별 사소한 문제를 꼬투리 잡았다.

상견례가 되어 버린 가족 인사는 상욱과 가승희의 결혼을 반승낙, 반유보 상태의 미묘한 모임으로 만들고 끝나 버렸다.

상욱은 떠나가는 차들을 보다가 고개를 돌려 가승희를 보았다.

"미안, 아빠하고 엄마만 나오기로 했었는데……."

가승희는 상욱의 팔에 매달려 애교를 피웠다.

"아니, 어차피 겪어야 될 일이었어. 놀라기는 했지만 너를 사랑하는 내 의지가 그보다는 훨씬 단단해. 그보다 진짜 지금 원주로 가려고?"

"내일 당일 출장인데 제주도 쪽이라 일찍 출근하려면 원주

집에서 나가야 돼요."

"바래다줘?"

"그럼 감사 땡큐지. 자기랑 오늘 같이 있어 좋고."

"화끈한 밤을 보내자구? 크크크."

상욱이 가승희의 팔짱을 풀고 옆구리를 살짝 간지럼을 폈다.

"까르르르."

가승희가 배를 뒤집는 웃음을 지었다.

그리고 상욱에게는 정말 화끈하게 다가올 밤이 기다리고 있었다.

크르릉. 드르릉.

"음냐. 음냐."

뚝.

화엄정사 적멸보전에 누워 늘어지게 잠을 자던 덕치가 벌떡 일어났다.

"나무비로자나불."

가부정좌를 한 그가 적멸보전에서 불신을 게송하자 법보들이 금빛을 발하며 요란하게 흔들렸다.

"실로 극악한 요괴로세."

벽조목의 작은 염주로 전달되는 사기邪氣가 심하게 그를 자극했다.

사조 원종이 그에게 맡긴 요괴의 행방이 두 달 가까이 묘연하더니, 김기권에게 준 벽조목 염주가 요란하게 울렸다.

필시 요괴가 감운천의 곁에 있음이다.

김기권이 그에게 말하기를 벽조목의 염주를 한 달 전부터 감운천이 끼고 다닌다고 했다.

덕치는 황금 법포를 걸치고 그 위에 낡고 해진 회색 가사를 껴입었다.

"오랜만에 잿밥값을 치러야 하는구나."

혼잣말을 하고는 주머니에서 명함을 꺼내 들고 법당 한쪽에 놓인 전화기로 갔다.

삑. 삑. 삑.

－내가 살아가는 동안에 할 일이~.

해바라기의 사랑으로라는 노래가 컬러링으로 흘러나왔다.

"할 일은 개꼬추나, 전화나 얼른 받아라."

덕치가 투덜거리자 전화 주인이 알기라도 한 듯 통화가 연결됐다.

－김기권입니다.

"날세."

－아이고, 덕치 스님. 왜 이리 격조하셨습니까? 전화를 드려도 받질 않으시니.

두 개의
심장을
가진 자

김기권은 목소리만으로도 덕치를 알아봤다.

그의 입장에서는 그럴 수밖에 없었다. 수미다라니의 파편 수미개자를 받은 이후 덕치와 전화나 짧은 만남을 통해 간간이 전해 주는 선문답은 인생의 깊이를 더해 갔고, 근래 들어서는 대오각성이 있었다.

그에게 덕치는 인생의 큰 스승이었기에 반가움이 절절했다.

"나가 부탁이 있는디. 김 비서관이 들어줄랑가 모르것네이~."

–부탁이라니요? 당치도 않습니다.

"그게 머시냐면 감 의원이 큰일을 허는디 걸림돌이 생길 것 가터서 말여."

–의원님에게요?

"그렇다니께. 나가 의원님이 어디 있는지 알어야 뭐라도 액땜을 하긋는디. 지금 어댜?"

–압구정 테헤란로에 있는 흑우집이라는 고깃집입니다.

"아따 고깃집. 입맛 땡기는디."

–하하, 이거 웃으면 안 되는데…… 가끔 농담하는 스님을 대할 때면 진짜 같아서 말입니다.

"예끼, 고기 갖고 중을 놀리면 있던 품위도 절단 나는 겨. 중에게 거리에서 멱살 함 잡혀 볼란가?"

–아이고, 됐습니다. 스님.

"농은 여기까지 허고 나가 거기로 갈랑께 감 의원 차 번호 나 불러 보시게."

—네. 11거1111 K9 차량입니다.

"알았고만. 나중에 통화 함 허드라고."

전화를 끊은 덕치가 벌떡 일어났다.

"사조, 사조~ 요괴 잡으러 갑시다."

화엄정사에 덕치의 목소리가 쩌렁쩌렁 울렸다.

가승희의 차를 타고 상욱이 도착한 곳은 가승희의 직장 적십자 본부가 있는 원주였다.

한적한 시골 마을을 끼고 3분을 더 들어가자 고즈넉한 별장이 보였다. 탁 트인 대지와 낮은 담은 인근에 집이 없었지만 아늑함을 선사했다.

게다가 새까만 하늘에 뜬 보름달과 별은 밝은 달빛과 별빛을 대지로 내주었다.

그래서인지 이 시골 별장은 고향에 온 평안함을 선사했다.

탁—.

"으으윽."

2시간 가까이 달려온 길이라 상욱은 차에서 내리자 기지개를 켰다.

"어때, 내 집?"

운전석에서 나온 가승희가 상욱 옆으로 와 팔에 매달렸다.

"조용하고 좋네."

상욱이 별장 건물과 좌우를 둘러보는데 별장 문이 열렸다.

"왔는가?"

노부부가 나왔고, 노인이 가승희를 보며 살갑게 맞이했다. 그러자 옆에 노부인이 노인 옆구리를 꾹 눌렀다.

"이 영감이 눈치 없이. 결혼할 사람이 생겼다더니 이 사람인가? 참 건장도 해라. 어디서 뭘 하는 사람인가?"

"할망구가, 나한테는 빨리 가드레니 하더니. 자기가 흰소린 메. 우린 가 보겠네."

노인은 노부인의 팔을 잡아끌더니 별장 밖으로 나섰다.

"누구?"

상욱이 가승희를 봤다.

"응. 아랫마을 사시는 분들인데, 혼자 있기 무서워서 같이 기거하고 있는 분들이야."

"그래, 인상이 좋으신 분들이네."

상욱은 멀어져 가는 노인 두 내외를 보며 모셔다 드려야 하는지 망설였다.

"빨리 들어가자. 집 구경도 하고."

"으? 응, 그래."

상욱은 고개를 돌리고 별장 안으로 들어갔다.

멀리 가승희 별장이 보이는 곳에 차량 전조등이 꺼진 낡은 코란도 밴이 섰다.

달달달.

오래된 경유차 소음이 적막한 들판을 잠식했다.

삐이익.

탕-. 탕.

차량 양쪽 문이 열리며 두 사람이 내렸다. 밝은 달빛이 두 사람의 머리에 반사돼 전구처럼 빛났다.

"썩을 똥차 같으니라고. 아, 차 좀 바꾸자니까."

덕치가 원종을 힐끗 보더니 고개를 돌리며 투덜거렸다.

"이런 말코 같은 중놈이 있나. 차를 타고 다니는 것도 감지덕지해야 할 판에 어디서 불평인 게야."

"아니, 차에 히터라도 나오든지. 아님, 소음이나 작든지. 에이, 빌어먹을 똥차."

연신 불평불만을 늘어놓는 덕치를 보며 원종이 말없이 가사 소매에서 금강저를 뽑아 들었다.

"워미~ 사손이 차 좀 바꾸자고 말했기로서니 몽당구질이 당가?"

덕치가 큰 걸음으로 훌쩍 물러났다.

"일없다 이놈아, 요괴를 앞두고 네놈과 드잡이하게 생겼느냐."

"아니, 근께로 차를 바꾼다는 거신지 아닌지?"

두개의
심장을
가진자

"네놈이 기어코 매를 버는구나."

오른손에 든 금강저를 원종이 번쩍 쳐들었다.

그러자 덕치가 휙 돌아서더니 가승희 별장으로 훌쩍훌쩍
날아 뛰며 말했다.

"요괴 물러 나간다~."

다음 권으로 이어집니다

제 글을 읽는 모든 분들에게 행운과 행복이 깃들길……

전북 순창 회문산 한 자락에서 德珉 올림

꿈의 도약, 로크에서 하십시오
(주)로크미디어에서 신인 작가를 모십니다

즐거운 세상, 로크미디어는 꿈을 사랑하고 도전을 두려워하지 않는 작가 분들의 참신한 작품을 기다리고 있습니다. 21세기 장르 문학계를 이끌어 갈 차세대 선두 주자 (주)로크미디어에서 여러분의 나래를 활짝 펴 보시길 바랍니다.

모집 분야 판타지와 무협을 포함한 장르 문학
모집 대상 아마추어 작가, 인터넷 작가
모집 기한 수시 모집
작품 접수 시 유의 사항
　　1. 파일명은 작가명_작품명.hwp형식을 갖춰 주십시오.
　　1. 파일에 들어갈 내용은 다음과 같습니다.
　　　　─ 성명(필명인 경우 실명을 밝혀 주세요), 연락처, 이메일 주소.
　　　　─ 제목, 기획 의도.
　　　　─ A4용지 1장 분량의 등장인물 소개.
　　　　─ A4용지 2장 분량의 전체 줄거리.
　　　　─ 본문.
　　1. 작품이 인터넷에 연재되고 있다면, 게시판명과 사이트의 구체적이고 정확한 주소를 기재해 주십시오.

선택된 작품은 정식 계약 후 출판물로 간행되어 전국 서점에 유통됩니다.
작가 분은 (주)로크미디어의 전폭적인 지원하에 전속 작가로 활동하시게 됩니다.
※ 자세한 내용은 로크미디어 홈페이지(rokmedia.com)를 참조하세요.

(03920)서울시 마포구 성암로 330 DMC첨단산업센터 3층 314호
(주)로크미디어 편집부 신간 기획 담당자 앞
전화 : 02 ─ 3273 ─ 5135
www.rokmedia.com　　이메일 : rokmedia@empas.com